# ANA MENCEY

# LA MEJOR JUGADA

Editado por Harlequin Ibérica.
Una división de HarperCollins Ibérica, S. A.
Avenida de Burgos, 8B - Planta 18
28036 Madrid

© 2024 Ana Mencey
© 2024 Harlequin Ibérica, una división de HarperCollins Ibérica, S. A.
La mejor jugada, n.º 297 - 12.6.24

I.S.B.N.: 978-84-1062-790-1
Depósito legal: M-8944-2024
Impreso en España por: BLACK PRINT
Fecha impresión Argentina: 9.12.24
Distribuidor exclusivo para España: LOGISTA
Distribuidor para México: Distibuidora Intermex, S.A. de C.V.
Distribuidores para Argentina: Interior, DGP, S.A. Alvarado 2118.
Cap. Fed./Buenos Aires y Gran Buenos Aires, VACCARO HNOS.

A toda mi familia.
Incluida mi hermana.

# Capítulo 1

—¡Por tu nuevo empleo, Lily, como responsable de medios de comunicación del Club Baloncesto Malac!

Pese a la efusividad de Tony, el primo de mi marido, la gente a mi alrededor responde levantando su copa de champán con reticencia, como si cada una pesara una tonelada. Y en un silencio tan denso que oigo el ladrido de un perro situado, al menos, a tres kilómetros de distancia del cortijo donde nos encontramos. La leve brisa que sopla hace oscilar una cantidad indecente de globos dorados con el número cinco; los mismos años que llevamos casados Héctor y yo.

—¡Qué maravilla! —continúa Tony—; además en un año en el que el equipo ha invertido y ha hecho hasta nueve fichajes nuevos, lo mismo hasta gana la ACB.

—Bueno, eso es improbable —interviene Lucio, mi suegro—. Es solo el quinto mayor presupuesto de la liga, así que dudo que lleguen a semifinales. Al menos eso es lo que he leído, porque como entenderéis no es que yo sepa mucho de baloncesto —agita la mano espantando una mosca invisible—; el deporte en general me aburre sobremanera.

Esta afirmación provoca un movimiento generalizado de asentimiento solemne entre los presentes, como si todos fueran los perritos esos que se ponen en los coches y que mueven la cabeza arriba y abajo. El único que no lo hace es Héctor. Al parecer, está demasiado enfadado conmigo como para moverse.

—Lo que me parece increíble, Lily, es tu valentía —dice Rubí, una prima lejana de mi marido que tiene la habilidad de dar puñetazos verbales disfrazados de elogios—; hace unos años dejaste de ser presentadora de televisión para dedicarte a tu vocación, la escritura. Has publicado algunos relatos breves y das clases de literatura romántica en la Escuela de Arte del Soho. Parecía que te iba bien, pero de repente... —¡plaf!, pega un manotazo en la mesa que me hace dar un respingo— cambias de opinión. Decides acercarte de nuevo al periodismo, pero en un ámbito en el que no tienes ninguna experiencia. ¡Qué valiente, de verdad, qué valiente!

¿Desde cuándo valiente es sinónimo de idiota? Esta mujer y su maestría para manipular el lenguaje han conseguido que los nudillos de Héctor se pongan blancos. ¿No podríamos cambiar de tema? ¿No hay nadie que diga algo de nuestros cinco años de matrimonio? En los tiempos que corren, es un logro seguir casados... ¡y queriéndonos! Pero entonces veo a Marián, mi suegra, abrir la boca y me pongo tan nerviosa que casi le tiro el champán a Tony, que continúa mirándome como si fuera a pedirme un autógrafo de un momento a otro.

—Hay gente a la que le cuesta mucho encontrar su camino, mientras que otros lo tienen claro desde el principio —dice Marián, con su moño tan tirante que hace que se le achinen los ojos—. No me parece justo que hayamos brindado por Lily y no lo hagamos por mi Héctor, que este año publica su tercera novela. Hijo mío, no sé de dónde sacas tiempo para compaginar tu trabajo como profesor de Historia en la facultad y escribir esos libros tan documentados. Seguro que *Memorias de Blas Infante* supera las excelentes cifras de tus anteriores libros. Estoy muy orgullosa de ti, porque te tomas en serio tu trabajo, aportas estabilidad económica a tu matrimonio y, en fin, no te guías por impulsos imprudentes.

—¡Por Héctor! —gritan todos.

Pese a las indirectas, levanto la copa y bebo, porque yo también estoy muy orgullosa de Héctor y tampoco me explico cómo lo hace. Qué amargo está el champán. Si no fuera porque estoy convencida de que es Moët & Chandon (mi suegra no compra otra marca), pensaría que es el del súper de la esquina. Busco con la mirada a Héctor y por fin me la devuelve. Se le ha quitado la arruga del entrecejo. Le sonrío y, aunque no me corresponde, creo que va asumiendo que va a tener que respetar mi decisión.

Comprendo que piense que mi nuevo empleo será estresante y que nos quitará tiempo para estar juntos, pero necesitaba un cambio. Tras tres años intentando conseguir el sueño de ser escritora, tengo que reconocer que no soy lo suficientemente buena. Me ilusioné mucho cuando gané aquel concurso de relatos, pero con la novela... La única que he terminado ha sido una basura. ¿Cómo lo hará Héctor? Bah, es una cuestión de talento; lo tienes o no lo tienes. Echaré en falta a mis alumnas de romántica de la escuela, pero...

—¿Y tu madre, Lily? ¿Por qué no está aquí celebrando vuestro aniversario de boda? —pregunta Keka, mi cuñada.

Pongo cara de póker y mi cerebro lanza la primera excusa creíble que se le ocurre:

—La ciática, la pobre; está postrada en el sofá y prácticamente no puede moverse —respondo mientras imagino a mi madre en el bingo con sus amigas.

—¿Ah, sí? —dice Héctor, con esa voz tan bonita y suave que tiene cuando no grita—. No me habías dicho nada.

Claro, cariño. Eso es porque es mentira, pero sobre todo porque llevamos dos días enteros sin hablarnos. Después de que me tacharas de inmadura y de inconstante, no hemos tenido ni oportunidad de mentirnos. Pero en la vida metería a mi madre en una reunión como esta. Primero, porque Rubí ahora tendría un ojo morado y Marián llevaría el pelo suelto. Y segundo, porque mi madre no sabe comer los búsanos que el *catering* nos ha servido como entrante. Yo tampoco, pero no me he puesto violenta cuando todos los familiares de Héctor se han reído de mí. Condenado marisco... ¿No se supone que es una celebración en mi honor? ¿Nadie ha tenido en cuenta que no me gusta? Entonces mi suegro se aclara la garganta para volver a hablar y me olvido de mi animadversión hacia los moluscos.

—Lo que yo espero es que esta nueva ocu... pación de Lily no me haga posponer más la felicidad que me supondría ser abuelo. Además, ya tenéis treinta años y el reloj biológico no perdona, como sabéis.

Enrojezco sin remedio. Noto el sonido que hace la gota al colmar no solo el vaso, sino la bañera, el pantano y el mar Mediterráneo, todos juntos. De nada sirve la mirada de advertencia que intuyo por parte de Héctor. Espoleada por el champán, las dos copas de vino y la caña de cerveza, le contesto:

—A mí me encantaría ser mamá, pero ni esto es *Jurassic Park* ni yo soy un dinosaurio; si queremos tener bebés, necesito un poco de colaboración.

A tres kilómetros el perro sigue ladrando. Las estrellas titilan arriba en el cielo, y yo noto el peso de la gravedad de todo el universo aplastándome por completo.

# Capítulo 2

Ay, ay, ay. El tacón derecho, ese que a las siete de la mañana me he puesto y me ha hecho pensar «Parece que me aprieta un poquito», está haciéndome una carnicería en el talón. Y yo estoy tan nerviosa que no puedo quedarme quieta, por lo que sigo recorriendo los pasillos vacíos del Palacio del Sol una y otra vez. Es mi primer día de trabajo y se ve que he venido demasiado temprano, pero es que el sofá del salón no es tan cómodo como Héctor cree. Y pese al mal rollo casero, tampoco podía dormir por la emoción: soy hincha del Malac desde que era una niña y no me puedo creer que hoy vaya a conocer al equipo. ¡Qué nervios!

¿Seré la única persona en todo el Palacio, aparte del señor que me ha dejado entrar? No, antes me he encontrado con un utillero simpatiquísimo, un hombre mayor llamado Richu, que, al saber que iba a ser la nueva responsable de medios del Club, se ha ofrecido a enseñarme las instalaciones. Pero le he dicho que no hacía falta, porque se le veía agobiado por no sé qué tema de las camisetas. Me ha preguntado que si estaría bien sola y yo le he dicho que claro.

Claro que no. Tengo un mejunje raro en el estómago porque voy a comenzar un trabajo para el que no sé si estoy cualificada, llevo infinitos días peleándome con mi marido y antes de ayer incomodé a toda mi familia política. Voy a perder el pie derecho si no dejo de caminar. Y, por otro lado, no puedo evitar estar emocionadísima. Esto necesitaría Almax en vena para digerirlo bien.

Bum, bum, bum.

El sonido inconfundible de un balón botando hace que redirija mis pasos —poco elegantes— hacia el foco del sonido. Hay algo misterioso en el hecho de que se escuche el silencio en un lugar que puede acoger los gritos de más de diez mil personas cuando hay partido. Como embrujada, avanzo por los túneles adornados con imágenes de jugadores históricos del Club haciendo mates, en suspensión para meter un triple o luchando por un balón dividido. Al fin desemboco en la pista de juego por una de las bocanas. La grada está oscura, y la cancha, iluminada por los focos.

Bum, bum, bum.

Hay un solo jugador en el campo, botando la pelota, mirando la canasta con una concentración absoluta. Desde donde estoy, no lo reconozco. Lleva puesto el chándal del Club, que, como a todos los jugadores de baloncesto, le queda corto de pantalones. Aunque es muy alto, no es corpulento; jugará de escolta, probablemente. Sigo avanzando con sigilo y me dirijo a la primera fila, con la esperanza de permanecer camuflada por la penumbra.

Ya sé quién es. Brandon Salow, uno de los fichajes estrella del Malac de este año. Es de California, pero casi siempre ha jugado en Europa. La primera vez que vi su foto me llamó la atención su mirada: era inteligente. Ahí solo, en la cancha, no da la sensación de medir el metro noventa y cinco que figura en mis apuntes. Es una máquina de meter triples.

Sin hacer ruido, bajo el banco para poder sentarme; por un momento, deja de botar la pelota y creo que se ha dado cuenta de mi presencia. Pero enseguida mira al aro y empieza el espectáculo: Salow comienza a sacar balones de un carrito gigante y, desde detrás de la línea de 6.75, tira a canasta.

Lanza cincuenta balones (los cuento) y los mete todos. TODOS. Se me ha acelerado el corazón y tengo la boca abierta desde las diez primeras canastas. Debo de estar muy sensible, o serán los nervios, pero de verdad que me ha parecido algo mágico. Tal nivel de precisión, su silueta envuelta en silencio y la luz iluminando su figura... Ha sido sublime, como una obra de arte. Noto mi cara húmeda y me alarmo al comprobar que en algún momento me he emocionado y hasta se me han saltado algunas lágrimas.

Entonces Salow inspira, como saliendo de un trance, se vuelve y comienza a caminar. Hacia mí. Yo me restriego los ojos para secármelos (¿me he echado rímel esta mañana? No me acuerdo, ¡era tan temprano! Sí, sí que me he echado, estaba seco y tenía grumos). Me levanto con brusquedad, y el estruendo que hace el banco al subirse de golpe acaba con mis esperanzas de huir. Además, está el asuntillo ese del talón sangrante. Tranquila. No pasa nada. Actúa con profesionalidad y ya está. Lo malo es que ahora, delante de mí, tan solo separado por la valla de publicidad, el jugador sí que parece medir 195 centímetros. Me mira a los ojos (los míos serán ojos de mapache, con total seguridad) y me dice:

—Llevas cinco minutos ahí sentada en plan siniestro, pero supongo que no eres una admiradora loca con malas intenciones, porque no has intentado nada... aún.

Lo dice sonriendo, mientras sostiene un balón que en sus manos parece una mandarina. Pero lo que me sorprende es su español, perfecto. Yo hablo inglés muy bien, pero tengo acento. Tampoco me esperaba su delicada palidez para ser alguien de California. Claro que todo está siendo un poco... inesperado esta mañana.

—Yo no soy... —Dios mío, ¿qué le ha pasado a mi voz? Carraspeo para poder continuar—. Me llamo Lily Castillo y soy la nueva responsable de medios de comunicación del Club. Encantada de conocerte, Brandon Salow.

Le tiendo la mano muy tiesa, con profesionalidad. Como si no me hubiera pillado espiándolo y llorando hace un minuto. Además, ¡está muy lejos! Vale que sea un gigante, pero tenemos la valla de publicidad por medio y solo llegaría si se estirara a lo bestia y se contorsionara. Pues nada, a retirar la mano.

Pero antes de hacerlo, el jugador suelta el balón y se extiende todo lo que puede. Ha tenido hasta que ponerse de puntillas y apoyarse en el anuncio, pero consigue salvar la distancia y me estrecha la mano con firmeza. Tiene una mano enorme, que hace que la mía parezca diminuta. No está sudada, solo cálida. Y yo siento un agradecimiento tan grande que casi me pongo a llorar otra vez. ¡¿Qué me pasa?!

—Te pido disculpas... —digo con la voz un poco más firme—. Creía que estaba siendo discretísima y que no te habías dado cuenta de que estaba aquí. Solo quería quedarme un poco para ver cómo lo hacías, pero luego... ¡Guau! Es increíble. Qué talento.

—Has sido discreta, pero en este deporte hay que tener visión periférica, de lo contrario vas mal.

En cuanto a meter canastas solo y sin ninguna presión —continúa pasándose una toalla por el cuello y por el pelo castaño corto, que hace que se le ponga un poco de punta—, no me parece que tenga demasiado mérito.

—Eso es porque no me has visto intentarlo a mí. —Él se ríe y yo me envalentono—. De todas formas, eres muy efectivo, promedias cuatro triples por partido, dieciocho puntos y seis asistencias; y lo mejor es que a tus treinta y cinco años, cada temporada lo haces mejor que la anterior. —Le estoy echando un vistazo a su ficha, aunque me lo sé de memoria porque yo soy así de friqui—. En los vestuarios eres respetado y querido por tus compañeros, y donde vas siempre has dejado un buen recuerdo. Aquí te tengo calificado como «buena persona».

Le enseño mis anotaciones para que vea que es verdad. Él vuelve a reírse, pero... ¿me lo parece o ha hecho un pequeño movimiento de negación? No lo sé, pero de repente se crea un silencio un poco raro. Nos miramos y cuando me doy cuenta de que sus ojos no son solo inteligentes, sino verdes y bonitos, suelto algo completamente inesperado:

—A mi marido le encanta el baloncesto.

¿Qué? Mentira absoluta. Lo odia. Odia todos los deportes con todas sus fuerzas. Dice que son el opio del pueblo y que deberían dejar de existir. Casi estoy yo más sorprendida por mi propia afirmación que Brandon Salow, que se limita a asentir con la cabeza.

—Entonces deberá de estar como loco con tu nuevo trabajo.

—Sí, sí que lo está; antes de ayer lo celebramos con toda la familia. —Esto es un no parar, Lily, ¿qué será lo próximo? ¿Que quieres que le dedique su camiseta a Héctor? ¡Cambia de tema!—. ¿Y... cómo es que hablas tan bien español?

—Bueno, cuando era pequeño mis padres no paraban en casa, y mi abuela, que era de un pueblecito de Valladolid, vino a hacerse cargo de mí, así que... De todas formas, se me dan bien los idiomas. De mi paso por los diferentes equipos he aprendido ruso, francés, alemán e italiano. Además del inglés, claro.

Cierra la boca, Lily, ciérrala ya.

—Vaya..., yo solo inglés.

Otro silencio. Y entonces me doy cuenta de que él debería estar entrenando y de que yo lo estoy interrumpiendo desde hace un buen rato.

—Oye, perdona, te dejo para que sigas metiendo... tres mil canastas seguidas y que luego pienses que es algo completamente normal. —Al igual que antes, cuando ha impedido que me quede con la mano colgando, se ríe, aunque el chiste era muy malo—. Tan solo..., si eres tan amable de indicarme dónde están las oficinas, te lo agradecería. He quedado con Luis, el director de comunicación, y no sé llegar.

—Claro, has tenido que verlas cuando has pasado por los vestuarios, están justo al lado —me dice. Yo asiento con convicción, aunque no tengo ni idea de dónde están los vestuarios y él parece notarlo, porque añade—: ¿Quieres que te acompañe? No estoy entrenando, es solo una rutina de tiro que suelo hacer cada día.

—No, no, de verdad. Sé perfectamente dónde dices que está. ¡Si no tiene pérdida! ¡Gracias! ¡Adiós!

Dios mío, si mentir es un pecado gordo, el día de hoy me lleva directa al infierno. ¿Pero qué me pasa? ¿Será que estoy muy oxidada y no puedo relacionarme con la gente en plan normal? Pues es una faena, porque si no puedo hablar con una persona, no sé cómo voy a tratar con los medios de comunicación. Madre mía, si es que quién me mandaría a mí meterme en este lío, con lo bien que estaba yo estudiando a las Brontë en la Escuela.

Abandono la pista por un pasillo cualquiera, cabizbaja. No sé por qué me he puesto tan nerviosa, el jugador habrá pensado que soy imbécil. Además he debido de cortarle el rollo, porque ya no escucho la pelota botar, ni siquiera el ruido de sus zapatillas, solo silencio.

Brandon Salow debe de estar perplejo con mi comportamiento, pero, desde luego, no más que yo.

# Capítulo 3

—Así que esta es Lily, nuestra nueva responsable de prensa —anuncia Luis al resto de trabajadores presentes en la oficina de comunicación del Club—. Se me hace raro ser su jefe, porque cuando coincidimos en Canal 22 presentando el programa de deportes, yo estaba a sus órdenes. Os garantizo que no he conocido mejor profesional; por eso, en cuanto se quedó libre el puesto, se lo ofrecí. —Se dirige a mí con una gran sonrisa—: Espero estar a tu altura como capitán del barco.

Yo asiento, emocionada. Que hablen tan bien de una es abrumador. Pero es que Luis y yo congeniamos en la tele desde el principio. En un mundo donde el fútbol es el rey, a nosotros nos unía nuestra pasión por el baloncesto.

—Es verdad, yo veía vuestro programa —comenta el responsable de redes sociales, Antonio (creo que se llama así, porque ahora mismo tengo un batiburrillo de nombres y caras)—. En especial me acuerdo de uno, Lily, en el que le sacabas los colores al alcalde, Juan de la Cruz; no sabía dónde meterse el pobre hombre.

—¡Ah, sí! Ya sé al que te refieres. —Aquel recuerdo me arranca una sonrisa—. Es que me pareció increíble que sacara pecho de las inversiones hechas al deporte base de la ciudad, cuando lo único que hacía era patrocinar al equipo de fútbol, que por aquel entonces estaba en tercera división.

—Pues al equipo de fútbol le iba mejor antes que ahora —apunta Ana (o Carmen), encargada de *marketing*—; como sabéis, este año se lo han comido las deudas y el club ha desaparecido. Chicos, esta temporada es nuestra oportunidad, si alguien quiere disfrutar del deporte de élite en nuestra ciudad, tiene que ver baloncesto.

—Exacto —coincide Luis—; la Dirección del Malac lo sabe y por eso no solo ha reforzado el equipo deportivo, sino que también ha invertido mucho en comunicación. Y eso me recuerda que tengo que presentar nuestro último fichaje a los jugadores, antes de que se marchen de aquí. Venga, equipo, cada uno a lo suyo, y recordad que mañana nos vemos en las oficinas de la sede central. ¡A galeras a remar!

—¡A remar!

Solo lo he gritado yo (muy fuerte, además), porque creía que era una especie de grito de guerra del equipo de comunicación, pero se ve que no. Todos se ríen y yo también. Me han caído genial, y cuando salimos de la sala de prensa y recorro junto a Luis los pasillos del Palacio, me parece un lugar completamente distinto al de esta mañana. Incluso la herida del talón, que por lógica y por rozamiento ya debería haber llegado al tuétano del hueso, parece dolerme menos. Sin embargo, pese a la euforia que siento, tengo que preguntarle a mi nuevo jefe algo que llevo rumiando desde que me ofreció el puesto.

—Oye, Luis, ¿qué le pasó al anterior responsable de prensa? —Y añado—: ¿Y la becaria, Sole, no es un poco mayor?

—Sole lleva en el Club mucho tiempo y lo hace muy bien; el problema es que es demasiado tímida y los jugadores se la comen. No encontrarás una colaboradora más eficaz, pero no esperes que tome la iniciativa. En cuanto a Roberto, tu antecesor... —mira hacia delante y tarda un poco en contestar—, era un hombre muy mayor y digamos que no encajaba bien en un proyecto tan renovado como este. La puntilla fue que discutió con uno de los fichajes estrella de este año.

—¿Discutió con Brandon Salow? —pregunto con incredulidad.

—No, qué va. Creo que es imposible discutir con Salow. Tuvo problemas con el otro gran fichaje estrella del Malac; con Campbell, Travis Campbell.

Ya veo. El pívot nacido en Miami que es el fichaje más caro de la historia del Club; este verano el Malac sudó tinta en los despachos para poder hacerse con él. Se trata de un gigante rubio que mide 2,19 metros. Le gustan la fiesta y las mujeres, según mis anotaciones. Y por lo que me dice Luis, es polémico. Qué bien, estoy deseando conocerlo en persona.

—Pero tú no te preocupes, que contigo no va a tener ningún problema —me dice, porque ha debido de verme preocupada—. En primer lugar, porque sabes usar mano izquierda; yo te he visto hacerlo cada día con redactores y cámaras. Y en segundo lugar...

—¿Qué?

—Pues que eres muy guapa y posiblemente lo que intente hacer sea ligar contigo. ¿Sigues casada, no? —Yo asiento—. Pues dile a Héctor que se ande con cuidado, porque el tío, al parecer, es irresistible.

Le iba a responder que conmigo no tiene ninguna posibilidad, pero de repente gira a la izquierda y se mete en la puerta del pasillo que lleva a los vestuarios gritando: «¡Chicos, ¿estáis decentes? ¡Vengo con visita!». Solo me da tiempo a agarrarlo de la manga y tirar de él.

—¿Qué haces? ¿Estás loco? No puedo entrar ahí. ¿Y si se están duchando o... algo?

—Lily, esta gente está medio en pelotas casi siempre, así que mejor que te vayas acostumbrando. Venga, que ya mismo se van y estos no esperan a nadie.

Entro a regañadientes, porque no me queda otra opción. Mientras avanzo por el pasillo me llega de golpe un olor que solo podría definir como a... ¿hombre? Es una mezcla de gel de baño, sudor y colonia fuerte, todo absolutamente masculino. Un aroma que anuncia que estoy a punto de entrar en un reino de hombres, compuesto por hombres, gobernado por hombres, con reglas propias de hombres. No es tan sugerente como cabría pensar y sí un poco intimidante.

Suena una música reguetonera a todo volumen, a lo que hay que sumar voces y risas también graves y escandalosas. Es un jaleo que, sin embargo, me apacigua un poco, porque llama a la hincha que hay en mí. El vestuario desprende buenas sensaciones, como de comunidad, y tengo dificultades para no ponerme a dar saltitos de alegría.

Cuando por fin atravesamos la entrada, tengo que entrecerrar los ojos para que mi vista no colapse. Lo primero que me llama la atención es la monocromía imperante: aquí todo es verde, porque es el color del equipo. Cada jugador tiene su taquilla, con su número y su foto, y un asiento para sentarse mientras se cambia.

Y hablando de cambiarse... Trato de no quedarme embobada mirando, pero eso no evita que a mi alrededor haya un montón de hombres imponentes, la mayoría sin camiseta y mojados, por el sudor o por la ducha. Y por mucho que Luis haya querido restarle importancia, yo me siento violenta, porque de verdad que esto es como si me introducen de golpe en una película pornográfica. Estás tan tranquila en el pasillo y de repente entras en un mar de bíceps, abdominales como tabletas de chocolate y unos gemelos del tamaño de mi cabeza. Cuando reconozco la espalda del capitán, Gabi Sánchez, este se quita la toalla enrollada en la cintura y, antes de que pueda apartar la mirada, aparece su culo perfecto. Da igual, porque llego a los pectorales del escolta Boniface Williams, que ya los quisiera yo para mí. Madre mía, esto es surrealista, debo de estar como un tomate.

Lo bueno es que nadie repara en mi presencia. Eso puede explicarse por mi lamentable 1,60 de altura (es una estatura normal, pero en el mundo del baloncesto siempre me ha hecho sentir como un microbio, un microbio con tortícolis, además). Cuando Luis comienza a dar palmas, trago saliva.

—¡Chicos, apagad la música, por favor! Tengo algo importante que anunciaros.

Al principio le cuesta hacerse oír, y yo temo que pasen de él, pero poco a poco el ruido se va apagando y cuando la música cesa, hay un silencio absoluto. Ahora sí que no paso desapercibida; me da la sensación de que todo el equipo de baloncesto me está escudriñando. Y a pesar de que durante unos cuantos años estuve presentando un programa deportivo en la televisión, nunca me he sentido tan expuesta. Fijo la vista en un hombre con apariencia completamente normal. Lo reconozco, es el entrenador, Marcos Durán; un hombre serio que me observa con cara de pocos amigos. Pero da igual, porque está vestido y eso ayuda. Mucho.

—Bien, como sabéis, Roberto ha decidido no continuar con nosotros como responsable de medios y el Club ya ha buscado sustituto. O más bien sustituta. —Luis se vuelve hacia mí y me pone la mano en la espalda para obligarme a dar un paso al frente—. Ella es Lily Castillo, una magnífica profesional que fue mi mentora cuando trabajábamos juntos y a la que os pido que tratéis bien, porque además es un trozo de pan.

Hay mucho jugador extranjero este año, así que no habrán entendido una palabra de lo que Luis ha dicho. De todas formas, eso no es lo más preocupante. Me está pasando algo que nunca antes me había ocurrido: me quedo en blanco. Por mi mente pasa, inoportunamente, el recuerdo de Héctor esta mañana, cuando no ha querido darme un beso de despedida; mi intento frustrado de convertirme en escritora; la última cena familiar... Tengo la boca seca y sé que mi cara sigue siendo de un rojo amapola. Son solo unas centésimas de segundo, pero de verdad que estoy tentada de salir corriendo por donde he entrado.

Entonces encuentro una cara conocida. Salow. Está de pie, con un hombro apoyado en la pared, los brazos cruzados y, por fortuna, lleva la ropa puesta. Me está mirando con los labios ligeramente curvados en una sonrisa. Está tranquilo. Y, de manera inexplicable, me transmite esa tranquilidad. Por fin cojo aire. No tengo ni idea de lo que voy a decir, pero algo saldrá.

—Lo siento, es que yo... nunca había visto tanto hombre desnudo junto y ha sido como un coma etílico de testosterona.

Un estruendo de risas acoge mi declaración. Entonces los jugadores extranjeros preguntan qué pasa y cuando los compañeros traducen mis palabras, se produce una segunda oleada de risas. Bien, eso está bien. Pero yo no quiero ser graciosa, quiero ser profesional, así que decido coger el toro por los cuernos y, ahora que tengo su atención, demostrarles quién soy.

—Está bien…, chicos. Como sabéis estamos en un país donde el fútbol acapara toda la atención mediática. Nosotros, los del *basket*, podemos hacer un fichaje multimillonario, pero si el portero suplente del equipo de fútbol tiene cagalera porque se ha pasado de la raya comiendo gambas, no tengáis duda de que esa va a ser la portada de la sección de deportes. —Todos sonríen, pero siguen concentrados, bien—. Este año tenemos una oportunidad única, porque no tenemos rival; la ciudad se ha quedado sin equipo de fútbol en la élite, generando un vacío que hay que llenar. —Los recorro a todos con los ojos antes de continuar—. Hay que generar noticias de baloncesto. Todos los días. Por supuesto, míster —me dirijo a Durán—, cualquier cosa, cambios, lesiones, decisiones técnicas, necesito saberlas. Pero es que si no hay noticias, nos las inventamos.

»Si tú, Luca —señalo a Luca Sanz, la joven promesa de la cantera—, además de tener un futuro brillante como base del equipo, tienes afición por capturar pokémons, me lo dices y hacemos un reportaje de eso. —Se pone colorado, así que es probable que mi conjetura sea cierta—. Si a nuestro ala pívot Timor Endinga, aparte de poner tapones, se le da genial pintar miniaturas, lo explotamos. Si en la plantilla surge una disputa porque a algunos les gusta la tortilla de patata con cebolla y a otros sin cebolla, igualmente se lo decimos a los medios. —Inspiro antes de terminar—. La gente de esta ciudad necesita ídolos y este año podéis ser vosotros. Para ello solo necesito un poco de colaboración, porque de lo demás ya me encargo yo.

Alguien ha empezado a aplaudir y los demás lo siguen, incluso con gritos y silbidos, como si acabara de marcar un *alley oop*. A ver, mi discurso no ha estado mal, pero parece que en este vestuario hay muchas ganas de cachondeo. Y eso mola, ¡eso es genial! Yo creo que este año tenemos posibilidades, al fin, de conseguir...

Suena un chirrido y todos dirigimos la mirada a la puerta de los baños. Primero sale una bocanada de vaho y después aparece alguien que más que un hombre parece un ser humano del futuro. Eso si en el futuro nos diera a todos por ir desnudos por el mundo, claro. Tiene un cuerpo que parece diseñado por ordenador. Alto, rubio, con la piel bronceada, la musculatura de cada parte de su cuerpo totalmente desarrollada y..., porque soy una mujer casada y no he querido mirar más abajo de su cintura, pero, en fin, entiendo que todo debe de ser proporcional. Me obligo a centrarme en sus ojos azules, que sobresalen entre los largos mechones empapados. No es guapo. Es demasiado masculino para serlo. Pero es el hombre más atractivo que he visto nunca.

Y es un imbécil. Lo sé porque por muy acostumbrado que esté a deambular desnudo de un lado a otro, se está acercando a mí con toda la naturalidad del mundo, con la clara intención de desestabilizarme y que el resto del equipo lo vea. De hecho, se escuchan risitas a mi alrededor y al parecer ni siquiera a Luis se le ocurre nada que decir. ¿Vas a dejar que lo consiga, Lily?

Por supuesto. Me están temblando las piernas.

Pero él no tiene por qué saberlo, ni los demás tampoco. Cuando al fin se detiene, a muy poca distancia de mí, trato de ignorar las decenas de gotitas que descienden a lo largo de su cara y de su cuerpo, y también la sonrisa irreverente que me muestra, con una dentadura perfecta y blanca que contrasta con su rostro tostado por el sol.

—¿Quién decías que eras, preciosa?

Por supuesto, Travis Campbell no podía tener voz de pito, sino profunda y con un toque ronco de lo más sexi. Me ha hablado en inglés, con un acento muy americano, y estoy segura de que ha pretendido que parezca que le hablaba a una niña pequeña. De hecho, aunque es verdad que él es altísimo y parece que yo voy a la guardería, está inclinando el cuello al máximo porque se ha acercado demasiado a mí. Un ramalazo de ira me recorre desde la coronilla a los pies y toma el control de la situación. Siento el impulso irracional de patear testículos y gritar «¡Contra el patriarcado!», pero hago algo diferente. Aunque parecía que no había espacio entre nosotros, siempre queda algo. Doy un pasito al frente y noto que ciertas partes de nuestros cuerpos se están rozando; en concreto, mi pecho contra su... ombligo. Da igual. Levanto la cabeza como para mirar las estrellas, aunque lo que encuentro son dos océanos celestes, y le respondo en el mismo idioma que él ha empleado:

—Soy tu nueva jefa de prensa. Y estoy muy contenta de que te guste exhibirte, porque me voy a encargar de que este año salgas en cada televisión, revista o periódico que exista en la ciudad, en la región y en el país. Así no privamos a nadie del espectáculo que tengo ante mis ojos o, más bien, bajo mi barbilla.

Se me ha ido de las manos. Es que con el inglés... Ha parecido que me refería a su entrepierna, pero más bien quería decir... Bueno, da igual, porque todo el mundo se ha reído y se ha deshecho la tensión insoportable que había en el ambiente. Hasta

Campbell, que al principio había abierto los ojos con sorpresa cuando me he acercado a él, ahora sonríe, aunque sea de medio lado. Y por fin se aleja un poco, muy poco, pero lo suficiente para que pueda respirar. Después dice:

—A tus órdenes, muñeca.

Y se vuelve sin previo aviso, lo que me muestra la parte de su anatomía que me faltaba: un trasero redondo que equivaldría al de Jennifer López, pero en tío. Maravilloso, perfecto, trazado con un compás. Pero no me dejo intimidar y le contesto:

—No soy una muñeca, soy tu jefa de prensa. —Y como todo el mundo ha comenzado a hablar, continúo gritando, aunque nadie me escucha ya—: ¡Y estoy casada!

# Capítulo 4

Giro la cabeza por supervivencia, para poder respirar, porque he llegado tan cansada a casa que me he tumbado boca abajo en el sofá, en plan cadáver. Tras una semana trabajando en el Malac, he adelgazado un par de kilos y he agotado todas las reservas de energía que me quedaban. Y eso que mi madre nos ha llenado el congelador con todo tipo de táperes maravillosos; pero ahí siguen, porque no tengo tiempo ni para comer. La pretemporada está a punto de finalizar y los medios de comunicación muestran un interés inusitado por el equipo y por los nuevos fichajes. Entre ruedas de prensa, la elaboración de notas informativas y la atención a los medios, no doy abasto.

Estoy agotada, pero contenta. Me he reencontrado con antiguos compañeros y he conocido a mucha gente nueva. Además, me alegra comprobar que cada vez hay más mujeres en el gremio del periodismo deportivo. Y hablando de eso... No he respondido a Marisa, del Canal 22 (mi antigua tele), que me ha pedido una entrevista conjunta con Salow y con Campbell mañana a las doce; tendré que ir con ellos. Alargo el brazo y, todavía boca abajo, cojo el móvil. ¿Cómo es posible que ya tenga doce correos sin responder? Hace un minuto no tenía ninguno.

—Hombre, Lily, ¿cómo es que te ha dado por pasar por casa? —Doy un repullo porque no había visto a Héctor acercarse—. Bueno, por supuesto sigues teniendo ese apéndice que te ha salido en la mano esta semana, qué sorpresa.

—¡Hola! —A ver si fingiendo que no he captado la indirecta puedo normalizar un poco la situación; no está siendo una buena semana entre nosotros, y eso que apenas nos hemos visto—. Si vienes aquí y me haces unos mimitos suelto el móvil ahora mismo.

—¿Yo, mimitos a ti? ¿Exactamente por qué? No pisas la casa, y cuando lo haces, estás todo el rato hablando por teléfono; es como si lo demás te importara un comino.

Me incorporo con esfuerzo, porque Héctor suena enojado. Cuando lo observo, me doy cuenta de que tiene el pelo negro más largo que de costumbre y de que lleva las gafas un poco torcidas. Bajo sus ojos castaños han aparecido unas ojeras que antes no estaban. ¿Son por mí? Siento una oleada de arrepentimiento tan grande que por primera vez en toda la semana me planteo si este cambio que le he dado a mi vida es algo correcto. No quiero hacerle daño a Héctor. Ojalá él comprendiera que es importante para mí.

—Eh, ¿por qué no te sientas aquí? —Palmeo el sofá justo a mi lado—. Venga, que me apetece un montón estar contigo. ¿Te hago un masaje?

—No quiero masajes, es a ti a la que le gustan —se cruza de brazos—, yo odio que me toqueteen.

Es verdad, a Héctor no le gustan las caricias ni los arrumacos. Al principio de nuestra relación los toleraba, pero en cuanto tuvo confianza me dejó claro que a él lo incomodaban esas muestras de afecto. En su familia evitan el contacto a toda costa; mi madre y yo, en cambio, nos turnábamos para rascarnos la espalda mientras veíamos la televisión, al más puro estilo orangután. Así que, con Héctor, si no son como preámbulo para el sexo, las caricias quedan descartadas. Lo que me lleva a...

Me quito la camiseta y me quedo en sujetador delante de él. Estoy agotada y no me apetece mucho, pero creo que es importante que haya algún tipo de acercamiento entre nosotros. Es verdad que apenas piso la casa, y él se pasa encerrado todo el día en su despacho escribiendo, cuando no está en la facultad, así que... No es lo ideal, pero creo que esto nos podría venir bien a los dos. Héctor baja la vista a mi pecho, que es pequeño pero bien formado. Traga saliva. Sé que le gusta. Ahí sí le gusta acariciarme. Pero está tardando demasiado en reaccionar y yo empiezo a impacientarme.

—Empieza a hacerme cosas guarras ya, Héctor.

Normalmente no soy tan mandona, pero, como he dicho, estoy cansada. Héctor abre los ojos y aunque al principio se le oscurece la mirada, después hace algo que me desconcierta: chasca la lengua y se yergue todo lo alto que es. Si fuera un gato, tendría la cola del tamaño de un plumero. Me dice, con voz grave:

—Qué vulgar, Lily; una semana y ya vuelves a impregnarte de ese tufillo a chabacanería que tiene el periodismo deportivo. —Abro la boca, pero no consigo decir nada, así que él continúa—: Estos años en los que has intentado abrirte camino en el mundo de la escritura te habían refinado y nos habían acercado, pero ahora volvemos a parecer de planetas diferentes. Nuestro problema, desde luego, no se va a resolver en la cama.

—Pero... —Dios mío, ¿dónde ha caído la camiseta? ¡No puedo mantener esta discusión en sujetador! Y menos después de que me haya llamado *chabacana*—. ¿Tú quién te crees que eres? ¿Piensas que eres más refinado que yo por escribir novelas? ¿No crees que la elegancia empieza por no hacer sentir al otro como una mierda? —Caca, tenía que haber dicho caca u otro sinónimo, como excremento—. ¿Y a qué problema te refieres? Ese problema que, al parecer, yo pretendía resolver en la cama.

—Por favor, Lily. —Se ríe, pero no hay nada divertido en esta situación—. El problema es lo decepcionado que estoy contigo. Has vuelto al mundo del periodismo deportivo, cuando ya sabes lo que opino de ello. Vuelves a alimentar la infelicidad de todos esos pobres ignorantes que creen que si su equipo gana, su vida va a mejorar de alguna manera. Por no hablar de la cantidad de recursos que consumís, y... ¡es que no lo veis! —Se está poniendo rojo de la indignación—. Son nuestros dirigentes los que lo promueven, porque les interesa tener a la gente idiotizada, viendo fútbol en vez de planteándose cosas importantes.

Aquí está la camiseta; había sido engullida por ese agujero negro que hay entre los cojines de cada sofá de cada casa. Me la pongo confiando en que esté del derecho, pero no lo tengo garantizado.

—Muy bonito, Héctor, muy bonito. ¿Sabes? A pesar de mi poco refinamiento y de lo ignorante que soy, yo también me he leído a George Orwell —me costó un poco y lo hice para poder decir que lo había leído; gracias, yo del pasado—, y compartiría algunas de las cosas que dices si no fuera porque estás radicalizando tu postura. Hay tiempo para todo en la vida, no podemos estar leyendo o escribiendo todo el día, es antinatural. ¿Pero sabes algo que sí es natural? La competitividad, el sentimiento de pertenencia al grupo, el espíritu de sacrificio y de superación. Son valores que imperan en el deporte, Héctor, por eso gusta tanto. Y yo creo en un tipo de periodismo deportivo de calidad, uno que aúne cultura y emoción. —Héctor se ríe con desdén, pero me da igual—. He visto crónicas de partidos con más calidad que algunas novelas famosas.

—Esto es el colmo —se lleva los dedos a las sienes y se las masajea—; ahora me dirás que escribir sobre si una pelotita ha entrado en un aro tiene algo de elevado o transcendental.

Por mi mente desfila la inspiradora imagen de alguien metiendo cincuenta canastas seguidas y yo emocionándome, pero no creo que pueda explicárselo a Héctor en este momento. Está mirándome fijamente, con la tensión de un atleta a punto de oír el disparo de salida. Él, que siempre viste tan impecable, tiene los faldones de la camisa por fuera y el pantalón chino ligeramente torcido. Está furioso, pero sobre todo está indignado. Y aunque no tiene razón, creo que si seguimos gritando no vamos a resolver nada, así que inspiro hondo y trato de suavizar mi tono de voz.

—Mira, Héctor, creo que estamos un poco nerviosos. —Él hace amago de interrumpirme, pero yo le suplico con la mirada que me deje continuar; también me acerco a él y lo cojo de la mano, obligándolo a sentarse conmigo en el sofá—. No me creo que opines que por gustarte el deporte te conviertas automáticamente en un mequetrefe; al fin y al cabo, cuando me conociste, sabías que a mí me encantaba y te enamoraste de mí, ¿no?

—Sí... —admite, menos mal—. Pero eras más

joven y supuse que sería solo una etapa de tu vida, que después madurarías y te dedicarías a algo más serio, como la escritura. La escritura de verdad. De hecho —se sube las gafas con énfasis—, me lo prometiste; me prometiste que lo dejarías porque en la tele no tenías tiempo para estar en familia y querías que eso cambiase. Y yo te creí, y ahora... —He hecho un movimiento tan brusco para distanciarme de él que se interrumpe—. ¿Qué te pasa? ¿Por qué te alejas?

Me he ido al otro extremo del sofá. Por un segundo, mis emociones fluctúan entre la rabia y la tristeza, y ni yo misma sé si voy a echarme a llorar o a gritar. Al final, cuando hablo, me sorprendo hablando bajo y despacio:

—No, Héctor, eso no fue exactamente lo que pasó. —Me mira desconcertado y eso me hace hablar espaciando aún más las palabras—. Lo que pasó es que me dijiste que si seguía con ese trabajo tan absorbente, no podríamos *formar* una familia. Una familia con hijos, Héctor. Y yo dejé el puesto porque comprendí que tenías razón, que era un trabajo sin horarios, poco compatible con la maternidad. Intenté hacer realidad mi sueño de convertirme en escritora, algo que me parecía más llevadero con el hecho de ser papás. Pero han pasado los años y, a menos que Juanito y Rosita sean invisibles, yo no veo niños por ninguna parte.

—¡Ah! —contesta con su tono más agudo—. ¿Y yo tengo la culpa de e-eso?

Ha tartamudeado. Normal. Esa última pregunta es como el movimiento desesperado que hace un jugador de ajedrez cuando sabe que el jaque mate está al caer. Y yo no quiero regodearme en mi victoria, porque sé que en cuanto lo diga, no me voy a sentir triunfante, sino mezquina. Pero lo voy a aclarar de todos modos, porque este tema me escuece mucho y ya es hora de que pongamos las cartas sobre la mesa. Cojo aire y lo miro fijamente.

—Cada año voy al ginecólogo, Héctor, y cada año me dice lo mismo: que estoy perfecta; y añade alguna comparación poética entre mi útero y un vergel. Por otra parte, aunque ahora no estemos en nuestro mejor momento, hemos tenido relaciones sexuales con la frecuencia adecuada. Así que no hay que ser un lince para deducir dónde, o más bien quién puede ser el problema. Pero tú te niegas a hacer nada al respecto, como ir a un especialista o yo qué sé. —Héctor se encoge y a mí no me gusta nada verlo así, pero ya que estamos en este punto, que sirva para algo—. Y no lo entiendo, no entiendo que no hagas nada porque... tú querías formar una familia; tú querías tener hijos, ¿no?

No responde. Sé que está sudando, porque no para de subirse las gafas una y otra vez. Pero ¿por qué no responde? Era prácticamente una pregunta retórica, pero este silencio... Siempre he creído que quería tener hijos. Antes de casarnos yo no quería sacar el tema, por temor a agobiarlo y que pensara que los querría tener muy pronto, pero después... Espera un momento: ¿es posible que haya podido dar por sentado algo tan importante y que no sea así? No, porque recuerdo perfectamente que me dijo que dejara el trabajo para dedicarle más tiempo a la familia. A ver, yo entendí que se refería a tener niños, pero...

—Héctor —odio que mi voz suene tan asustada, pero es importante aclarar este punto—, tú quieres que tengamos hijos, ¿verdad?

Se me seca la boca cuando veo que sigue sin responder. Pero lo que me deja perpleja es que, en un momento dado, él se levanta, se quita las gafas y comienza a limpiar los cristales con los faldones de la camisa. Probablemente para no mirarme a los ojos cuando al fin me habla.

—No tenía una posición definida al respecto, así que estaba dejando a la naturaleza que siguiera su curso. —Cuando termina la operación de limpieza de gafas, se las pone, y al fin me mira a los ojos—. Pero ahora, viendo los derroteros que ha tomado nuestra relación, creo que no quiero tenerlos.

# Capítulo 5

—Pfff. ¿Que la naturaleza siguiera su curso? —dice Teo al otro lado de la línea telefónica—. ¿Y cuánto tiempo más iba a esperar a que la naturaleza actuase? ¿Diez, quince, veinte años? Y si la naturaleza, digamos que porque sea una naturaleza supervaga, no puede actuar de ninguna manera, ¿qué pasaría? ¿Y cómo puede alguien no tener una posición definida sobre tener o no tener hijos? Pero si Héctor tiene hasta una opinión firme sobre el alicatado del cuarto de baño, ¿cómo es posible?

Es verdad. Nuestro cuarto de baño es verde y negro porque se empeñó en que era muy elegante. Mi mejor amigo Teo sigue formulando desde Los Ángeles las mismas preguntas que yo me he estado haciendo durante toda la noche en el sofá, aunque debería cortar ya la conversación. He sido yo la que lo ha despertado, o más bien interrumpido, porque creo que hay un tal Brian o Ryan a su lado en la cama, pero llevo ya más de media hora aparcada junto al Palacio del Sol y voy a llegar tarde a trabajar. Lo que pasa es que a Teo, cuando coge la moto (sobre todo si es la moto de criticar a Héctor), no hay quien lo pare. A mi marido nunca le han entusiasmado mis amistades y poco a poco he ido perdiendo el contacto con casi todo el mundo. Pero con Teo, no; Teo es sagrado. Hasta Héctor lo tuvo que respetar. Ahora mi mejor amigo está en Los Ángeles, cubriendo la información de los Lakers para distintos medios, y yo no puedo estar más orgullosa de él.

—Nena, ¿me estás escuchando? —interrumpe Teo mis pensamientos.

—Pues no; es que me estoy agobiando porque no quiero colgarte, sobre todo después de haberte pillado en medio de... ya sabes. Pero es que he quedado con Salow y con Campbell para llevarlos a una entrevista, y voy tarde.

—Ah... Qué bueno está Campbell, por favor —dice con énfasis, y yo pienso en la pobre criatura que ahora está a su lado, que supongo no entenderá ni papa de español; o sí, quién sabe—; aunque Salow tampoco está nada mal, con ese aire de buenecito pillín. Mira, me quedo más tranquilo sabiendo que has pasado una mala noche, pero que ahora estás en buena compañía.

Y de repente se pone a reír. Yo estoy a punto de colgar, porque temo que hayan reanudado lo que estaban haciendo antes de que yo llamara, pero entonces mi amigo vuelve a dirigirse a mí:

—¿Sabes por qué me río? —Yo niego con la cabeza, como si pudiera verme a kilómetros de distancia, pero él se responde a sí mismo—: Me encantaría observar la cara de Héctor si te viera meterte en el coche con esos dos. ¡Le da un soponcio! Seguro que ahí no estaría tan de acuerdo con dejar a la naturaleza actuar...

—Pero ¿qué dices, tontaina? Tampoco es que Héctor sea tan posesivo..., y ahora menos que nunca.

Teo para de reírse en seco y cuando habla, su registro es serio.

—Venga ya, Lily, ¿lo dices de verdad? Héctor es

el tío más celoso que conozco, y eso que yo conozco a un montón de tíos. ¿Por qué te crees que insistía en que abandonaras el periodismo deportivo hace unos años y está ahora que trina porque has vuelto?

—Porque no paso tiempo con él y porque...

—¡Error! —grita—. Ay, cariño, perdona. —Creo que eso no va dirigido a mí porque lo ha dicho en... ¿francés?—. A ver, guapi, te voy a dejar con dos preguntas para que las medites, y después colgamos, que no quiero que hagas esperar a dos macizorros por mi culpa. ¿Qué es lo que abunda en el gremio del periodismo deportivo? ¿Y qué hay casi en exclusividad en un grupo de escritura creativa de género romántico? Saca tus conclusiones, preciosa. *Bye, bye*, Lily.

Y cuelga.

Voy corriendo a toda velocidad por los bajos del Palacio y al doblar la esquina, ¡plof!, me estrello contra un muro. Como reboto, estoy a punto de caer de culo; pero entonces el muro me sujeta con unos brazos de hierro que impiden que toque el suelo. Cuando recupero la verticalidad y miro hacia arriba, me encuentro con los ojos esmeraldas de Brandon Salow fijos en mí.

—Lo siento, no te había visto venir; ¿te encuentras bien? —dice aún sujetándome por los hombros.

—Sí, yo... Perdóname tú a mí —le respondo un poco aturdida.

—Hubiera sido mucho peor si te hubieras chocado conmigo. —Ah, cómo echaba de menos a Campbell, qué bien que esté aquí—. Ahora mismo estarías muerta, porque eso —le toca el brazo a su compañero— es plastilina comparado con esto.

«Esto» es su bíceps, que lo fuerza para mostrármelo en todo su apogeo. Y al margen de que he visto sandías más pequeñas, no me puedo creer lo tonto e infantil que es. Ignorándolo por completo, vuelvo a prestar atención a Salow, que aún no me ha soltado y que vuelve a preguntar:

—En serio, ¿te encuentras bien?

Ah, vale, que no me lo pregunta solo porque me acabo de estampar contra él. Debe de ser por mi aspecto. No sé cuántas noches llevo durmiendo en el sofá, o intentándolo. Eso, unido a que el trabajo no me deja ni respirar, está resultando una combinación explosiva que tiene que notarse, a pesar de que hoy más que maquillaje parecía que estaba aplicando cemento armado. Salow sigue mirándome como si de verdad lo preocupara, y tal derroche de amabilidad por su parte, unido a mi agotamiento, provoca una acumulación sospechosa de humedad en mi lagrimal. Así que como no quiero dar un espectáculo (otra vez) y mi rímel sigue siendo de dudosa calidad, le sonrío mientras asiento y me suelto de él con suavidad.

—Oye —interviene Campbell—, ¿aquí es normal que las estrellas del baloncesto tengan que esperar a los de prensa? Porque de donde yo vengo eso es muy inusual.

Acumulación de lágrimas deshecha y convertida en deseos de estrangular a un gigante rubio y tonto.

—Perdóname —le digo con los dientes apretados—, no volverá a ocurrir.

—Eso espero. —Me da la espalda y comienza a andar hacia el aparcamiento—. Las princesas deben ser puntuales. Y educadas. Y cuidar su aspecto.

Agh. Este sería un buen momento para que un meteorito enorme, porque uno normal no me sirve para su envergadura, le cayera en la cocorota. Miro a Salow para ver si está indignado por el comportamiento de su colega, pero se limita a sonreír y hace un gesto como quitándole importancia.

—Sé que debe de repatearte que te llame *muñeca* o similares, pero si sigues poniéndote colorada cada vez que lo oyes, no dejará de hacerlo nunca. ¿Vamos?

Él arranca a andar y yo tardo en reaccionar, pero lo sigo y me pongo a su lado. Un paso suyo equivale a dos míos, qué asco. Noto en mi interior un batiburrillo de emociones que no presagia nada bueno: cansancio, sensibilidad y frustración. De repente me escucho diciendo:

—¿Cómo es que te llevas tan bien con él? No lo entiendo, ya no es solo la conexión que tenéis en la cancha, sino que es tu compañero de piso, y en los viajes, compartes habitación con él. —Desde mi posición, no le veo los ojos, solo el mentón; está relajado, así que sigo con mi perorata—: Comprendo que tú le aportes experiencia, tranquilidad, buen juicio... Pero ¿él a ti?

—Bueno, es muy divertido, pero no creo que me lleve bien con él por eso; es solo... —duda un momento y luego añade—: que me recuerda mucho a mí con su edad.

—¿En serio? ¿Tú también eras...? —Para, Lily, por lo que más quieras, no termines esa frase.

—Inmaduro; sí, lo era. Mucho más que él —sentencia con tranquilidad—. Ten en cuenta que la mayoría tan solo somos unos chicos a los que algo se nos da extraordinariamente bien, y entonces todo el mundo empieza a adularnos. Acto seguido llega el dinero, las chicas, el sentimiento de que puedes con todo... Es difícil que no se te suba a la cabeza.

—Vale, puede ser que tengas razón —digo en un arranque de tolerancia que me cuesta la misma vida—, pero, a ver, tiene ya veinticinco años, no dieciocho; ya se le podía ir pasando la tontería.

—Creo que la «tontería» no se le va a pasar hasta que cometa un error grande, de esos que te cambian la vida y que te ponen los pies en la tierra de golpe. Aparte de que, como ya te he dicho, es muy divertido, me gusta pensar que, si estoy a su lado, tiene menos posibilidades de cometer un fallo irreversible.

Se para y me abre la puerta para dejarme pasar al aparcamiento. Y yo lo que tengo son unas ganas terribles de llegar a casa y ponerme a bucear en internet para ver qué encuentro sobre Brandon Salow, porque de sus palabras se deduce que él sí cometió algún error grave en su juventud. Pero ahora debo centrarme en no llegar tarde —aún más— a la entrevista. Me dirijo al SUV que tiene el Club destinado para prensa. Por el rabillo del ojo, veo que Campbell nos espera apoyado en él, con los auriculares puestos y pendiente del móvil. El discurso de Salow ha debido de calarme, porque no siento las ganas irrefrenables de pegarle un puñetazo. Activo el mando para abrir el coche.

—Muñeca —dice Campbell—, no te lo tomes a mal, pero ¿por qué no me dejas conducir a mí? Parece que vamos un poco pillados de tiempo, ¿no?

Ah, era algo transitorio, vuelvo a tener ganas de estrangularlo. Puede que el error al que se refiera Salow sea provocarme esta mañana.

—Campbell, tengo una duda: a pesar de todo, tú sabes leer, ¿verdad? —Él no se digna a responder—. En este coche no pone «Estrella presuntuosa», sino «Prensa», así que lo llevaré yo.

El pívot se acerca a mí, casi tanto como el día

que nos conocimos en persona, en otro intento de intimidarme. Huele bien, el idiota. Debe de usar una colonia carísima que resulta embriagadora. Pero como aquel día, yo permanezco firme. Entonces él se agacha con dramatismo para quedar a mi altura y me dice:

—Yo voy en mi deportivo nuevo. ¡A ver quién llega antes! —Y empieza a correr a una velocidad impropia para su tamaño—. ¡Vente conmigo, Bran, vamos a machacar princesas hoy!

—No, gracias, no quiero morir —le contesta mientras Campbell ya está montándose en su flamante Audi descapotable. Después me dice a mí—: Espero que seas muy buena conductora, porque si no se va a pasar todo el día restregándonoslo.

—Llegaremos antes, aunque sea lo último que haga en mi vida —prometo con solemnidad—. Sube.

En realidad, no pienso reproducir un *Fast & Furious* un martes por la mañana. Simplemente, supongo que Campbell habrá puesto el GPS, y yo sé llegar por rutas alternativas, porque he hecho el camino hacia la televisión miles de veces. Nos separamos nada más salir y por el retrovisor veo la melena dorada de mi enemigo alejándose. Adiós, Campbell, buena suerte. Me voy a reír tanto que...

—Lily —pego un salto; me había olvidado de Salow—, vas a ochenta en este tramo que marca treinta, a lo mejor deberías reducir un poco...

—Ostras, es verdad —piso el freno; pobre, está agarrado al asidero del coche—, perdona.

—Sí que eres competitiva... ¿Practicas algún deporte?

Sigue agarrado, qué lástima. Paso de cuarta a tercera para obligarme a ir más despacio.

—Baloncesto, claro, pero eso era antes. —Un semáforo está en ámbar y antes de poder evitarlo, aprieto el acelerador para poder pasar a tiempo—. Cuando era pequeña, practicaba cada día, en el parque y en el colegio. Solo había otra cosa que me gustaba igual: leer. La verdad es que era un poco rarita. No tenía muchas amigas, solo los chicos con los que jugaba al *basket*.

—¿Y qué pasó? ¿Por qué no sigues jugando, aunque sea como afición?

—¿Bromeas? ¿Con mi 1,60 de altura? —Es increíble lo de esta ciudad con la doble fila—. ¿Sabes? Antes me decías que era duro triunfar tan joven, pero tampoco es fácil no hacerlo nunca. Yo he querido ser dos cosas en mi vida, dos cosas muy diferentes: jugadora de baloncesto y escritora. Y no he conseguido destacar haciendo ninguna de las dos. Eso también es duro.

Aprovecho un semáforo en rojo para soltar el volante y destensar un poco el cuello. Me sorbo la nariz. Me toco los ojos, porque los he notado cargados, y cuando me miro los dedos... Oh, no. Otra vez. ¿Pero se puede saber por qué estoy llorando? ¿Y por qué siempre está Salow a mi lado? Me limpio con disimulo. Está teniendo la deferencia de mirar por su ventanilla, pero con lo avispado que es, seguro que lo ha notado. El semáforo se pone en verde, gracias a Dios.

—Entonces —dice él interrumpiendo un silencio abrumador—, ¿tú crees que yo soy un triunfador y tú una fracasada? ¿Solo porque yo he tenido éxito en mi carrera deportiva y tú no?

—Hombre, está claro...

—No todo en esta vida es triunfar —me interrumpe.

Toco el claxon. Puñeteras motos, se meten por todas partes. Y ese ciclista... ¡Ve por el carril bici, hombre!

—Claro, eso es muy fácil de decir para ti, precisamente porque has triunfado. De hecho, entiendes lo difícil que es para Campbell gestionar el éxito, pero no comprendes que para la gente como yo sea difícil gestionar el fracaso.

—Pero es que no eres una fracasada, ¿quién lo dice? ¡Solo eres bajita!

Mira tú por dónde, estoy consiguiendo sacar de sus casillas a Salow. Eso sí que es un talento.

—Está bien, está bien —digo, aprovechando que hemos parado por un desafortunado atasco que con total probabilidad me va a privar de la victoria; otro fracaso más en mi larga lista—. Yo solo digo que me encantaría tener un talento natural para algo. Por ejemplo, imagina que vamos en barco, y naufraga; si llegáramos a una isla desierta, yo no podría aportar absolutamente nada a la comunidad.

—¿En plan *Perdidos*? —me consulta, y yo asiento—. Cuando vi la serie llegué a la conclusión de que solo eran útiles los médicos.

—Y un cocinero, a lo mejor. Podría sacarle partido a los productos de la isla.

Salow asiente también, pensativo.

—¿Tú cocinas bien? —pregunta.

—Por supuesto que no. A veces me cuesta calentar los táperes de mi madre.

—Es cierto que no aportas mucho en la isla, la verdad. —Yo le pego un empujón y, aunque no lo muevo ni un milímetro, se ríe—. A ver, en una isla desierta yo tampoco sería muy útil, sinceramente.

—¿Que no? ¿Con tu físico? Podrías construir cabañas, estirar un brazo y llegar a los plátanos, pegar un puñetazo a un caníbal... Miles de cosas. Yo, en cambio, me dedicaría a retransmitir los partidos de *cococesto*; algo totalmente prescindible, en realidad.

—Un momento. —Se gira hacia mí—. ¿En la isla hay *cococesto*? —Asiento—. Entonces yo acabo de escalar posiciones de popularidad, soy más importante incluso que el médico y el cocinero. No te preocupes, que yo me encargo de que no te falte de nada.

Me río. Y es liberador, como quitarle el tapón a una olla a presión. Estoy todavía saboreando esa sensación cuando avanzamos un poco y mis ojos no dan crédito a lo que ven: al lado de una farola torcida está aparcado el deportivo de Campbell, con el morro completamente destrozado. Primero compruebo que Travis esté bien, porque por muy insoportable que sea, no debo olvidar que es el fichaje más caro del equipo. Está un poco despeinado —y cabreado—, pero se mueve con su chulería habitual. A mi lado Salow baja la ventanilla:

—Eh, Travis, ¿estás bien? —le pregunta.

—¿Tú qué crees? —le responde de mal humor—. Tío, me lo compré hace dos días, ¡dos días! Y mira cómo está...

—¿Pero tú estás bien? —insiste Salow.

—Que sí, pesado, estoy perfectamente.

Entonces intervengo:

—Pues, venga, Campbell, sube. Ya llamaremos a la grúa después, que tu lindo cochecito no se va a mover de donde está. —Y añado, atragantándome con mi propia maldad—: Sube atrás, *principito*, y deja que conduzcan los mayores.

# Capítulo 6

En la tele, pese al retraso, nos reciben con los brazos abiertos. Puede que sea porque aún conservo muchos compañeros aquí. Incluso me han puesto imágenes mías presentando el programa de deportes, lo que ha disparado mi nostalgia. En los vídeos, salía con mi pelo rizado perfectamente peinado; lo tenía muy largo, no como ahora, que me llega por la línea de la mandíbula. Y estaba mucho más rubia, porque tenía mechas que aclaraban mi tono castaño claro. Los ojos, convenientemente pintados, parecían más verdes que marrones. Los labios, rojos y sonrientes. Y tenía una alegría, un desparpajo que enganchaban. Pienso que es cosa mía hasta que oigo a Campbell decir a mis espaldas:

—Joder, Lily, qué buena estabas.

Qué maravilloso tiempo verbal ha empleado. Pero últimamente estoy desarrollando un sexto sentido, como Spider-Man, pero que solo se activa con Campbell: absorbo su maldad y la expulso multiplicada por mil.

—¿Te apañas con la grúa, Travis, o quieres que te eche una mano? —le pregunto con voz encantadora.

Se marcha refunfuñando un montón de insultos en inglés, muchos totalmente desconocidos para mí, para que no se diga que no se aprende también de los ineptos. Alguien me toca ligeramente el hombro y me sobresalto al volverme y ver a Salow. Me arrepiento enseguida de haber usado mi sexto sentido delante de él; por alguna razón no quiero que vea lo perversa que puedo llegar a ser. Pero es demasiado tarde, porque me dice:

—Qué mala, ¿no?

Pero sonríe. Después señala la pantalla, donde todavía aparezco yo entrevistando al entrenador anterior del Malac. El volumen está muy bajo y no sé lo que estaba diciendo, pero en el monitor, los dos estallamos en risas. Después miro a cámara (la yo de la entrevista) y, muy sonriente, suelto una gran parrafada, gesticulando mucho con las manos. Ese era mi gran defecto; a menudo hasta se me caían los papeles. Una vez incluso llegué a pegar a un invitado sin querer. Me estoy perdiendo de nuevo en mis recuerdos cuando noto que Salow se acerca un poco, aunque permanece a una distancia prudencial (él siempre respeta el espacio de los demás, me he fijado), y me dice en voz baja:

—Ya sé lo que harías en la isla. —Lo miro desconcertada hasta que me acuerdo de nuestra conversación absurda en el coche; él continúa—: Contarías historias. Ya sabes, por la noche, todos estaríamos alrededor de la hoguera, cansados y tristes porque ese día habríamos comido medio plátano y una gamba calcinada porque el cocinero no era tan bueno como creíamos. Entonces tú empezarías a hablar y a entretenernos, y por un segundo nos olvidaríamos de que estamos bastante jodidos, la verdad. Sonreirías y hablarías de *cococesto*, o de cualquier otra cosa, y nos harías reír. Eso serviría para levantarnos la moral y para que durmiésemos más contentos. Creo que es un papel importante, incluso más que el mío.

Yo trago saliva. No sé qué decir, la verdad. Estoy tan conmovida por lo que me acaba de decir que siento una calidez abrumadora. Y, oh, sorpresa, noto que voy a empezar a llorar de un momento a otro, y esta vez no podré disimular de ninguna manera. Salow no se mueve, pero debe de percibir algo de mi estado de ánimo y decide alejarse un poco mientras apostilla:

—Ya solo nos queda estrangular al médico mientras duerme y seremos los más populares de la isla, que, al parecer, es nuestro objetivo; mucho más que la supervivencia pura y dura.

Me sale un graznido que es mitad risa, mitad sollozo. Y, después de apretarme levemente el hombro, ahí se corta todo, porque lo llaman para la entrevista. Intento recomponerme mientras me dirijo a la sala de realización, desde donde se ve el plató. Dentro, en el asiento central, ya se encuentra Campbell, poniendo su mejor sonrisa ante las cámaras y... despatarrado.

A ver, esto último no es culpa suya; lo deduzco porque cuando Salow se sienta, hace lo propio; es que son tan grandes que ninguna silla les va bien. Yo me quedo mirándolos a través de los monitores y siento un orgullo inmenso al verlos. Los dos tienen madera de héroes. Sí, incluso Campbell, porque la pantalla crea la ilusión de que es alguien increíble, una estrella del baloncesto potente, segura de sí misma y con un desparpajo absoluto.

Y Salow... Creo que nunca antes había usado el adjetivo «apuesto» para referirme a un hombre, al menos a un hombre de este siglo, pero es que él lo es. Y solo le hace falta responder la primera pregunta

(«¿Cómo te estás adaptando a la ciudad?») para meterse a todo el mundo en el bolsillo («Es muy parecido al sitio de donde procedo y me resulta muy familiar; como si no me hubiera movido de casa. En el Club nos tratan muy bien, y estoy deseando devolver en la cancha todo el cariño que estamos recibiendo a raudales»).

Durante la entrevista, los dos se complementan a la perfección. Campbell es descarado y pretencioso; y Salow, ágil y gracioso. Aunque para gracioso, cuando Travis intenta expresarse en español. Solo lo intenta una vez, y todos deciden que es mejor que su compañero siga traduciéndolo. Ver a Travis sonrojarse no tiene precio. Apunto mentalmente explotarlo durante una buena temporada. Pero al margen de los balbuceos de Campbell en castellano, la entrevista es un éxito; en cuanto suena la sintonía de cierre del programa, el periodista salta de su asiento para estrecharles la mano con efusividad.

—Vaya par, ¿eh? —me dice Marisa, la jefa de deportes del canal, que se ha acercado en cuanto ha terminado la entrevista—. ¿Son tan encantadores como parece?

—Lo son aún más. Los dos —recalco.

Porque por muy bien que me caiga Marisa, y por mucho *girl power* que tengamos, no pienso responderle que Campbell tiene el encanto donde amargan los pepinos. Soy la jefa de prensa del Club Baloncesto Malac y todos los jugadores son perfectos y maravillosos.

—¿Sabes si Salow está soltero? —me pregunta con despreocupación fingida—. Te preguntaría por Campbell, pero es tan... increíble que no creo que tenga opciones.

Miro a Marisa. La miro como si fuera un hombre. A ver, es guapa, con su pelito ondulado rubio y unos ojos bonitos y azules. Es alta, un poco más que yo, y tiene muchas curvas. De hecho, está un pelín gordita, pero prieta, como en un anuncio de Dove. Sé, con total seguridad, que Campbell no estará interesado en ella, porque, por lo que me han dicho, está siempre rodeado de modelos escuchimizadas. Pero como no quiero echar por tierra mi versión de que es encantador, simplemente no la contradigo. Y con Salow...

Dudo un momento. En el caso de Brandon, lo que me planteo es si Marisa es suficientemente buena para él. Porque, en mi opinión, ese tipo sí que es increíble. Y que ella quiera algo con él porque con Travis no tenga opciones me da un poco de coraje.

Un momento, ¿y a mí qué me importa? Bastante lío tengo yo con mi vida amorosa como para meterme en la de los otros. Decido colaborar..., pero lo mínimo imprescindible.

—Opciones tienes seguro, porque tú sí que eres una tía genial —le digo—. ¿Por qué no te los presento y así ves si te interesan de verdad?

Ella asiente emocionada, y cuando los jugadores salen del plató, hago las presentaciones. Después me alejo un poco, porque tengo que responder algunos correos urgentes que me acaban de llegar. Por el rabillo del ojo veo que Campbell, todo sonrisas de medio lado, la despacha rápido (también es cierto que parece preocupado por lo de la grúa, ahora me ofreceré a ayudarlo). Pero Salow se queda hablando con ella, en una conversación bastante animada.

Siento un pellizco en el estómago al verlos conectar tan rápido, pero no puedo dedicarle mucho tiempo, porque Sole no hace más que mandarme mensajes diciéndome que Durán quiere dar una rueda de prensa antes del primer partido de la temporada. El entrenador pretende quitarse presión, porque en la ciudad hay una especie de euforia con el equipo que puede ser perjudicial.

Levanto la cabeza y veo a Marisa reírse. El amor es muy bonito y todo eso, pero yo tengo trabajo que hacer, así que me acerco y los interrumpo:

—Bueno, chicos, yo os voy a dejar, que voy a tope. —Él hace un amago de venirse conmigo, pero yo lo detengo—. Salow, ¿por qué no te quedas las llaves y regresas al Palacio en el coche de prensa? Yo me iré a las oficinas centrales del Club, que están aquí al lado.

—¿Seguro? —duda un momento—. ¿Y luego cómo volverás al Palacio? Has dejado tu coche allí, ¿no?

—Ya engatusaré a alguien para que me acerque, no te preocupes. Vosotros..., pues nada, a lo vuestro. Marisa, encantada de conocerte.

Nos damos dos besos de despedida y a Salow le sonrío antes de irme. No hace falta que nadie me acompañe, conozco este sitio como la palma de mi mano. Marco el teléfono de Durán para que me dé todos los detalles sobre la rueda de prensa. Estoy tan ocupada que apenas reparo en que el pellizco en el estómago se ha hecho un poquito más intenso.

Serán gases.

# Capítulo 7

—Mamá, ¿tú cuándo te diste cuenta de que tu matrimonio estaba roto, definitivamente roto?

Estoy tumbada en el sofá floreado de mi madre, el que tiene en la acogedora sala de estar donde me he criado, y que todavía tiene secuelas de mi infancia (el *Quimicefa* genera manchas que no salen ni con aguarrás). Las cortinas son rosas y están descorridas, por lo que dejan paso a la claridad del día a través de un ventanal lleno de geranios de colores estridentes y alegres. Mi madre descansa en su sillón a mi lado. Después de un plato de su maravilloso estofado lleno hasta los bordes, hemos entrado las dos en una especie de coma digestivo que hace que me sienta pesada y torpe. Por eso no me he dado cuenta de que mi pregunta es un error, pero ya es demasiado tarde, porque mi madre me está contestando:

—Cuando vi que tu padre hacía las maletas y cerraba la puerta sin despedirse, me dio algunas pistas de que eso no tenía vuelta atrás —me responde con un poco de sorna, pero sé que debe de haberle dolido mi pregunta.

—Perdona, mamá, no tenía que haberte dicho eso.

—Tú a mí me puedes decir lo que quieras —repone enseguida—. A ver, Lily, ¿qué pasa? Llevas un mes en este trabajo nuevo y, desde entonces, habrás perdido cuatro o cinco kilos; si sigues así, vas a caer enferma y eso sí que es grave. ¿En el Club estás contenta?

—Pues sí, no está mal. Es un trabajo tan agotador como divertido. Ya has visto que hemos ganado todos los partidos, aunque es verdad que el calendario ha arrancado bastante fácil este año. Hay que dedicarle muchas horas, pero el problema es que, cuando llego a casa —trago saliva—, Héctor tampoco está casi nunca, y si está, no me habla, y si me habla, es para discutir. He intentado razonar con él, pero al final todo se reduce a lo mismo: no quiere que trabaje en esto.

—Vaya, que estáis echando un pulso a ver quién se sale con la suya. —Suspira—. Mira, Lily, eres mi hija, tienes treinta años y yo no me voy a andar con rodeos. Ya debes de saber que a mí Héctor... Pero fue tu elección y yo te apoyé como haré siempre. Ahora tienes que tomar una decisión importante. No te voy a decir la cursilada de que elijas con el corazón. Elige con el pie, si quieres; pero elige ya, porque no tienes buen aspecto, te has quedado en la mitad y mi estofado es milagroso pero no tanto.

Alargo la mano y se la cojo; ella me devuelve el apretón con fuerza. Odio preocuparla, bastante ha sufrido ya en la vida con el abandono de mi padre, pero es que necesito consuelo. Lo necesito tanto que me encantaría sentarme en su regazo y pedirle que me haga el *Sana, sanita*, aunque no es plan. Pero tiene razón. Tengo que tomar una decisión. O el trabajo o mi matrimonio.

En ese momento suena el teléfono y se me encoge el corazón al ver que es Héctor. Mira tú por dónde, estoy reviviendo las emociones de las primeras veces en esta situación crítica. Porque de verdad que creo que es la primera vez que me llama desde que empezó la temporada. Salgo de la sala de estar y me voy a mi antiguo dormitorio para hablar con él.

—Hola, Héctor —contesto con el mismo tiento con el que abriría una caja de explosivos.

—Hola, Lily. —Tiene la voz bonita, siempre la ha tenido, incluso con el tono serio que usa hoy—. Me ha llamado mi madre; dentro de dos semanas será su cumpleaños y me ha dicho que si podíamos celebrarlo juntos ese día; yo le he dicho que lo hablaría contigo, que no sé si estás disponible.

Tengo un momento de pánico. ¿Dentro de dos semanas? ¿Ese fin de semana jugamos fuera? No, no; el partido es en casa, al día siguiente. Siento un alivio inmenso, porque para mi familia política los cumpleaños son sagrados, y no me gustaría que cambiaran la fecha por mi culpa.

—Sí, por mí no hay problema —le respondo.

—De acuerdo, pues se lo digo.

—¿Quieres que le compre la colonia de siempre?

—Narciso Rodríguez, edición especial; 70 euros, si Narciso está de buen talante.

—¿Puedes encargarte tú? Yo ando un poco liado con la corrección del libro.

—Pues claro que puedo. —¿Cuándo, Lily, CUÁNDO vas a ir, si apenas tienes tiempo para comer?—. Además les pediré unas muestrecitas, que sé que a tu madre le gustan… ¿Ya estás corrigiendo el libro? ¿Cómo va? ¿Estás contento?

Yo sí que estoy contenta por poder hablar con él durante dos minutos sin que empecemos a cortocircuitar. De verdad que si tuviera una cola, estaría ahora moviéndola de un lado a otro.

—Va bien. Hay una parte que no me convence del todo, pero creo que lo voy a dejar.

—Claro que sí, Héctor, seguro que está genial. Si quieres que yo lo lea... —Total, dormir cuatro horas está sobrevalorado.

—Te lo agradezco, pero no hace falta; a ti te resultaría muy pesado, porque tiene un alto contenido de documentación histórica. Además, es un libro de lectura reposada y tú ahora no tienes tiempo para nada.

Los avisos de «peligro» se encienden en mi mente. Es la primera conversación civilizada que mantenemos en semanas y no quiero que termine mal. Por otra parte, tenemos tantos temas vedados que me resulta difícil encontrar uno inofensivo. Por fin reúno el valor para hacerle, al menos, una propuesta:

—¿Te gustaría que cenáramos juntos hoy? Tenemos partido de liga europea y es a las seis; podríamos reservar a las diez en la pizzería de la esquina. —Se me acelera el corazón y temo que lo escuche a través del teléfono.

—No puedo, Lily —dice tras unos segundos—, tengo que preparar una ponencia para la semana que viene, y con todo esto del libro, no le estoy dedicando la atención que requiere.

—Ah, vale. No pasa nada. Otro día.

—De acuerdo. Un beso.

—Otro para ti. Adiós.

Colgamos. A ver, la cena no ha salido, pero hemos tenido una conversación normal, como si fuéramos un matrimonio normal que tiene una vida conyugal normal, ¿no? Suelto el aire como un globo desinflándose y giro la cabeza a un lado y a otro para desentumecer los músculos: he visto barras de acero más flexibles que mi cuello ahora mismo.

Pero lo importante ha sido que hemos hablado sin discutir; tal vez sea un punto de inflexión.

La colonia, que no se me olvide. Me paso la alianza de la mano derecha a la izquierda, como hago siempre que quiero recordar algo.

Lo hago mientras miro distraída a mi alrededor. Qué rara era yo de adolescente. Mi madre no ha tocado nada de mi cuarto y es como entrar en un túnel del tiempo. Hay un póster de Harry Potter, el de las barcas cuando llegan a Hogwarts por primera vez, y otro del mítico jugador del Malac, Dimas Narváez, tirando un triple con el reloj al fondo, marcando 0,5 segundos de posesión. Medallas colgadas por todas partes, la mayoría de consolación, pero mi madre insistía en que lo importante era participar. ¡Un churro! Lo que hubiera dado yo por una buena medalla con un uno dorado y reluciente. Y libros, una estantería llena de ellos. Muchos clásicos, un montón de novelas románticas (algunas guarrillas), tebeos y varias biografías de deportistas consagrados.

Echo un último vistazo a mi habitación antes de salir. En general percibo una nostalgia cálida cuando vengo aquí. Durante mi infancia y mi adolescencia fui bastante feliz, gracias, en gran parte, a mi madre. Siempre ha estado ahí para apoyarme, en mis éxitos y en mis incontables fracasos.

Cuando llego a la sala de estar, veo que está roncando, aunque ella lo negaría y diría que tiene «la respiración fuerte». Con suavidad, la arropo con una toquilla que siempre hay en el sofá, de cuando yo era bebé. Cabecea un poco, pero no se despierta. La contemplo unos segundos. Está un poco mayor, pero sigue siendo una mujer guapa. Cuando duerme parece distinta, porque no tiene los rasgos que la caracterizan: la energía arrolladora que le ha hecho posible sacar adelante a una hija ella sola, su sentido del humor y un trasfondo de tristeza que se le nota siempre en los ojos. Los divorcios son malos. Son traumáticos. No quiero divorciarme.

Tras ir al cuarto de baño, lavarme los dientes y arreglarme un poco, salgo de casa sin hacer ruido. Es pronto, así que iré andando al Palacio. Total, las gestiones que tengo que hacer las puedo resolver por teléfono, y así desentumezco las piernas, que últimamente me muevo poco y no tengo tiempo ni siquiera para correr. Decido ir por el paseo marítimo, porque estoy en modo disfrutón. La no discusión con Héctor me ha subido el ánimo.

Es finales de octubre y hace un día precioso, con una temperatura ideal y una leve brisa que juguetea con mis rizos; mi sombra proyecta la imagen de una figura mitológica en la acera, como de Medusa o algo así. A mi izquierda las olas vienen y van con suavidad, acariciando la playa. Aspiro el aire a mi alrededor, tan salado que casi puedo paladearlo.

Me da lástima tener que abandonar el paseo marítimo, pero cruzo y lo dejo atrás. Eso sí, me siento con el cargador a tope de energía, porque los que nacemos en la costa necesitamos un chute de mar de vez en cuando, de lo contrario, languidecemos. Entonces me coloco los auriculares y comienzo a hacer todas las llamadas pendientes.

Cuando llego al Palacio del Sol, se nota enseguida que hoy hay partido. Es como una vibración, algo invisible, pero que está. Ya han montado la zona para aficionados en el exterior, con música y bebidas, y los puestecillos con chucherías y bufandas se están instalando cerca. El autobús del equipo rival no ha llegado aún, pero distingo varios coches de nuestros jugadores. A la Lily *hooligan* se le encoge el estómago por la emoción; hoy jugamos un partido importante. Ojalá no se rompa la buena racha.

Ya no me hace falta enseñar mi acreditación para que me dejen pasar, porque los chicos de la puerta me reconocen. Una vez dentro, me encuentro a Richu escondido tras un ramo de gerberas rojas más grande que él, y eso que es alto, porque en su día fue jugador. Cuando me ve, acelera el paso (lo que puede, porque el pobre está muy mayor) y me da una.

—Toma, Lily, hoy es mi cumpleaños y he comprado flores para todo el equipo. Me hubiera gustado comprar un ramo verde, porque es nuestro color, pero resulta que las flores verdes son más bien feas, así que he comprado las favoritas de mi Maritere, que descanse en paz. ¿Te gusta esta?

—Es preciosa, Richu, gracias. —Aspiro el olor mientras me alegro de sentirme mejor hoy, si no, estaría llorando a lágrima viva por el detalle de este hombre entrañable—. ¿Preparado para ganar?

—Ay, hija mía, estos chicos son una maravilla, pero en algún momento hay que perder. Me acuerdo de que en mi época, cuando no éramos más que un equipo de colegio con pretensiones, ganamos quince partidos seguidos. Pensábamos que conseguiríamos el título de liga, pero un día perdimos y ¿te puedes creer que no fuimos capaces de conseguir una sola victoria más en la temporada? —Se le achinan los ojos con nostalgia—. Hay que estar preparados para ganar y para perder, en los partidos y en la vida, claro.

—Es verdad. —No lo puedo evitar, me acerco a él y le doy un abrazo, con ramo enorme de gerberas incluido; él suelta una risita nerviosa y yo le digo, al separarme—: Richu, a ver si mañana estoy menos liada y te hago el reportaje para la revista del

Club, que tengo muchas ganas de que me cuentes tu historia, que es la historia del Malac, también. ¡Eres un tesoro y tengo que aprovecharme de ti!

—Cuando quieras, Lily, yo encantado de colaborar.

Tiene los ojos brillantes. Le hace ilusión lo del reportaje, y quizá también lo del abrazo; qué hombre tan entrañable. Después de despedirme, sigo caminando por los pasillos y enseguida se me une Sole, que va con su gerbera roja correspondiente. Ella la lleva en la mano; yo me la he puesto en la oreja y debo de tener pinta de tarada, pero bueno, qué más da.

—¿Qué tal, Sole? ¿Todo bien?

Ella asiente. Sole es... peculiar. Tendrá unos cuarenta años y se empeña en vestir como una teresiana, con blusas blancas y faldas hasta los tobillos. Siempre se peina el cabello rubio con una coleta baja y el maquillaje es algo absolutamente desconocido para ella. A mí me desconcierta, porque es tímida a rabiar, pero poco a poco voy descubriendo que tiene su personalidad. Por otra parte, es una buena persona. Si me ve agobiada, entonces es cuando intenta sobreponerse a sus limitaciones. Ojalá pueda ayudarla a confiar más en sí misma, algo que intento cada día asignándole tareas cada vez más ambiciosas.

—¿Has mandado ya la previa a los medios? —le pregunto, aunque sé que así es, porque Sole no falla nunca en ese tipo de cosas.

—Sí, a todos, y también he incorporado la lesión de Endinga de última hora, que estará de baja tres semanas —me dice muy bajito; con ella a veces me descubro buscando el mando a distancia para subirle el volumen—. Ya le he mandado un *email* al doctor que lo trata para que me pase todos los partes médicos.

—Perfecto, no sé qué haría sin ti. —Se sonroja mientras continuamos andando hacia las oficinas de comunicación en el Palacio; decidimos acortar por la cancha—. Por cierto, he pensado en hacerle una entrevista a Richu para el próximo número de la revista del Club. ¿Te gustaría encargarte?

Duda. Duda un montón, lleva al menos veinte pasos de debate interno. Ese es su punto débil, las entrevistas. Pero Richu es tan fácil de tratar... Cuando llegamos a la cancha, aún sigue sin pronunciarse, así que decido echarle un cable:

—Eh, no te preocupes. Mira, lo haremos juntas, yo estaré contigo, pero en plan de apoyo moral; tú serás la que hagas las preguntas, ¿de acuerdo? Y si hay algún problema, te saco del atolladero, pero estoy segura de que no va a hacer falta. ¿Te parece bien?

Sole asiente, agradecida. Uf, pobrecilla, me alegro de haberle dicho esto, porque estaba pasando un mal rato. Lo apunto en la agenda y levanto la mirada para ver a los nuestros, que ya están calentando.

De nuevo algo vibra en mi interior. La música está tronando por los altavoces y ya hay algo de público en las gradas. Es el primer partido de la liga europea y nos toca un rival difícil, el Bayern de Múnich. Veo a Marcos Durán, el entrenador, y me acerco para recordarle que la entrevista previa al partido será en quince minutos. Él asiente, sin apenas mirarme, y se aleja, concentrado en el calentamiento. A veces creo que no le caigo demasiado bien a este hombre, pero ¿qué iba a tener contra mí? Yo no le he hecho nada malo. Tiene mucha presión, como todos los entrenadores de la ACB. Y no le gustan mucho los medios, pero es un profesional y siempre que lo requiero, se presta a ello.

—¡Cuidado, Lily!

Intuyo que una pelota se acerca a toda velocidad, pero tantos años de entrenamiento me sirven para algo y me agacho justo a tiempo de evitar que me dé en la cabeza. Por el rabillo del ojo veo que Sole huye despavorida: si Richu le impone, los jugadores le parecen personajes terroríficos. Yo miro a la cancha, para ver quién ha sido el responsable del balonazo fallido. Por supuesto. Ahí está Campbell, metiendo una canasta y colgándose del aro, con una sonrisa de oreja a oreja de lo más sospechosa. Decido ignorarlo. Por el amor de Dios, que nos estamos jugando la vida con el Bayern, y este parece que está en el patio del cole.

—¿Estás bien?

Salow se acerca y no oculta muy bien que se está riendo, pero al menos tiene el detalle de preguntar. Para él debe de ser un partido importante, porque hace unos años jugó con nuestros rivales, así que seguro que está deseando reencontrarse con antiguos compañeros.

—Sí, sí; tú a lo tuyo —repongo un poco nerviosa, porque veo al entrenador fulminándome con la mirada; pero cuando me fijo en el bulto que Salow tiene en la cintura, demasiado arriba como para ser algo bochornoso, no puedo evitar señalárselo—. ¿Y eso qué es?

—Ah, eso —sonríe y me señala la oreja—, a ti te queda mejor, la verdad.

Se sube la camiseta y, aparte de mostrarme unos abdominales de portada de revista de *fitness*, me enseña su gerbera roja. Qué detalle, que la lleve encima. Miro un momento a los demás y no hay ninguno que se haya tomado esa molestia, aunque Richu se las habrá dado a todos. Espera, ¿qué es ese bulto sospechoso que lleva Luca, el chavalito de la cantera, en la espalda, también enganchado al elástico de los pantalones? Me encojo de hombros y sonrío a Salow.

—Richu es genial. —Y de verdad que lo es, pero espero que el jugador me responda que no a la pregunta que le hago a continuación—: ¿Vas a jugar con ella?

—No, claro que no; pero me parecía feo dejarla tirada por ahí. —Se pasa una mano por el pelo y me pregunta—: ¿Y tú vas a atender a los medios así?

—No, claro que no —lo imito, pero la verdad es que se me había olvidado quitármela—. Si quieres te guardo la tuya.

—Gracias.

Me la tiende. Sí, tiene el tallo cortado, de lo contrario hubiera sido bastante incómodo e incluso peligroso para su futura descendencia, que no es que sea asunto mío, pero que es algo que siempre hay que tener en cuenta. Cuando la cojo rozo un momento sus dedos, y aunque espero encontrarlos sudados, solo están calientes. Estos deportistas de élite son la caña. Yo estaría empapada y asfixiada, pero él está fresco como una lechuga.

—¡Brandon! —La voz de Marcos Durán resuena por la pista—. ¿Te reincorporas al calentamiento o te llevamos unas pastas y un té para que lo compartas con la prensa?

—Voy, míster; ha sido culpa mía —le responde con tranquilidad Salow; y se va con sus compañeros, no sin antes señalar la flor que me ha dado—. Gracias.

Apenas le oigo decir esto, porque yo, más roja que la gerbera, sí que he huido ante el toque de atención del entrenador. Definitivamente no le caigo bien a este hombre. Pero, a ver, es que también yo... A quién se le ocurre interrumpir el calentamiento antes de un partido de la liga europea; no tenía que haber distraído a Salow. Ya no recuerdo cómo hemos empezado a hablar, pero ha sido poco profesional por mi parte. Bueno, ya da igual. Acabo de llegar a la oficina y esto es un hervidero.

Los partidos no se disfrutan igual cuando eres la responsable de prensa. Tienes que guardar las formas y no gritarle al árbitro, porque no quedaría muy bien. Además, los medios te piden estadísticas y que les resuelvas cualquier duda a cada instante («¿Qué le ha pasado a Timor Endinga?», «¿Cómo lleva Salow el enfrentamiento contra su exequipo?», «¿Por qué algunos miembros del cuerpo técnico llevan hoy una flor en la solapa de la chaqueta?»). Aun así, ha sido increíble. Una victoria contundente de los nuestros, con dos claros protagonistas: Campbell y Salow. El mequetrefe ha estado espectacular, con quince puntos, ocho rebotes y seis asistencias. Pero es que Salow..., ¡treinta y dos puntos él solo! Ha marcado ocho triples de diez intentos. Una auténtica pasada. Ha sido emocionante ver, además, cómo después del partido los jugadores y los miembros del cuerpo técnico del Bayern no hacían más que abrazarlo. Qué bonito tiene que ser salir de un sitio y dejar un recuerdo tan bueno... Sobre todo después de que te haya dado una paliza en la cancha. Eso sí que es deportividad.

Había tanto ruido esta noche en el Palacio que aunque ya he llegado a mi casa —bueno, en un sentido estricto es la de Héctor, pero yo la considero mía también—, los oídos me siguen zumbando. Al final se me ha hecho más tarde de lo esperado, porque he tenido que atender a varios medios internacionales que querían hacer entrevistas a los ídolos del partido. Ha sido una locura, pero una locura alegre.

Ha sido un día genial.

Suelto un gemido de placer en cuanto me descalzo. Y aunque me muero de ganas de desmaquillarme, lavarme los dientes y acostarme, antes relleno con agua la violetera que tenemos sobre el mueble de la entrada, para poner en ella la flor de Richu. Sole, supongo que entre taquicardias, le devolvió a Brandon su flor, porque yo estaba ocupada con Travis y una entrevista en castellano que se le estaba resistiendo. Mi gerbera está un poco chuchurría, la pobre, pero espero que ahora reviva.

—Lily, qué tarde has llegado.

Escucho la voz de Héctor y me vuelvo. Lleva el pijama puesto y el pelo muy desordenado, como si se lo hubiera estado revolviendo una y otra vez. Sale del despacho con dos libros en la mano. Se le nota cansado y... de mal humor.

—Sí, es que acabo de aprender que los partidos de la liga europea son más complicados de atender que los de la ACB. —Estoy a punto de informarle de que hemos arrollado a los alemanes, pero me callo; hay algo en su cara...—. ¿Cómo te ha ido con la ponencia, has avanzado?

Coge aire como para responder, pero entonces se queda mirando la violetera y lo veo tensarse.

—¿Y esa flor?

—Ah, nos la ha regalado un utillero, Richu, porque hoy es su cumpleaños. —Me apresuro a añadir la información crucial del asunto—: Cumplía ochenta años y... tiene la ilusión de un chaval, es espectacular.

Sus hombros se han relajado, pero sigue habiendo algo raro en el aire, como cuando va a llover de un momento a otro... o se está gestando un huracán de categoría cinco.

—«Espectacular» es un término que se usa demasiado en el periodismo deportivo y es impropio: que un hombre cumpla ochenta años no es algo digno de un espectáculo —dice, distraído, pero luego se le agrava la voz al continuar—: Y digo yo, si has llegado a casa a las doce de la noche, ¿qué hubiera pasado si te hubiera dicho que sí a la cena?

—Pues que hubiera removido cielo y tierra para estar en la pizzería a la hora que te había dicho —digo mientras me quito la chaqueta del traje.

Estoy cansada. La adrenalina que he sentido por el partido y por la victoria se está desvaneciendo y está dando paso al agotamiento que me domina últimamente. Un cansancio que se alimenta de pocas horas de sueño, malas comidas, pero sobre todo de esta tensión que tenemos Héctor y yo. Como no sé qué más decir, paso por su lado rumbo a la habitación, y entonces me agarra del codo, sin apretar demasiado, pero impidiéndome seguir.

—No podemos seguir así. Casi no nos vemos. Esto no es sano —sentencia con frialdad—. Apenas pasas por casa y yo no puedo hacer bien mis tareas, tareas que necesitan un alto nivel de concentración. Ya me han dado un toque de atención en la editorial por no cumplir con los plazos... No estoy dispuesto a que, para que tú te sientas realizada, yo tenga que pagar los platos rotos de esta situación.

—Pero —pego un tirón para deshacerme de su agarre— ¿tú te estás escuchando? ¿Me estás culpando de que no puedes concentrarte porque yo estoy fuera de casa, trabajando? ¡Ese no es mi problema!

—¡Sí lo es, porque somos un matrimonio! —grita, acercándose a mí—. ¡Y me pregunto para qué estamos casados si ni siquiera podemos quedar para cenar sin que llegues tarde!

—¿Será posible? —exclamo, tratando de canalizar mi indignación y no asfixiarme en ella—. Ah, o sea, que estás enfadado porque he llegado tarde a nuestra cita inexistente. ¿Se te ha quedado fría la cuatro quesos imaginaria o la *pepperoni* de fantasía? —Vale, se me va, se me va de las manos—. Esto es el colmo, pero te voy a decir más, Héctor: lo cierto es que nos vemos casi igual que antes de mi trabajo en el Malac, porque tú antes ya estabas ocupadísimo, escribiendo un par de novelas de dieciocho mil páginas al año, solo que ahora, cuando llegas cansado e irritado porque Blas Infante te está dando más tarea de lo normal, no me tienes a mí para desahogarte. —Inspiro, intentando tranquilizarme, pero me tiemblan las manos—. Vamos a ver, Héctor, cuando hablas de que no podemos seguir así, ¿qué es lo que me estás diciendo, en realidad?

—Creo que es evidente —dice sin mirarme a los ojos.

—¿El qué es evidente? ¿Que tengo que elegir entre mi trabajo o mi matrimonio?

Necesito escucharlo, creo que es importante que lo diga en voz alta. Pero la valentía no ha sido nunca una de sus virtudes.

—Hombre, está claro que así no podemos seguir.

No se atreve a formularme el ultimátum en voz alta. Tampoco es que haga mucha falta. Se marcha a la habitación y da un portazo. Sí, ha quedado muy melodramático, pero ahora mismo tengo que entrar para coger mi pijama, porque aunque en alguna cláusula de nuestro contrato matrimonial se haya estipulado que me toca a mí dormir en el sofá, no hay nada sobre tener que hacerlo en traje de chaqueta, sudada y sin desmaquillar.

Miro la flor de Richu, que ha agradecido el agua y está mucho más lustrosa. Pero se me emborrona la imagen con las lágrimas, que han empezado a surgir sin control. Al final no ha sido un gran día.

Ha sido un día horrible.

# Capítulo 8

Estoy ahogando mis penas en jamón de cinco jotas. Lo cual, bien pensado, no está tan mal. De hecho, voy a comer mucho mejor de lo que suelo hacerlo en este tipo de celebraciones con mi familia política, que sigue abonada a las marisquerías de la ciudad. Pero hoy la primita Rubí, que por cierto lleva un escote despampanante que no puedo dejar de mirar y que me ha hecho cuestionarme hasta mi orientación sexual, ha hecho un chascarrillo y la cosa ha terminado así, con jamón del caro. Cuando me ha tocado pedir, ha comentado:

—Lily sí que puede pedir cualquier cosa de la carta, ¿verdad, Marián? —Y le ha guiñado un ojo a mi suegra, que ha asentido mientras ambas sonreían con una compenetración envidiable—. Héctor, qué suerte tienes, qué baratita te sale.

Así que aquí estoy, celebrando los sesenta y cinco de mi suegra por todo lo alto, con un plato de jamón de Joselito. Me he apropiado de la cestita de pan caliente con mantequilla que han servido al principio y me he puesto a fabricar bocatas a un ritmo que ni el Pans & Company. Me parece notar las miradas de desaprobación de mis compañeros de mesa, o a lo mejor es envidia, porque ellos están dándole a los búsanos otra vez. Pues que os aproveche a todos. Sobre todo a ti, Héctor.

Estoy cabreada con él. Porque digo yo que, por muy mal que estemos, aún seguimos casados, ¿no? Y si se va tres días a Pisa a un congreso sobre «salubridad e higiene durante la Edad Media» (tres días en los que habrán estado analizando las diferentes formas de gritar «¡Agua va!», supongo), podría haberme llamado o mandado un mensaje, al menos. Que sí, que está muy bien dejar el sofá y recuperar la cama de matrimonio, pero... Bah, ni eso, porque ayer, harta de estar sola, me fui a dormir a casa de mi madre. Es muy triste pasarte todo el día trabajando y que luego nadie te espere en casa.

Así que aquí estamos, él y yo, sentados juntos, pero a mil kilómetros de distancia. Y me da coraje, porque el viaje le ha sentado bien y está hasta más guapo, con su traje gris claro y la camisa blanca que le regalé hace tiempo. Yo también me he esforzado en arreglarme y, a pesar de todo, llevo su vestido preferido, uno entallado con escote en forma de corazón y de color añil. Pero dudo que se haya fijado. La verdad es que teniendo al lado a Rubí, ya imagino a dónde van todas sus miradas.

—Bien, ha llegado el momento de los regalos —exclama Keka—. Mamá, nosotros te hemos regalado el bono ese para el *spa* en la Clínica Bienestar.

Héctor se vuelve hacia mí, claramente preocupado. Hombre, Héctor, hola, ¿qué tal? ¿Nervioso porque se me haya olvidado comprarle el regalo a tu madre? Mantengo unos segundos más mi cara de póker para prolongar su agonía, pero finalmente, porque soy buena, soy más buena que la madre Teresa de Calcuta, saco con disimulo el paquetito de colonia, bien envuelto, y se lo paso a él, para que se lo entregue a Marián. Él lo coge y detecto una chispa de agradecimiento en sus ojos, pero yo vuelvo la vista al plato de Joselito. O al escote de Rubí; ambas cosas son más apetecibles que mirarlo a él esta noche.

—Toma, mamá, la colonia que te gusta.

—Ay, hijo, lo que te habrá costado encontrarla —dice tras abrirla, emocionada por el detalle de su amado hijo—, esta edición limitada no la tienen en ningún sitio.

Doy fe de ello, señora. Me he recorrido todas las perfumerías de la ciudad y al final la tuve que encargar por internet, y he estado con taquicardias pensando que no llegaría a tiempo. En Seur deben de estar hasta el moño de mí, pero tenía que asegurarme... Oh, oh, mi teléfono comienza a vibrar. Es Luis, mi jefe. Tendría que cogerlo, pero en este momento Marián se levanta con una copa de Moët & Chandon en la mano.

—Voy a decir unas palabras, que no todos los días se cumplen sesenta y cinco años. —Toda la familia la aplaude; lo que le gusta a esta gente un discurso, de verdad—. Cuando veo todas estas caras tan queridas por mí en este momento, solo puedo...

Luis ha colgado y yo no lo he cogido. ¿Hay alguna posibilidad remota de que me llame para algo trivial, no sé, para pedirme el teléfono de alguien? No, me mandaría un mensaje; trago saliva, porque tiene que ser importante. Y se confirma de inmediato cuando el teléfono comienza a vibrar por segunda vez.

—... Mis hijos son lo más importante de mi vida, y aunque a veces los vea sufrir, y eso para una madre sea muy duro —continúa mi suegra mirando a mi marido, que está asintiendo—, siempre me tendréis aquí para desahogaros...

No tengo tiempo para analizar las palabras de

Marián ahora mismo, porque Luis me está llamando por tercera vez. De reojo veo que Héctor se ha tensado al ver que mi móvil está desatado, pero ya he decidido que tengo que cogerlo. Con el teléfono en una mano y el bolso en la otra por si tengo que apuntar algo, intento empujar la silla para atrás con sigilo, pero...

¡Ñiiiiiiiiiiiiic!

Jolín, qué silla tan pesada, estas marisquerías lujosas no reparan en gastos con el mobiliario. He provocado tal estruendo que no solo Marián ha parado su discurso para mirarme, se ha callado todo el mundo en las mesas de alrededor.

—Perdón, perdóname, Marián —digo con un hilo de voz—, pero me llaman del trabajo y debe de ser urgente. Discúlpame.

Salgo de allí esquivando la silla de dos mil kilos y las miradas de todo el mundo. Como el vestido es ajustado, la carrera es bastante aparatosa y no avanzo mucho, con lo que puedo deleitarme con la maravillosa sensación de ser taladrada por la mirada de Héctor durante todo el trayecto hacia la salida del local. Puede que esto sea la guinda del pastel, no lo descarto, pero, por otra parte, este pastel está ya para tirarlo a la basura. Y yo ahora lo que quiero es saber por qué Luis me ha llamado tres veces seguidas.

Cuando salgo a la calle, el frío de noviembre me golpea; con las prisas se me ha olvidado coger el abrigo. No pasa nada, mi agobio bastará para calentarme. Al fin puedo descolgar el móvil.

—Dime, Luis —jadeo.

—Lily, perdona que te moleste un sábado a las diez de la noche, pero... tengo que darte una mala noticia. Es Richu. Ha fallecido. Su familia lo ha encontrado en su casa, tapado con una manta en el sofá, sin respirar. Al parecer ha muerto mientras dormía.

Me quedo quieta como una estatua. Ya no hay frío, ni agobio, ni resentimiento. La muerte tiene eso. Cae como un rayo y anula todo lo demás. Me tambaleo un poco y me apoyo en una farola cercana. No era familiar mío ni lo conocía desde hacía tiempo, pero hay seres cercanos que cuando mueren te impactan de forma brutal, como si se llevaran un pedazo de ti. Y eso es lo que me está pasando en este momento. Ni siquiera me pongo a llorar. Estoy demasiado bloqueada.

—Lily —me dice Luis con delicadeza, porque debe de intuir que estoy bastante afectada—, como hace poco que habéis sacado su entrevista en la revista, Richu está de actualidad y muchos medios se harán eco de la noticia. Podría ser un bonito homenaje que mañana los periódicos recordaran que ha sido un hombre de club hasta el final. No sé si te dará tiempo a conseguirlo antes del cierre, pero si pudieras hacerles llegar una nota de prensa, estoy seguro de que la familia lo agradecerá.

—Claro, Luis, no te preocupes. —Tengo que aclararme la garganta antes de hablar, pero me viene bien pensar en cosas pragmáticas, porque me había quedado en *shock*—. Enseguida la redacto; llamaré a mis contactos a ver si puede salir mañana, aunque, como tú dices, es tarde para los medios de papel. En los digitales no hay problema. Me pongo a ello ahora mismo.

—Gracias, Lily. Como siempre, eres la mejor.

Cuelga y me recorre un escalofrío. Antes de que pueda achacarlo a la desgraciada noticia de la que me acabo de enterar o a los ocho o nueve graditos que debe de hacer, escucho la voz de Héctor justo a mi lado. Yo doy un respingo. Últimamente está de lo más siniestro.

—¿Qué ha pasado? —me pregunta con brusquedad, aunque supongo que algo intuirá si ha escuchado la conversación.

—Ha pasado que me acabo de enterar de una mala noticia. —No cambia el semblante, pero a mí se me quiebra la voz cuando se lo digo—: Ha muerto una persona importante en el Club.

—¿Un jugador o algo? —sigue inquiriendo, de mala gana.

—No; se trata de Richu. Es el hombre que nos regaló el otro día la flor...

—¿El utillero octogenario? —repone con incredulidad—. Mira, no quiero parecer insensible, pero ¿me estás diciendo que vas a ponerte a trabajar en el cumpleaños de mi madre, de mi MADRE, porque se ha muerto una persona mayor y, discúlpame de nuevo, irrelevante?

La cena se me revuelve en el estómago. Pero, bueno, ¿yo cuándo me he casado con un cretino? Él detecta algo en la expresión de mi cara que le hace retroceder un paso, la misma distancia que avanzo yo, sin dejar de mirarlo a los ojos.

—Sí que eres un insensible, Héctor, y no, no te disculpo. Como siempre, para ti todo se reduce al éxito y al reconocimiento, pero te equivocas: Richu no era irrelevante, puede que fuera la persona más querida de toda la plantilla. ¿Y sabes una cosa? Tú, mi marido, deberías saberlo, porque yo tendría que poderte contar todas las cosas de mi trabajo, porque son importantes para mí. Pero tú solo estás centrado en tus cosas, en tus problemas, y en cómo te está afectando todo esto *a ti*. Y podría seguir sacando la basura que han sido estos últimos meses, pero no tengo tiempo, porque ya voy tarde.

—Es mejor que no entres al restaurante. —Aunque su voz ha perdido solidez, me doy cuenta de que me está obstruyendo el paso—. Mi madre está muy enfadada contigo porque has interrumpido su discurso y no ha podido hilarlo después.

Abro la boca. La cierro. Incredulidad. Enfado. Incredulidad otra vez. Enfado monumental y desatado.

—¡Era un discurso de mierda, cargado como siempre de indirectas hacia mí! —grito.

De verdad que no tengo tiempo para esto, y además hace frío; hago otro intento de entrar al local, pero, para mi sorpresa, Héctor me corta el paso de nuevo. Tengo que reconocer que para ser un intelectual, no tiene mal movimiento de pies. Me quedo mirándolo, desconcertada, porque se nos ha atascado la situación. Y entonces lo veo en sus ojos, y sé que va a suceder antes de que las palabras salgan de su boca. El ultimátum. Al final ha reunido el coraje para hacerlo. Y me invade un pánico tan violento que tengo la tentación de taparme los oídos. Pero no lo hago, claro.

—Lily, si entras ahí, es para quedarte y disfrutar de nuestra reunión. Si tienes que trabajar, preferiría que te quedaras fuera. Es una falta de respeto para mi madre y para mí. Nos estás ninguneando.

—¿Y si me quedo fuera —digo con un hilo de voz—, qué pasará después?

No responde. Como ultimátum deja mucho que desear, pero lo es. Yo me quedo mirándolo a los ojos durante una eternidad, esos ojos de los que he estado tan enamorada y que ahora solo me miran con resentimiento, mientras me pregunto cómo hemos llegado a esta situación. Tengo un pequeño debate interno, pero es breve. Mi orgullo emerge como un remolino y toma las riendas de la situación.

Doy un paso atrás. Y después me aseguro de que

las cosas queden claras entre nosotros, para evitar malentendidos.

—No pienso entrar ahí. Y me marcharé a casa de mi madre esta misma noche.

No dice nada, pero aprieta los puños y alza el mentón, con aire desafiante. Entonces se da media vuelta y se mete en el local. Hasta que su silueta, a la vez tan familiar y tan extraña, desaparece por la puerta, no me doy cuenta de que ha empezado a lloviznar. Comienzo a tiritar, pero no creo que sea de frío. Y, aunque acabamos de dar el paso definitivo hacia la ruptura de nuestro matrimonio, mantengo la esperanza de que salga con mi abrigo. Pero dos minutos después entiendo que eso no va a suceder. La desolación que ese gesto me produce vuelve a dar paso a una oleada de amor propio desenfrenado.

Que te den, Héctor.

Ya no puedo perder más tiempo. Si he dado un paso tan importante por Richu, me voy a asegurar de que la noticia de su muerte salga en cada medio de comunicación de esta ciudad, como si tienen que parar las rotativas para incluirlo. Con paso decidido (y el vestido empapado), aparco la tristeza y, como aparte de la marisquería no hay ningún otro local abierto por aquí, me dirijo a una parada de autobús cercana, que cuenta al menos con una marquesina; elijo el asiento menos destrozado y me pongo a escribir en el móvil.

Tardo diez minutos en redactar la nota y otros quince en hablar con los responsables de cierre de los distintos periódicos locales. Los conozco personalmente y me aseguran que da tiempo a incluirlo en la edición de mañana. Los medios digitales cuelgan la noticia de inmediato; dudo que hayan revisado mi texto porque se fían de mí. Y estoy satisfecha, porque además todo el mundo sabrá que la misa por Richu será mañana por la tarde, después del partido, así que los que quieran podrán asistir y darle el último adiós.

Pero cuando termino todo el proceso, me da un bajón. Estoy tiritando, y ahora sí puede que sea por el frío que hace. Mi vestido sigue húmedo, y me he tenido que enfrentar por lo menos a seis conductores de autobús malhumorados que han parado y han tenido que reanudar la marcha doblemente malhumorados tras decirles que no iba a subir. Joder, qué frecuencia tiene la línea 8 a esta hora, creo que a un conductor lo he visto hasta dos veces. Qué pena que no me lleve a casa de mi madre. En cambio, sí me dejaría cerca de mi casa. Bueno, de la casa de Héctor. Mira, orgullo, esta noche has estado muy bien, pero yo voy a coger una pulmonía como no me ponga ropa seca ahora mismo.

Así que, cuando aparece el siguiente autobús, no me lo pienso dos veces. Tengo que hacerle señales como si en vez de un bus fuese un caza americano a punto de aterrizar en un portaviones, y aun así se detiene con reticencia.

—¿Estás de cachondeo? —me pregunta el conductor, que yo juraría que es el que ha pasado dos veces antes.

—No, ahora sí quiero subir —le digo con voz temblorosa por el frío y por mil razones más.

Me hace un gesto con la cabeza para que entre. Y casi se me saltan las lágrimas por lo calentito que se está dentro. El conductor se ablanda y, después de pagar el billete, me pregunta si estoy bien. Siento una oleada de gratitud hacia este señor no tan odioso, porque me ha demostrado más humanidad que mi marido, que después de cinco años de novios y otros cinco de casados, me ha dejado en la calle sin mi abrigo. Aunque siendo sinceros, era de borreguito y esa prenda mojada sí que hubiera sido una tortura. Gracias, Héctor.

El 8 me deja a cinco minutos andando de mi destino. Ya no llueve, por fortuna, pero qué frío, por favor. ¿El clima mediterráneo no era ese con inviernos suaves? Además, ¡estamos en otoño! ¡Pero parece *Frozen*! Menos mal que ya he llegado, porque es probable que esté empezando a delirar.

Al meter la llave en la cerradura, me doy cuenta de que no está echada, o sea, que Héctor está dentro de casa. Siento un cúmulo de emociones enfrentadas, pero una destaca sobre las demás: miedo. Hubiera sido más fácil no verlo más esta noche. Pero, por otra parte, me reconforta saber que no esté bebiéndose un *whisky* con su familia, como si nada hubiera pasado, como si este no fuera uno de los momentos más tristes de su vida. Aunque no sirva para nada, necesito verlo destrozado, como me siento yo ahora mismo. Solo así...

Cuando entro en el salón, mi cerebro percibe una serie de estímulos que no es capaz de procesar.

Héctor con Rubí, en el sofá.

Un perrito del tamaño de un ratón mordisqueando los bajos de las cortinas.

Incienso en incensario.

Música ambiental de Kenny G, de la que escuchas en la sala de espera del ginecólogo.

Cada parpadeo separa una escena más surrealista que la anterior, así que cierro un momento los ojos y cuando los abro puedo enfocar la habitación entera. Es así como soy capaz de percibir que Rubí está sentada y desnuda de cintura para arriba, mientras Héctor la rodea con las piernas y le masajea el cuello. O lo masajeaba; ahora mismo están los dos boquiabiertos, mirándome. Fíjate que eso es lo que más me sorprende de todo. No que me miren con la cara desencajada, eso es normal. Es que él le esté toqueteando el cuello. Vale que claramente sea un masaje erótico, como lo demuestran esas dos tetas gloriosas que, en otras circunstancias, quizá hasta me tentaran a unirme. Pero hubiera preferido mil veces encontrármelos haciéndolo en plan desenfrenado. Porque aquí, en este escenario, hay como mucha... premeditación. Como si no fuera la primera vez que lo hacen.

Qué tonta eres, Lily, claro que no es la primera vez que lo hacen. Ya decía yo que eran muchos días para un congreso de higiene en una época donde conservar los dientes a los treinta era un lujo. Pero debo reaccionar. Creo que llevo más de dos minutos embobada, mirándolos; y ellos, quietos como estatuas. Rubí va a coger frío.

—¿Pero vosotros no eráis primos? —digo.

No sé, quizá no sea lo más importante de la situación, preocuparme porque sus hijos vayan a salirles tontos, pero es que yo me imagino haciendo algo parecido con mi primo Rodolfo y me dan arcadas.

—Lejanos —repone ella—, lejanísimos.

—Ah. —Da igual, qué asco—. Voy a cambiarme.

Antes de girarme, me doy cuenta de que el perrito se acaba de orinar en una de las patas del sofá. Por lo menos no tendré que limpiarlo yo. Mientras busco una bolsa de viaje para meter algo de ropa, no paro de sorprenderme por lo civilizada que soy. En las películas el cornudo se pone a gritar, a pegar y a arrasar con todo lo que encuentra, pero yo solo quiero largarme de aquí. Siento una vergüenza inexplicable, como si hubiera sido mi culpa haberlos interrumpido. Me cambio de ropa en un segundo y no sé ni lo que me he puesto. Un chándal, creo.

Meto cosas en la bolsa sin ton ni son: me parece que he cogido unos calzoncillos y hasta la caja de preservativos, pero no podría asegurarlo.

—Lily... —dice Héctor desde el umbral; lleva puesta la camisa de Hugo Boss que le regalé y resisto la tentación de exigirle que la meta en mi bolsa—. Por favor, ¿podemos hablar?

—¿Para qué, Héctor? ¿Me vas a decir que no es lo que parece? ¿Que me lo puedes explicar? —respondo mientras me freno a tiempo de meter un vaso con agua en mi equipaje.

—Sí, sí que te lo puedo explicar. —Se sube las gafas una y otra vez—. Puedo entender que ahora mismo yo parezca el malo de la película, pero ya te avisé de que no podíamos seguir así.

Se me acumulan las respuestas; se me acumulan tanto y tan violentamente que no me sale ninguna. Sigo metiendo calcetines, millones de calcetines en la bolsa. Y un disfraz de Halloween.

—Lo que quiero decir —continúa— es que los dos somos responsables de esta situación.

—Los tres —apunto—. Responsables somos los tres. Te recuerdo que hay una mujer semidesnuda en el salón de nuestra casa.

—Ya, pero quedarte con eso sería superficial e inmaduro.

Cierro la bolsa con tal violencia que me quedo con la cremallera en la mano. A ver quién es el guapo que la abre después. Me acerco a él con paso inestable, y cuando llego a su lado, me duelen los dientes de apretarlos tanto.

—Lo que es superficial e inmaduro es liarte con tu prima solo porque tiene las tetas grandes, Héctor. Porque tú y yo sabemos que es tonta hasta decir basta.

Él palidece y traga saliva. A lo mejor le preocupa

que Rubí me haya oído; es todo un caballero. Pero Héctor no para de sorprenderme y me replica:

—No es tonta. Para tu información, acaba de terminar una antología de cuentos surrealistas del folclore asiático y mi editorial se la va a publicar porque considera que tiene mucho talento.

Tardo un par de segundos en digerir la noticia, y cuando lo hago, me doy cuenta de que, sin duda, es la que lidera el doloroso *ranking* de la noche. Más que el masaje erótico que he visto con mis propios ojos o la semicongelación que he sufrido en la parada del autobús. Noto una acumulación inmediata de lágrimas en los ojos.

No llores, Lily. Vale que esta noche todo sea un infierno y que tu amor propio haya abandonado tu cuerpo y estés siendo incapaz de pegarle un bofetón a Héctor y arañarle la cara a Rubí, pero, por favor, por favor, no llores.

Inspiro antes de que las lágrimas caigan. Bien. Pero no puedo garantizar que vaya a aguantar mucho tiempo más, así que, sin decir nada, paso por su lado y me voy. Tampoco me entretengo cuando atravieso el salón, que huele a incienso y a pis. Noto dos ojos siguiéndome con la mirada, pero yo no quiero establecer contacto visual con ella, así que enseguida alcanzo la puerta y salgo. Hasta cierro con delicadeza. Mañana me tiraré de los pelos, pero mañana no me sentiré como ahora mismo.

Cuando bajo a la calle, hace un frío que pela. Sin saber muy bien cómo, consigo llegar a la parada de taxi y cojo uno.

—A casa de mi madre —le digo.

—¿Y eso dónde es?

—Ah, en calle Horacio Lengo, el número ocho.

El taxista asiente.

Pues eso, a casa de mi madre.

# Capítulo 9

Ya me han dado el pésame cinco personas. Entre que tengo la cara descompuesta y que llevo puesta ropa de mi madre (la alternativa era el disfraz de bruja, pero mejor no), en el velatorio no paran de acercarse familiares y amigos del difunto para decirme que lo sienten mucho. Espero que no piensen que tenía una hija secreta o algo así. Yo los dejo hacer y no les digo nada. Estoy segura de que Richu entendería la situación.

La verdad es que no he abierto la boca desde anoche, y eso que esta mañana ha habido partido. Pero ha sido uno fácil y, además, en cuanto Sole me ha visto, ha gestionado las pocas entrevistas que ha habido que hacer. Anoche mi madre no me pidió ninguna explicación. Cuando me vio entrar, tiritando y con la bolsa de viaje en la mano, lo captó al vuelo. Me abrazó, me puso un pijama que olía a ella y me metió en la cama. Y esta mañana me ha hecho el desayuno, pero tampoco ha preguntado. Sabe que cuando esté lista, hablaré.

Sigo sin derramar una lágrima. Y eso, para una llorona consumada como yo, es muy raro: al fin y al cabo estoy en el funeral de una persona tan increíble como Richu, el día después de haber pillado a mi marido con otra y enterarme de que, seguramente gracias a él, ella va a publicar un libro. Pero nada, ni una sola lágrima ha caído de mis ojos.

—Hostias, Lily, antes me he equivocado de sala, había un ataúd abierto con el muerto dentro y tenía mucha mejor cara que tú. ¿Qué te pasa?

Me giro y tardo en identificar a Campbell. Con vaqueros, una camiseta blanca y la melena rubia suelta, no parece el mismo. Pero sin duda es él —quién si no podía decir un comentario como ese—, aunque esta vez no me ofende. Al contrario, siento alivio al verlo. Porque Travis no tiene nada que ver con las actuales partes chungas de mi vida; Travis era chungo ya de antes, pero de una forma inofensiva.

—¿Estás enferma? —insiste mientras se aparta para evitar un posible contagio—. ¿Es un virus? ¿Ese que afecta al estómago?

—No, nada de virus —digo con voz ronca; me sorprendo al seguir hablando—: Es que ayer pillé a mi marido con su prima en el salón de nuestra casa. Bueno, no es mi casa, es la suya, pero da igual. Le estaba haciendo un masaje erótico en el sofá. A su prima. La ha ayudado a publicar un libro de cuentos orientales. Voy a tener que divorciarme, al parecer.

—Uy.

Ya, uy. Tras unos segundos, se ve que llega a la conclusión de que lo que me pasa no se pega, se acerca a mí y me da un apretoncito en el hombro. Bueno, un superapretón, porque está más fuerte que el vinagre, y su mano extendida ocupa la mitad de mi espalda. Tras este gesto simple, se va, y yo se lo agradezco. No me siento ni bien ni mal tras contárselo. Si acaso, un poco más ligera. Es el primero al que se lo digo y me parece que he elegido bien, para que vaya extendiendo la noticia. Sí, Campbell tiene otra virtud en su repertorio: es un bocazas.

La misa por el alma de Richu está a punto de comenzar y todos nos desplazamos a la iglesia. En cualquier otra circunstancia, me hubiera quedado de pie, porque hay muchísima gente y yo, a pesar de seguir recibiendo tantas condolencias, no soy nadie aquí. Pero me tiemblan las piernas, así que consigo un asiento en la esquina del último banco. Por el rabillo del ojo me parece percibir un montón de siluetas gigantescas que permanecen de pie, detrás de mí. No me hace falta volverme para saber que son los jugadores. Han venido la mayoría. Me parece un gesto tan bonito que por un momento creo que voy a romper a llorar, pero el llanto no termina de cuajar. El sacerdote comienza la misa.

Lo siento, Richu, no te estoy prestando demasiada atención, pero es que el dolor te vuelve egoísta. Tengo la mente en mil sitios, o más bien en ninguno. Cuando acaba la misa y se llevan el ataúd siento un pellizco en el estómago, pero me limito a unirme a la multitud para salir de la iglesia. Los más allegados se van para enterrarlo, y yo, sin abandonar el cementerio, me voy por otra parte. Con mi aspecto actual, seguro que me piden que pronuncie unas palabras emotivas. Y no es plan.

El sol está a punto de ponerse y hace fresco. Me encuentro entre hileras e hileras de tumbas. Seguramente debería estar pensando en cosas elevadas y trascendentales, con ese punto de vista que te otorga la perspectiva de la muerte. Algo así como que mi problema no es tan grave, que la vida es breve y que a pesar de los obstáculos, hay que aprovecharla. Pero lo único que atrapa mi pensamiento es que huele mal. En realidad es como a agua estancada, pero los señores del cementerio deberían cuidar muchísimo esos detalles, porque aquí cualquier olor da un mal rollo que flipas. Estoy mirando una alcantarilla abierta que creo que es la responsable de todo, me inclino y... pierdo el equilibrio.

¿Te imaginas que me caigo en un agujero en un cementerio? ¿Puede haber algo más terrorífico? Lo impide una mano enorme, que me agarra del brazo y me atrae hacia sí. Cuando me giro, me envuelve un olor a limpio abrumador antes de que alguien me abrace. A pesar de la solidez de su cuerpo y de su gran envergadura, está tan calentito que en vez de tratar de soltarme, me aferro a él. Porque sea quien sea me ha salvado de una experiencia horrible. Puede que dentro de dos segundos me esté violando entre las tumbas, pero ahora mismo es mi héroe. Si es un violador estará pensando que soy una víctima supercariñosa, porque lo estoy abrazando con todas mis fuerzas. Pero a pesar de que mi cuerpo no quiere, supongo que tendré que separarme en algún momento, y lo hago ya.

Entonces veo que no es un violador, sino Brandon Salow. Me está mirando con un gesto raro, entre alucinado y preocupado, creo.

—Perdona, yo... —empiezo a decir, pero él me interrumpe.

—No te ibas a tirar por ahí, ¿no?

—¿Qué? ¡Claro que no!

El solo hecho de que lo piense hace que me dé la risa. Me tapo la boca con las dos manos, pero es que es tan absurdo y mis emociones están tan descontroladas que tengo dificultades para dejar de reírme. Debería parar, porque no quiero que piense que estoy loca, aunque viendo su mirada, puede que ya sea tarde.

—Jolín, Salow, claro que no. Menuda forma de acabar con mi vida. —Aquí estoy yo, hablando de mi hipotético suicidio entre carcajadas, los ojos de Brandon no paran de agrandarse; intento respirar para serenarme—. Estoy triste, pero no tanto.

—Está bien. —Asiente, no muy convencido; no me había dado cuenta de que continúa agarrándome del brazo, casi de forma imperceptible—. He venido porque no he visto tu coche aparcado fuera y me he preguntado si tenías forma de volver. Pero a lo mejor deseas seguir prolongando este encantador paseo.

—No, creo que ya he tenido bastante cementerio por hoy —afirmo. Él sonríe y parece aliviado; al final me suelta el brazo y ambos empezamos a andar—. No recuerdo cómo he venido... Ah, sí, me ha traído Sole, pero ella no se ha quedado. No le gustan las multitudes, ni los funerales, ni los muertos...

—Ni los vivos... A veces, cuando le hablo, me doy prisa por terminar porque creo que va a vomitar. —Lo dice con cierta ternura; es verdad que Sole es así—. Oye, yo sí he traído coche; puedo acercarte a donde vayas... A tu casa, a la de tu madre, donde quieras.

—Vaya, veo que Campbell te ha puesto al día. —Miro al frente, por algún motivo me da vergüenza que Salow en concreto se haya enterado del patético final de mi matrimonio.

—Algo de una prima, de unos cuentos chinos y de un sofá, pero no tienes que hablar de ello, si no quieres.

—Dios mío —gimo—, esto es como el teléfono estropeado, mañana los de las taquillas creerán que la de prensa se ha liado con la prima de su marido mientras él estaba en China escribiendo un cuento.

—Mañana, puede; pasado mañana ya nadie hablará de ello.

Siento un alivio inmenso al escucharlo, porque sé que tiene razón. Y más alivio siento al ver el despampanante y nuevecito todoterreno Mercedes de Salow, porque una niebla húmeda se ha adueñado del cementerio para hacerlo más terrorífico todavía y ahora no veo el momento de salir pitando de aquí. En cuanto abre la puerta con el mando, me meto dentro; me da la bienvenida un agradable olor a nuevo y a limón. Qué limpio, por favor, qué coche más bonito.

—Eeeh —me dice Salow, que sigue fuera y parece dudar—. ¿Te apetece conducirlo?

Me doy cuenta de que estoy en el asiento del conductor. Como siempre lo llevo yo a las entrevistas, he puesto el piloto automático, casi literalmente. Roja como un tomate, niego con vehemencia y en vez de salirme y entrar por la otra puerta, empiezo a hacer un movimiento extrañísimo y torpe para pasarme al otro lado. La maniobra concluye con una patada al ambientador, que se cae y vuelca todo el líquido sobre el asiento del conductor, extendiendo una mancha sobre la elegante tapicería que no podrá quitar ni el mismísimo Don Limpio y esparciendo un aroma a limón que seguirá hasta la eternidad. He presenciado todo el desastre como si sucediera a cámara lenta, sin mover un dedo. Peor aún, sigo paralizada y creo que seguiría así para siempre, si no fuera porque Salow recoge el botecito con suavidad y lo aparta.

—Tranquila, no tiene importancia. Mira lo bien que huele ahora.

Lo miro a los ojos y cuando veo que lo dice de verdad, que no está enfadado después de haberme cargado la tapicería de su coche recién estrenado, sé que estoy perdida. Noto la primera lágrima caer, grande, rápida y pesada. Y es como el pistoletazo de salida, como si le dijera a las demás: «¡Chicas, que ya podemos salir!»; me pongo a llorar como los niños pequeños, con hipidos y el corazón encogido. Siento tanta vergüenza que trato de esconder la cara entre las manos, pero entonces noto que me cogen los dedos con delicadeza y me los apartan. Salow está muy serio a pocos centímetros de mí y me dice:

—Llora todo lo que quieras, Lily, pero no te avergüences. Tú no has hecho nada malo; él es el que debería sentir vergüenza.

Y me abraza. De nuevo me envuelve su aroma a limpio, que combate incluso al omnipresente limón. Yo entierro la cara en su camisa porque, total, si no se ha enfadado con lo del coche, supongo que no le importará que le guarree la camisa. Y lloro, lloro y lloro más. Y él me acaricia el pelo, aunque casi no lo noto, porque solo veo instantáneas de Héctor: en el sofá con Rubí, cuando nos conocimos, cuando nos peleábamos, cuando hacíamos el amor, cuando nos distanciamos, cuando nos casamos... Al final, la tormenta se va calmando y vuelvo al momento presente. Ese en el que estoy abrazada a un jugador del Malac en su coche, coche que he mancillado y que... Quiero separarme de golpe, y será porque no se lo esperaba, pero él me retiene unos segundos más antes de soltarme. Como si no tuviera ninguna prisa por acabar con esta escena que debe de ser bastante incómoda para él.

—El pantalón —digo con la voz ronquísima y sin mirarlo a los ojos, porque debo de estar tan hinchada, tan roja y tan fea que no quiero que me vea—. Te has sentado sobre la mancha. Además de destrozarte el coche y la camisa —madre mía, tiene un cerco que se le extiende por todo el pecho hasta el ombligo—, tienes que haberte empapado el pantalón, con el frío que hace y lo desagradable que es...

—No me ha calado, tranquila, no había tanto líquido —miente, miente descaradamente; el botecito era pequeño, pero el muy traidor ha llegado a borbotear cuando se ha caído, tenía prisa por esparcir la esencia de los trillones de limones que contenía—. Sé que es una pregunta estúpida, pero ¿estás mejor?

Dios mío, noto llamada a filas de mis lágrimas otra vez. No. Basta.

—Salow, si sigues siendo tan amable, no voy a poder parar nunca. ¿Y si pruebas la táctica de gritarme o enfadarte un poco?

—¿Y si dejas de llamarme por mi apellido, como si estuvieras retransmitiendo un partido? Al fin y al cabo, yo no te llamo Castillo, sino Lily.

Su intento de cambiar de tema es una monada, pero debo de encontrarme mejor porque vuelvo a sentirme más yo misma, y yo misma soy bastante cabezota.

—Está bien, *Brandon*. —Siento algo agradable al pronunciar su nombre, tanto que me gustaría repetirlo cien veces seguidas, pero me contengo—. No voy a decirte que te voy a pagar el coche, pero sí puedo regalarte otra camisa igual o unos pantalones como los que llevas. —Hago una inspección de su atuendo; la camisa es de Calvin Klein y los pantalones de Armani Jeans, qué barbaridad—. Jolín, qué pijo eres. ¿Y si te compro otro ambientador?

—No es necesario, gracias. Creo que tengo un colocón de limón. —Se ríe con ganas y me lo contagia, aunque noto que enrojezco otra vez—. Es broma, Lily, no pasa absolutamente nada; las cosas materiales son reemplazables.

Me coge de la mano y no me la suelta. Yo me quedo mirando nuestros dedos entrelazados, los míos más pequeños, morenos, delgados y fríos; los suyos, enormes, pálidos, fuertes y calentitos. Combinan bien, como si fuera un piano o algo así. Además de la satisfacción de tener en mi poder una mano que vale decenas de miles de euros. Me siento tentada de empezar a acariciarla y decir «mi tesssoro». En medio de ese mar de falanges, mi alianza de oro blanco brilla, sintiéndose fuera de lugar.

—Tendré que quitármela —susurro; levanto la mirada y veo que Brandon está observándome con intensidad, no creo que ni me haya escuchado, así que repito—: la alianza, tendré que quitármela.

—Supongo. Pero no tienes que hacerlo hoy. —Tiene la voz ronca, espero que no se esté resfriando—. De todas formas, nunca la llevabas en su sitio.

—Ya... —no me fastidies, qué observador, ¿no?—, me la cambio cuando quiero acordarme de algo, y como tengo la cabeza tan mal, casi siempre está en la otra mano. Aun así se me hará raro no llevarla, en la izquierda o en la derecha.

Él asiente despacio, comprensivo. Cuando me aprieta los dedos como anunciando el final del momento, me doy cuenta de que no quiero que se aparte, porque es agradable estar así; pero tampoco voy a retenerlo en contra de su voluntad, claro. No soy ninguna acosadora de manos. Sin embargo, antes de soltarme con delicadeza, se lleva mi mano a los labios y la besa. Después mete la marcha atrás y sale del aparcamiento como si nada.

Debo de estar francamente mal para que uno de mis jugadores me trate tan bien. O tal vez sea que

Brandon es una buena persona. De cualquier modo, ha conseguido que deje de llorar, y que incluso me haya olvidado un momento de mi penosa situación. Ahora mismo solo noto el eco de su beso en mi mano, como un cosquilleo agradable que ojalá nunca se apague.

Otoño. Domingo por la noche. Una autovía. ¿Puede haber algo más deprimente? Y encima vuelve a lloviznar y ha aparecido una niebla rojiza que no ayuda en absoluto a mejorar mi estado de ánimo. A pesar de que la presencia de Brandon es reconfortante, mis pensamientos se van, inevitablemente, a la desagradable escena que presencié ayer. ¿Estarán juntos ahora Héctor y Rubí? Me los imagino en plan idílico; él leyendo cualquier tocho insufrible con los pies sobre un escabel (que no teníamos) y ella revisando su maravillosa antología, recostada sobre la alfombra persa (que no es el caso, porque era del IKEA). Me entran ganas de chillar.

—Lo que más rabia me da, mucho más que me haya puesto los cuernos, es lo del libro. —Hago esta confesión gritando; vamos con las ventanillas bajadas, a pesar de que se está metiendo la lluvia dentro del coche, pero era eso o morir intoxicados—. Conmigo nunca se planteó ni siquiera presentar mi manuscrito a la editorial. Claro que es un bodrio, pero aun así...

—¿Quién dice que es un bodrio? —Él no grita; tiene la voz suficientemente grave para hacerse oír por encima del ruido ambiental.

—Héctor.

—¿Héctor y quién más?

—Nadie más —respondo. Él se vuelve hacia mí

con incredulidad y me apresuro en explicarme—: No hace falta que lo diga nadie más; yo misma sé que es una patata, y no se trata de falsa modestia, simplemente lo sé. Lo pasé muy mal escribiéndolo, no disfruté.

—¿Y si me dejas que lo lea yo? —No sé qué cara habré puesto, pero me malinterpreta y se apresura a decir—: Algunos jugadores de baloncesto *sí* sabemos leer. No tanto como me gustaría, pero siempre que puedo, leo.

Lo ha dicho con naturalidad, pero ¿a qué viene eso? Ah, recuerdo que hace tiempo le pregunté a Campbell con ironía si sabía leer. Madre mía, qué cuidado tengo que tener con Brandon, resulta que recuerda casi todo lo que digo. ¿Tendrá una especie de supermemoria que le hace recordar hasta los detalles más insignificantes que dice todo el mundo?

—Por supuesto que sabes leer —me apresuro a decirle; Héctor me hacía sentir muchas veces como si fuera una ignorante y no quiero parecerme a él—; seguro que últimamente lees mucho más que yo. Llevo con el mismo libro al menos un mes.

—¿Qué libro es?

Mierda. ¿Por qué, por qué, por qué no puedo estar leyendo algo interesantísimo? ¿Algo sobre la revolución francesa o la evolución del universo? Pero no quiero mentir; últimamente con Héctor estaba mintiendo siempre, y con Brandon no me apetece.

—Estoy releyendo *Cincuenta sombras de Grey* —reconozco, y él suelta una carcajada, pero no me ofende, al contrario, me alegra hacerle reír—. Se ve que hay algunas partes demasiado profundas que me pasaron desapercibidas la primera vez. ¿Y tú?

—Una de John Grisham —dice todavía sonriendo—. Está bien.

Grisham; justo el autor que le pega a Brandon. Inteligente, ágil, entretenido. Claro que sí. Estaba tan motivada hablando de libros que no me he dado cuenta de que ha cogido el desvío adecuado para llevarme a casa de mi madre. ¿Cómo...?

—Ahora sí tendrás que indicarme; sé que tu madre vive por aquí porque un día me dijiste que estaba cerca de la emisora de radio a la que fuimos —me responde adivinándome el pensamiento—. Te lo aclaro para que no pienses que soy un acosador o algo así.

—Sí, claro, porque alguien como tú iba a acosar a alguien como yo —le digo riéndome, y él me mira un instante como si no me entendiera—. Es esta calle, la primera a la derecha.

La calle de mi madre es como el patio de mi casa, particular. A pesar de que no está en el centro, siempre hay un tráfico similar al de la Quinta Avenida, domingos por la tarde mortecinos incluidos. Le señalo a Brandon el portal, dispuesta a tirarme en marcha; pero él, con una ágil maniobra y con una suerte que ya puede despedirse de que alguna vez le toque la lotería, consigue aparcar en un hueco justo enfrente del número ocho (en segunda fila, por supuesto, lo otro hubiera sido como ver un unicornio). Pone los dobles intermitentes y se gira hacia mí.

—No soy nadie para darte consejos, pero no te exijas mucho estos días, ¿vale? Limítate a que pase el tiempo hasta que te encuentres mejor. Porque lo harás, siempre se sale de todo.

Suena tan maduro que sonrío. Decido abusar un poco más de la caridad de Brandon. Además, acabo de descubrir que el olor a limón es adictivo y no puedo imaginar un mundo sin él.

—Mi madre nunca se recuperó de lo de mi

padre, ¿sabes? Por eso he aguantado con Héctor más de lo que debía, porque era la clásica niña a la que le traumatizó el divorcio de sus padres.

—¿Qué pasó?

—Él le hizo algo... imperdonable. Nos abandonó cuando yo tenía tres años. Se había enamorado de otra y formó una familia como Dios manda en una ciudad diferente. Era entrenador de baloncesto de categorías inferiores, ¿sabes? Por eso jugaba yo, porque aunque lo odiaba por habernos dejado, en el fondo creo que esperaba poder destacar y cruzármelo por el camino. Se ve que quería que pensara: «Oh, qué buena es mi hija abandonada, ahora me doy cuenta de mi error; volveré con mi exmujer y dejaré destrozada a mi nueva familia, que ya tengo experiencia y sé cómo se hace». En fin, los niños, tan simples y complejos a la vez.

—Lo siento mucho —me dice, y levanto los ojos hacia él, porque su voz ha sonado forzada; tiene el bíceps en tensión, lo que me hace temer por las costuras y la integridad de la tela—. Estoy de acuerdo, lo que tu padre os hizo a tu madre y a ti es imperdonable.

Dice esto mientras mira hacia adelante, y yo me detengo a examinarlo por primera vez en toda la tarde, porque he estado tan centrada en mi desdicha que no lo he observado con atención hasta ahora. Con la única iluminación de las farolas, su rostro parece el del protagonista de una película en blanco y negro. El pelo alborotado y oscuro contrasta bien con la palidez de su piel, y sus ojos, verdes y rasgados, parecen transparentes bajo esta luz. Sus labios son gruesos y, normalmente, generosos en sonrisas. Pero ahora mismo forman una línea recta; le ha pasado algo y no sé qué es, así que decido aparcar mi egoísmo por un segundito.

—Oye, ¿sabes que el otro día me enteré de que Marisa es hija del dueño de varias empresas de comunicación de Madrid? —A él le cuesta adaptarse a mi cambio de tema, porque se había ido muy lejos, pero al final asiente—. ¿Qué tal con ella? ¿Bien?

—Sí... Nos vemos de vez en cuando, lo que pasa es que yo creo que Marisa está más interesada en...

Un pitido estridente nos interrumpe. El conductor del coche que está bien aparcado a nuestro lado (el que en su día vio el unicornio) ha decidido que tiene que salir con urgencia y está usando indiscriminadamente el claxon. Me coloco el bolso y comienzo a agradecerle a Brandon todo lo que ha hecho por mí esta tarde:

—Muchísimas gracias por traerme, por aguantarme, por escucharme... ¡Te has ganado un puesto en el cielo en una sola tarde! ¡Y solo te ha costado un coche, un pantalón y una camisa! ¡Una ganga! —Se lo digo con humor, pero, madre mía, vaya día le he dado al pobre.

—También me ha costado un ambientador; el más potente del mercado, al parecer —me responde él, achinando los ojos.

Me río y salgo del coche, combinando las miradas de adoración hacia Brandon con las de odio absoluto hacia el escandaloso conductor del coche afectado.

—En serio, gracias —repito.

—En serio, no es nada —me contesta—. Ah, Lily, una cosa. Sobre lo de no recuperarte como le pasó a tu madre... Eran otros tiempos y otras circunstancias. —Y en el último momento, decide decir algo más—: Yo sé cómo están las cosas y no tengo ninguna duda de que durarás sola lo que tú quieras estarlo.

Antes de cerrar la puerta (el señor ha dejado el

claxon y ahora ha empezado con los insultos), asiento. No porque esté de acuerdo, sino para agradecerle la confianza ciega que parece tener en mí. Podría regocijarme un poco más con la sensación de calidez que se extiende por mi pecho (la primera vez que no siento frío en veinticuatro horas), pero temo por el corazón del conductor enojado y comienza a llover con más fuerza. Me despido de Brandon con la mano y me voy corriendo hacia la casa de mi madre, un poco menos triste de lo que esperaba.

# Capítulo 10

—Lily, ¿estás bien? ¿Estás bien? ¿Estás bien? ¿Estás bien? ¿Estás bien?

Miro con extrañeza la pantalla del móvil, donde Teo, en el transcurso de una videollamada, se ha quedado pillado haciendo la misma pregunta una y otra vez. A pesar de estar en los pasillos del Palacio, donde la iluminación y la cobertura no son excelentes, no parece que haya ningún problema que justifique que mi amigo californiano se haya convertido en un papagayo.

—Ehh, yo sí, ¿y tú? ¿Estás loco?

—Te lo preguntaré otra vez: ¿estás bien?

—Me estás asustando un montón, Teo —reconozco.

Él suspira.

—Pues no funciona —dice con resignación—. Es que dice el psicólogo del Club que hay que hacer al menos cinco veces esa pregunta si quieres que la gente te ofrezca una respuesta sincera, y no algo mecánico. Pero ni siquiera el prestigioso psicólogo de Los Ángeles Lakers, que habrá estudiado en Stanford y sabrá del tema, digo yo, puede atravesar la coraza de mi amiga del alma.

—¡Pero es que estoy bien! —me defiendo—. A

ver, no es la mejor etapa de mi vida, pero tengo tanto trabajo que no me da tiempo a lamerme las heridas. Encima ahora nos han encargado el anuario del Club y quieren que lo entreguemos en navidades, así que no paro ni un segundo.

—Hablando de navidades, ¿has pensado lo de venirte unos días a Los Ángeles conmigo? Deberías ir mirando billetes, porque las fiestas están ya a la vuelta de la esquina.

—¡No están a la vuelta de la esquina! —chillo mientras doblo otro pasillo; está oscuro porque es tarde, pero ya podría recorrerlos con los ojos cerrados—. ¡Faltan tres semanas, que es lo que tengo para entregar el anuario! ¡Eso es muchísimo tiempo!

—Vale, falta una barbaridad. —Hace una pausa—. Oye, Lily, estás corriendo, ¿verdad?

—Sí, un poco; tengo que mirar el correo antes de irme —digo entre jadeos.

—Párate un segundo, porfa —me pide con voz seria.

—¿Qué?

—Que te pares un segundo.

Teo casi nunca me pide nada. Y Teo casi nunca se pone serio, así que lo obedezco sin rechistar. ¿Le habrá pasado algo? Estas semanas he estado en modo egoísta absoluto, centrada en mi divorcio (que avanza viento en popa, una maravilla) y en el trabajo. Pero si le pasa algo a mi mejor amigo, mando a la mierda todo y me planto en Los Ángeles en un santiamén.

Miro la pantalla con detenimiento, donde está el rostro bronceado de Teo, sus rizos negros, sus ojos castaños. Dios, antes de saber que era gay, me pasé meses enamorada de él, porque mira que es guapo. Siento un pellizco en el estómago. Lo echo de menos. Pero no quiero que me vea triste, así que me esfuerzo en sonreír.

—Qué guapo estás, capullín.

—Lily. —Hace una pausa dramáticamente larga y luego me pregunta—: ¿Estás bien?

No. No lo estoy. Estoy estresadísima y me refugio en el trabajo para no pensar en la decepción que me ha causado mi divorcio. Me siento una fracasada las veinticuatro horas del día. Siento que voy a la deriva, que no tengo el control de mi vida, y mi autoestima... Maldito psicólogo de los Lakers, casi me pilla. Logro recomponerme a tiempo; no puedo evitar preocupar a mi madre porque vivo con ella, pero sí puedo evitarle el marrón a mi mejor amigo.

—Que sí, pesado, que estoy bien —le digo estirando una gran sonrisa.

—Pareces el Joker cuando sonríes así —me dice, preocupado—. ¿Has ido ya a recoger tus cosas a casa de Héctor?

—No, todavía no. —No tiene tanta importancia, no es que tenga fobia a esa casa ni nada por el estilo—. Me ha dicho que me lo ha empaquetado todo y que solo tengo que pasarme a por ellas, pero de verdad que no tengo tiempo.

—Joder, Lily, ojalá estuviera allí y pudiera acompañarte. —De repente, Teo cambia el gesto; se estira y compone una sonrisa seductora a lo Humphrey Bogart—. Hola.

—Hola —dice alguien a mi espalda.

Me vuelvo y veo a Brandon detrás de mí. Está vestido con ropa de entrenamiento y, como siempre, sin una gota de sudor, porque él, al parecer, no se sofoca ni aunque haga una maratón. Escondo el teléfono tras mi espalda, pero se escucha perfectamente una vocecilla diciendo: «¡Eh, que estoy

aquí!, ¡enfócamelo!, ¡Lily, que está muy bueno, enfócamelo, traidora!». Yo intento tapar el móvil con
el pantalón para amortiguar las barbaridades que
pueden salir de la boca de mi amigo, pero decido
hablar yo para asegurarme:

—¿Qué tal, Brandon, cómo ha ido el entrenamiento? —Iba a sonreírle, pero me he acordado de
lo del Joker y aprieto los labios.

—Bien, ya hemos acabado y todos se han ido.
Me preguntaba... —duda un poco—, ¿quieres que
echemos unas canastas?

Por el teléfono se escucha perfectamente: «¡Sí!
¡Yo sí! ¡Unas canastas o lo que sea!». Lo voy a matar.

—Pues... no sé. Tenía que mandar unos correos.
—«¡Dile que sí, idiota!», grita Teo desde el bolsillo
trasero de mi pantalón, de forma perfectamente
audible—. Y, además, hace un montón que no
practico. —«¡Practica ahora, Lily, que te enseñe él!
¡Que te lo enseñe todo!», sugiere el muy villano—.
¿Me disculpas un momento?

Me giro y saco el móvil. Teo se está desternillan-
do de risa. Es muy difícil enfadarse con él, la verdad.

—Te voy a colgar —digo en voz bajita—. Pero no
me refiero a cortar la llamada. Quiero decir que
cuando te vea, te voy a colgar de un pino. Adiós,
Teo.

—Adiós, guapa. Que metáis muchas canastas.
—Y tiene la desfachatez de añadir—: ¡Adiós, Brandon, encantado de conocerte!

—Adiós..., Teo —se despide Brandon a mi espalda, conteniendo la risa también.

Cuando por fin puedo darle al botón rojo (que
sin duda no está tan rojo como yo), inspiro y me
vuelvo hacia Brandon.

—Es mi amigo y es... tonto, no le hagas caso.

—¿Vamos? —dice intentando ocultar una sonrisa, sin éxito.

Comenzamos a andar por los pasillos en silencio mientras, con disimulo, hago una serie de inspiraciones profundas. Últimamente el corazón se me dispara y a veces veo borroso, pero seguro que es algo totalmente normal. Es normal también beberme cinco cafés al día y no pegar ojo por la noche. Muy normal.

—¿Sabes? —interrumpe Brandon mis pensamientos esquizofrénicos—. El maletero de mi coche es muy grande.

—¿Sí? —Tengo frías las manos, así que me abrazo a mí misma—. Brandon, estamos casi solos en el Palacio, y esa afirmación es de lo más inquietante; no serás un asesino en serie en tus ratos libres, ¿verdad?

—No. —Se ríe, y como siempre que lo hace, yo tengo la sensación de que he metido un 3+1—. Quizá porque apenas tengo tiempo libre. —Deja de sonreír y mira al frente—. Lo que quiero decir es que te puedo acompañar a casa de tu ex a recoger tus cosas, si quieres.

No. No quiero por un millón de razones, pero solo me viene a la cabeza una y es un poco esperpéntica. Que Brandon vaya a esa casa es como... meter a un bebé en Guantánamo. A ver, lo que quiero decir es que él representa solo cosas buenas, y ese lugar es ahora... el mal. En mi mente, mi anterior hogar tiene un aspecto de Halloween total. El chihuahua es ahora una serpiente terrorífica. Rubí tiene tres pechos. Y yo..., yo necesito dormir con urgencia.

Y responder a Brandon, eso también.

—No hace falta, gracias. Ya iré yo... más adelante. Total, ya me he comprado ropa para ir tirando y tampoco tengo tantas cosas mías que eche en falta. —No es verdad; me entran ganas de llorar cuando imagino mis libros, mis libretas, mis agendas, mis estuches con los bolígrafos de todos los colores, mis apuntes de escritura y hasta mis fichas para la creación de personajes—. Son en su mayoría cosas de mi etapa de escritura y ahora no tengo tiempo para nada que no seáis vosotros.

—Aun así son tus cosas. Deberías recogerlas. Para cuando te pongas otra vez a escribir.

Sonrío. *Para cuando me ponga otra vez a escribir*. Lo ha dado por sentado y una calidez me recorre el pecho, como un ramalazo de esperanza. Es un sentimiento tan extraño en estos días oscuros que hace que llegue a la pista casi flotando. Solo están iluminados los focos que alumbran el parqué. Siempre que veo la cancha así me da la sensación de que es un espacio irreal, como sacado de un sueño. Sin querer, vuelvo a sonreír. Tengo ganas de jugar.

Me vuelvo para buscar a Brandon y veo que se está sacando la sudadera por la cabeza. Esto hace que se le levante un poco la camiseta y se le vean todos los abdominales marcados. Dios mío, qué cuerpo más increíble tiene. La anchura de sus hombros se hace más evidente con la camiseta de entrenamiento, que le tira ligeramente de las costuras; la musculatura de los brazos está tan definida que entran ganas de tocarla y espachurrarla, aunque probablemente esté tan dura que sea imposible. En comparación con los hombros, la cintura parece estrecha, y los pantalones cortos, a pesar de ser sueltos, le ciñen el trasero. Y, por supuesto, tiene unas piernas larguísimas y fuertes, cubiertas por una fina capa de vello que lo hace aún más atractivo, si cabe.

—¿Todo bien? —me dice, y detecto algo de sorna en su voz.

Salgo de golpe del escrutinio pormenorizado que estaba haciéndole; casi me ha faltado sacar la regla y ponerme a tomar medidas, así que me pongo tan colorada que me agacho para atarme los cordones de mis Vans; por supuesto, están superbién atadas con el doble nudo que mi madre me enseñó a hacer de pequeña. Bien, ahora es un nudo triple.

—No llevo ropa apropiada —digo tras un carraspeo, aunque no es cierto; podría decirse que la ropa nueva que me he comprado es toda muy... cómoda.

—Bueno, no vamos a jugar un partido oficial, solo vamos a divertirnos un poco. —Se acerca a mí y me invade su desconcertante olor a limpio—. Venga, Lily, muéstrame de qué eres capaz.

Me pasa la pelota fuerte, mientras lanza el desafío. Si fuera cualquier otro jugador del equipo me achantaría, sobre todo en esta etapa de mi vida en la que no me siento muy segura de nada. Pero acabo de descubrir un hoyuelo en su mejilla izquierda, que solo debe de aparecer cuando sonríe mucho. Cojo el balón envalentonada y le muestro la joya de la corona de mi repertorio: me pongo a girarlo sobre el dedo índice como si fuera la cosa más natural del mundo. Como si no hubiera empleado meses (¿años?) de mi vida en practicarlo y hubiera salido del cuerpo de mi madre con una pelota haciendo ese gesto.

La recompensa no se hace esperar: un segundo hoyuelo aparece en la otra mejilla de Brandon. Estoy tan aturdida por el efecto que causa en mí que casi se me escurre el balón, así que decido acabar con la exhibición y arranco a correr.

Sé que no tengo ninguna posibilidad contra él,

así que si quiero marcar una canasta, va a tener que ser esta, que lo he pillado desprevenido. Voy botando la pelota y avanzando a toda velocidad; ya estoy viendo aro, pero siento a Brandon justo a mi lado, adelantándome. ¿Cómo puede ser? Pretendía asegurar el lanzamiento desde más cerca, pero no me va a dar tiempo, así que me paro de golpe, me aprovecho de que mi rival me deja un poco de espacio por la inercia que lleva y hago un tiro a media distancia, de esos que hasta los profesionales suelen fallar.

Pero mi pelota entra en la canasta, limpia y perfecta.

Siento una explosión de alegría en el pecho. Es como si la vida hubiera decidido darme un respiro. Una manera absurda de compensarme el fatídico mes que llevo desde el cumpleaños de mi exsuegra. Pero de verdad que es como si hubiera ganado un mundial. Antes de que me dé cuenta de lo que estoy haciendo, abrazo a Brandon mientras suelto una retahíla de autopiropos de lo más embarazosa («Joder, qué buena soy», «¿Has visto eso? Delante de tus narices, tío, qué pasada»). Estoy dando saltitos, mientras me aferro a su cintura como un koala. Debería parar, pero sigo haciéndolo.

Él me está agarrando también. Utiliza un brazo para envolverme los hombros y tiene la otra mano extendida en mi espalda, ocupando casi toda la superficie que va desde mis omoplatos hasta mi cintura. En esta posición queda claro lo absolutamente grande que es él o lo absolutamente pequeña que soy yo; le llego a la altura de su corazón, que, por cierto, va a toda pastilla, lo que me enorgullece, porque quiere decir que se ha tenido que esforzar para frenarme y, ¡ja!, no lo ha conseguido.

Ahora que se me está pasando la euforia, tengo

que reconocer que a lo mejor, solo a lo mejor, esto está bastante fuera de lugar. Estar rodeada de Brandon por todas partes es una gozada, ya no solo porque siento su cuerpo duro en todos los puntos en los que estamos en contacto (unos tres millones de puntos, según un cálculo rápido), sino porque es como si aquí dentro no pudiera pasarme nada. Como si él fuera un escudo que repele hasta los pensamientos más deprimentes. Pero por mucho que me cueste, hace un minuto (o más) que marqué esa canasta y, a mi pesar, habrá que seguir adelante. Esto empieza a ser embarazoso de verdad.

Además, una mosca cojonera no para de dar vueltas alrededor de mi cabeza. Así que haciendo acopio de fuerzas, me separo de él. Igual que pasó el día del cementerio, me retiene unos instantes antes de dejarme ir. Es de reacciones lentas, al parecer. O que yo soy demasiado imprevisible. Es eso, seguro.

—Oye, Brandon —y no soy yo la que habla, sino la mosca cojonera—, quería preguntarte una cosa: ¿sigues con Marisa? Porque si es así a lo mejor te ha incomodado este abrazo, aunque tienes que saber que yo no estoy preparada para nada, vamos, que sé que tú no quieres nada conmigo porque... ¿por qué ibas a quererlo? —Me sale una risa nerviosa y me acuerdo del Joker por enésima vez esta tarde—. Sé que estás siendo amable y solo eso, así que perdona por el abrazo, es que estoy muy contenta porque esa canasta es lo mejor que me ha pasado este año y...

. —Lily..., *stop* —dice mientras me coge con suavidad de los hombros y busca mi mirada, que yo he estado paseando por todos lados excepto por su rostro; cuando al fin lo miro a los ojos veo que los tiene muy brillantes, pero también tiene una arruga en el entrecejo que me crea un nudo en la garganta—. Vamos a aclarar un poco ese lío que me acabas de soltar, ¿de acuerdo?

—De acuerdo. —Me dispongo a girar la cara, muerta de vergüenza, pero él coloca su índice en mi barbilla para obligarme a seguir mirándolo.

—Vamos a ver... —Inspira hondo—. Marisa está ahora en Madrid, ayudando a poner en marcha la nueva adquisición de su padre; lo que sea que hubiera entre ella y yo se ha acabado, porque no creo que ninguno de los dos estuviera muy interesado en el otro. En cuanto a todo lo demás, solo he entendido que necesitas un tiempo para procesarlo todo. Es normal. Yo solo quiero que me dejes estar a tu lado, ¿vale? Tampoco es que conozca a muchísima gente aquí, y tú me caes bien. Si también te sientes a gusto conmigo, ¿por qué no pasar algún tiempo juntos?

—¿Te caigo bien? ¿Estás a gusto conmigo? —pregunto con la voz demasiado chillona.

—Sí, ¿no te habías dado cuenta? —dice frunciendo aún más el ceño—. Creía que era bastante evidente.

Iba a preguntarle por qué le caigo bien, si soy un desastre; pero, en lugar de eso, decido disfrutar del momento y encogerme de hombros.

—Pues entonces la canasta que te acabo de meter ahora mismo no es lo mejor que me ha pasado este año —le digo con una sonrisa sincera que me ocupa toda la cara—. Es esta confesión.

Brandon sonríe también, pero niega con la cabeza, como si no me creyera. En fin, allá él. Yo solo sé que en este instante el mundo me parece un lugar más amplio y no me cuesta tanto respirar. Cuando le veo botar la pelota, me descubro deseando jugar con él, deseándolo como lo haría una niña pequeña. Él debe de detectar mis ganas, porque comienza a mover los pies.

—Venga, vamos a hacerle caso a Teo —dice, e intento robarle el balón, pero me esquiva con facilidad; no me importa, porque me muestra el hoyuelo—. Voy a enseñártelo todo, Lily.

# Capítulo 11

A partir de ese día, si yo estoy en el Palacio, Brandon suele quedarse y jugamos un buen rato. Es un profesor genial, de esos que aunque hagas un churro, un auténtico churro, te elogia por cómo has puesto los pies, por la intención que llevabas o por el aroma del desodorante que usas (dijo que olía muy bien, lo que fue un cumplido extrañamente halagador, teniendo en cuenta que yo sí sudo y era al final de una larga jornada laboral).

A veces se nos suma Travis, que es todo lo contrario. «Diminuta», «catastrófica» o «despropósito del baloncesto» suelen ser sus comentarios más halagüeños. No para de decirle a Brandon que podían estar haciendo millones de cosas más interesantes que «esta pérdida de tiempo que es intentar que Lily juegue bien, porque tiene el nivel de un alevín mediocre». Pero yo creo que nos acompaña siempre que puede. Será porque se ríe mucho de mí (no conmigo, por supuesto).

No me importa. De hecho, es casi lo único bueno que tengo ahora mismo, y me aferro a esos minutos con uñas y dientes. A pesar de que un par de veces he visto a Marcos Durán mirarme con cara de disgusto cuando nos ve a los tres dirigirnos a la cancha. En otras circunstancias, me amedrentaría y les diría a los chicos que sería mejor que lo dejáramos, pero de verdad que necesito jugar: hago ejercicio, dejo de pensar en Héctor y me libero de mis preocupaciones del trabajo. Y me río. Me río de mi torpeza, pero también celebro mis canastas. De vez en cuando, ocurren. Como los eclipses de sol o encontrar una ganga auténtica en el Black Friday. Eso sí, siempre que anoto es porque me defiende Brandon, nunca Travis. Casualidades de la vida.

Así que, ahora mismo, mientras me dirijo al aparcamiento después de haber estado practicando un rato con los dos, debería sentir el habitual chute de endorfinas que me invade tras apedrear la canasta, pero lo cierto es que no. Y es que hoy es el día en el que he decidido dejar de comportarme como una gallina y le he pedido a Brandon que me acompañe a recoger mis cosas a casa de Héctor. Y Brandon, por supuesto, me ha dicho que sí, porque es un ángel grandote y servicial.

El ángel en cuestión me espera de pie, apoyado en su coche. Yo no me he traído el mío, porque hemos acordado que después me llevaría a mi casa, junto con mis cosas. Está mirando el móvil con absoluta concentración, por lo que no se da cuenta de mi presencia. Se acaba de duchar (yo también, ¿eh?) y lleva un abrigo de The North Face que parece muy calentito y unos vaqueros que no sé qué marca son, pero que deberían pagarle para que los promocionara. En otro momento me recrearía con la estampa, pero solo puedo fijarme en su gesto de preocupación. Lo que sea que está mirando en el móvil no le está gustando. ¿Qué será? Y... ¿por qué él sabe prácticamente todo sobre mí y yo casi nada de él?

Investigué por internet y encontré algo bastante trágico: de joven, cuando era uno de los jugadores estrella de la NCAA, la liga universitaria estadounidense de baloncesto, tuvo un accidente de tráfico grave. Después de eso, no encontré nada..., hasta que unos años después reapareció en Europa; nunca más en Estados Unidos. Me encantaría saber qué ocurrió, pero nunca habla sobre ello y yo no sé cómo sacarle el tema.

—Hey, ¿qué tal? —le digo con tiento cuando llego a su lado.

Levanta la cabeza, confundido. Pero enseguida adopta su expresión habitual cuando me mira: como si viera algo muy bueno, de la categoría de un *cronut* o similar. A veces me asalta el temor de que mi madre o Teo lo hayan contratado para subirme la autoestima, pero su tarifa sería demasiado cara para que se lo pudieran permitir. Debe de ser de esas personas que les da a los demás lo que necesitan, por pura bondad o...

—Estás muy guapa —me dice mostrándome el hoyuelo.

—*Ytitimbin*.

«Y tú también», pero me he puesto tan nerviosa que eso es lo que ha debido de escuchar. Se ríe mientras me hace un gesto para que suba al coche. Es verdad que hoy me he «arreglado»: voy con vaqueros y un abrigo color camel que me acabo de comprar. Supone todo un salto estilístico con respecto a los pantalones cargo negros y el forro polar —negro, también— que se ha convertido en mi uniforme de diario (en los partidos voy en traje de chaqueta, porque soy amargada, pero profesional). Dios, de verdad que tengo ganas de recuperar mi ropa; no es que sea una maravilla, pero incluye algún que otro tono pastel e incluso rojo.

Todo el asunto de mi indumentaria queda en un segundo plano cuando abro la puerta del coche y me abofetea un fuerte olor a limón. No puede ser. ¿En serio?

—Tío, dime que has vuelto a comprar otro ambientador y lo has derramado tú —le pido. Se parte de risa y niega con la cabeza—. ¿De verdad sigue oliendo así de fuerte? ¡Pero si es peor que antes! ¿Cómo lo puedes soportar?

—Ya me he acostumbrado, casi no lo noto —suelta el embuste mientras arranca el coche—. Además, tiene sus cosas buenas. Travis ya no quiere que le haga de chófer mientras le reparan su deportivo, así que... gracias.

—Ya. Se tuvo que reír bastante al saber que fui yo.

—Nah. —Le quita importancia con una mano; me encanta cómo conduce, es... confiado y suave—. Tampoco entré en detalles de cómo ocurrió.

—Por supuesto, no le has dicho que fui yo. *Pirqui iris in quibilliri.* —«Porque eres un caballero», pero lo digo en voz baja y en ese idioma nuevo que acabo de inventar hoy—. Oye, Brandon, estoy pensando... —No sé si es buena idea pero... allá voy—: Que siempre estoy hablando yo, de mis problemas y tal, pero tú..., ¿cómo estás? ¿Estás contento aquí?

—Claro, estoy bien —contesta—. Me has dicho que antes vivías cerca del ayuntamiento, ¿verdad?

Le digo que sí. Ha cambiado de tema. Aunque no lo conozca mucho, ese «Estoy bien» ha sonado algo vago. Si fuera Teo, ya estaría preguntándole cinco veces más que cómo estaba, pero a mí me da cosa. Ya debe de pensar que soy bastante rara. Aunque me gustaría dejarle claro que puede contar conmigo, igual que yo cuento con él.

—Es que..., en fin, teniendo en cuenta que aquí

huele más a limón que en Sorrento, lo menos que puedo ofrecerte es mi apoyo incondicional en todo lo que necesites, ¿sabes?

—¿En *todo* lo que necesite? Umm; eso suena bastante bien. —Sonríe de una forma nueva que hace que mi corazón comience a hacer un *sprint*—. Lo tendré en cuenta. Muy en cuenta.

Sé perfectamente que ha sido una maniobra de evasión para que deje de preguntarle cosas, pero joder con la broma. Me he puesto tan nerviosa que me dedico a toquetear los mandos del panel del control y ahora la calefacción me da en la cara. ¡Qué calor! Mierda de abrigo este, ¿qué es, para esquimales o qué? ¿Y qué me pasa? Yo nunca he sido tan insegura con los tíos. Pero es que Brandon ni siquiera entra en la categoría de tío... A veces tengo problemas para entender que la superestrella del Malac y el hombre accesible que tengo a mi lado son la misma persona.

—¿Héctor estará allí? —me pregunta.

—No; tenía una ponencia esta tarde y esas cosas se alargan hasta el infinito y más allá. Así que no hay riesgo de que me lo encuentre. Y supongo que su... Rubí irá a verlo, así que no vamos a vivir una situación demasiado incómoda, tranquilo.

—Yo estoy tranquilo, y tú también deberías estarlo. Es él el que hizo algo malo, ¿no? —me comenta mientras se desenvuelve con el tráfico de la ciudad como si, además de crac del baloncesto, fuera conductor de autobús.

—Sí... —digo sin mucho convencimiento.

—¿Y ese sí tan debilucho? —me pregunta frunciendo el ceño de nuevo, lo que me recuerda que otra vez estamos hablando de mí, pero bueno.

—A ver, él me puso los cuernos, eso es un hecho. Pero no logro quitarme la sensación de culpabilidad.

A veces creo que me obcequé con demasiadas cosas, que lo presioné demasiado. Pero, por favor, no pienses que soy tonta, es que...

—Yo solo pienso cosas buenas de ti, Lily. —Una bandada de mariposas sale volando violentamente en mi estómago al oír eso; me obligo a respirar—. No pasa nada, las separaciones suelen ser traumáticas, pero que te culpes por lo que ha pasado... No se me ocurre nada que pudieras hacerle que justifique su comportamiento. Da igual que le hicieses todos los días tiramisú aunque aborreciera el café, o que te volvieses vegana sin consultar, o que, en contra de lo que pueda parecer, ronques a lo bestia por las noches.

—No ronco, solo respiro fuerte —le digo sonriendo, emulando a mi madre—. No, fue por el tema de los niños. Yo quiero tener un montón de hijos, diez o así; y él no.

Se hace un silencio en el coche. Es decir, que el silencio se nota un montón, como si fuera un pasajero más. Podrían ser cosas mías, pero me lo confirma el hecho de que los nudillos de Brandon se han puesto blancos sobre el volante, lo que me hace pensar en si alguna vez alguien habrá destruido uno y, en ese caso, qué sucedería con el vehículo en marcha. Confundida, sigo hablando:

—Es broma, no quiero diez hijos, pero sí me gustaría, al menos, dos. Yo he sido hija única, no he tenido hermanos y... me hubiera encantado tener uno, la verdad.

Nada. Brandon sigue mirando al frente como una estatua griega, mucho más pálido que de costumbre. Oh, oh. Me da a mí que mi acompañante tiene una alergia profunda a la paternidad. Una losa pesada y totalmente improcedente cae en mi estómago, aplastando los centenares de mariposas

que campaban a sus anchas. Lo cual es una tontería, porque nosotros no somos nada, tan solo un
proyecto de algo, pero aun así...

—¿Y tú? ¿Te lo planteas siquiera? —le pregunto
en una maniobra parecida a cuando tienes un pa-
drastro y no paras de toquetearlo porque sí, por el
gustirrinín del dolor.

—¿Lo de tener hermanos? —me responde—. Mi
madre ya está muy mayor para eso y no creo que
tenga ningún instinto...

—No, lo de tener hijos. —El corazón me late tan
fuerte que creo que los cristales van a retumbar de
un momento a otro, y a lo mejor estoy atentando
contra su intimidad, pero siento que debo pregun-
társelo a las bravas—: ¿Tú no quieres ser padre algún día?

Estamos parados en un semáforo que marca
cincuenta y cinco segundos hasta el cambio. Cuando se pone en verde, sigue sin responderme. Eso es
mucho tiempo callado, tanto que creo que no me
va a contestar. Al fin coge aire para hablar.

—Más que no querer serlo, es que estoy convencido de que sería un padre horrible —dice con un
tono de voz que creo que no le había escuchado
nunca antes, como derrotado.

—¿Qué? A mí me parece que serías un padre increíble —repongo nerviosa—. A mí me encantaría
tener un padre como tú.

Uf. Él me mira y parpadea extrañado. Sí, es que
eso ha sido raro de narices, Lily.

—No, o sea, que no te veo como un padre. ¡Los
padres no están tan buenos! —Por Dios, que alguien me pare, que nos arrolle un tranvía o algo—.
Lo que quiero decir es que eres cariñoso, paciente
y... ¡Mira, un sitio para aparcar! Ah, no, que es un
vado.

Sabía que era un vado desde el principio, claro, he vivido aquí cinco años, pero necesitaba cambiar de tema, porque me estaba aturullando a muy buen ritmo y Brandon seguía del color del queso edam. Por lo menos ahora ha suavizado el gesto y el volante ha dejado de correr peligro de estrangulamiento.

—¿Te parece bien que aparquemos aquí? —me pregunta, ya con una voz más normal.

Yo asiento. En cualquier otra circunstancia estaría dando saltos de alegría porque creo que nunca, NUNCA, había conseguido aparcar a menos de doscientos metros de mi exportal. Al parecer, estar con Brandon es como llevar un amuleto para los aparcamientos. Pero ni siquiera esto me pone un poquito alegre. Y no es porque esté a punto de entrar en la casa del terror, porque ahora mismo eso me da igual. Es que me siento vacía. Como si me hubieran robado algo que ni siquiera sabía que tenía.

Una vez arriba, no nos reciben calabazas con sonrisas tenebrosas ni tampoco cantidades ingentes de telarañas. No nos da la bienvenida una Rubí con más pechos de lo normal. De hecho, todo está prácticamente igual, excepto una pestecilla a incienso que en otras condiciones no me revolvería el estómago. El chihuahua no está y desperdicio unos cuantos segundos de mi vida en preguntarme con quién lo habrán dejado, si a las conferencias no pueden asistir los animales, hasta que me reprendo mentalmente por ello. ¡Que le den al chuchúsculo!

Eso está mejor.

Agradezco que Héctor sea tan ordenado/meticuloso/gravemente trastornado por el TOC que me lo haya dejado todo debidamente empaquetado, justo en la entrada de la casa. Porque aunque sabía que esto iba a ser difícil para mí, no esperaba sentirme tan absolutamente vulnerable en este momento. Me noto como si estuviera en carne viva. Por eso, cuando me fijo en el detalle del portarretrato que hay en la consola del recibidor, casi me pongo a llorar: en lugar de la foto de nuestra boda (ojo, entiendo que a Rubí no le hiciera mucha gracia que estuviera eso ahí), hay otra en la que sale toda mi exfamilia política, incluida la alegre pareja. Debería de despegar mi mirada de ahí, pero soy como una mosca atraída por una planta carnívora y me voy acercando poco a poco a ella hasta que...

—Eh. —Me sobresalto al escuchar a Brandon; me giro, y cuando él aprovecha para abrazarme con suavidad, yo me siento al borde del colapso emocional—. ¿Les dibujamos unos bigotes a todos? ¿Quieres que me mee en el cajón de sus calzoncillos? ¿Le pinchamos los condones con un alfiler?

Me entra un ataque de risa. Puede que se me estén saltando las lágrimas un poco. Sí, las dos cosas. Pero, a pesar de todo, me alegro de que Brandon esté aquí, conmigo. Y no solo porque al final resulta que sí tengo muchas cajas, sino porque independientemente de todo, un abrazo suyo debería figurar en el libro ese de *1000 cosas que hacer antes de morir*. Huele tan tan tan bien... Ya he descubierto que no es solo el jabón, es él mismo. Y es tan grande y tan fuerte que es como meterte en una fortaleza, donde estoy bien protegidita. Me gustaría quedarme aquí para siempre, pero lo cierto es que debemos darnos prisa, no vayamos a tentar a la suerte.

Como siempre pasa, cuando me separo, él no parece tener ninguna prisa por soltarme. Me sigue agarrando de los hombros con suavidad, y parece que va a decirme algo importante, pero mira una de las cajas y me pregunta:

—¿Estás lo suficientemente repuesta como para contarme por qué tienes ahí una vitrina con al menos diez móviles viejos?

—Ah, sí. —Me sorbo la nariz y él me suelta con cuidado, pero no se aleja—. Colecciono todos los móviles que he tenido a lo largo de mi vida. —Agarro el mueblecito y lo miro; veo que hay un hueco y aprieto los dientes—. Me faltaba el primero, un Alcatel One Touch, y Héctor me dio el suyo, que aún lo conservaba. Pero se ve que ha decidido recuperarlo. —Cabrito, para qué querrá él ese teléfono viejo—. Se ve que no tiene suficiente con no devolverme el dinero de la mitad de la hipoteca que le he ido pagando todos estos años, que también quiere destrozarme esta pedazo de colección.

—¿Cómo?

Ups. Información no necesaria.

—Nada.

Me dirijo a las cajas y me voy a por la más grande. La intento coger desde todas las esquinas posibles, pero no es una cuestión de maña, sino de pura fuerza. El bueno de Héctor no ha tenido a bien compensar las cajas y ha debido de meter todos mis libros juntos. Esos son muchos libros juntos. Hay uno de *El señor de los anillos* que debe de pesar, él solo, cuatro kilos. Así que sigo agachada, intentando meter la mano debajo de la caja sin moverla un solo milímetro. Siento que me apartan con suavidad y que, sin despeinarse, Brandon la coge con una sola mano y se la coloca bajo el brazo. Puede que esta noche tenga un sueño húmedo con esta imagen, es más que probable. Sí. Mejor dejo de mirarlo embobada. Sí.

—Lily —ha cogido otra caja con libros que debe

de pesar igual que la primera; ni siquiera tiene la respiración alterada cuando se para y me habla con toda la delicadeza del mundo—, lo de quedarse con un móvil viejo es una cuestión de mal gusto. Lo otro que me acabas de comentar es ilegal.

—Ya lo sé, si me lo dijo el abogado, pero Héctor me dejó caer que estaba pasando un mal momento, que necesita invertir en la promoción del nuevo libro y...

—Ese ya no es tu problema. No es tanto por el dinero, que también, sino por tu orgullo. Pero es tu decisión, por supuesto —replica con firmeza, pero también con compasión—. Oye, voy a bajar esto, que pesa un poco —un poco, dice—, ve cogiendo ese peluche enorme con forma de... ¿jabalí?

—Sí..., eeeh, Teo me lo regaló hace tiempo. Creo que lo hizo solo para fastidiar la decoración minimalista del piso.

—Pues venga, llévatelo y vamos. En dos minutos hemos terminado.

Al final no son dos minutos, sino unos cuantos más, pero sin él, hubiera tardado horas. Aparte de que, contra todo pronóstico, ha sido hasta divertido. Sobre todo cuando he tirado sin querer una escultura abstracta que adornaba el aparador del salón. Técnicamente era mía, me la regaló mi suegra por mi cumpleaños, aunque era Héctor el que la quería. Puede que a Marián le moleste. Y también puede que a mí me la refanfinfle.

Estamos en la calle, guardando la última pieza del Tetris que es ahora mismo el maletero de Brandon, cuando algo se cae. Se ve que la caja estaba rota y..., por supuesto, no se ha podido caer mi pluma estilográfica, no. Ha sido un tanga. Negro. De encaje. Me agacho lo más rápido posible para cogerlo, pero Brandon supera la velocidad de la luz y me adelanta. Creo que lo ha atrapado incluso antes de que toque el suelo; quizá nunca antes en toda su trayectoria profesional haya hecho un desplazamiento tan rápido como ese. Lo aplaudiría si no estuviera muerta de vergüenza; pero lo que estoy viendo ahora es mucho peor.

Me mira a los ojos, que ahora no son verdes, sino oscuros, y mientras sonríe y ladea la cabeza, acaricia mi ropa interior con la yema de los dedos. Puede que acabe de descubrir que es fetichista, que ese sea el gran defecto que compense por qué es tan genial en todo lo demás (aparte de la cosilla esa de la profunda aversión a la paternidad), pero si así fuera no me importaría. Ahora mismo me encantaría estar metida en ese tanga y disfrutar de lo que están haciendo sus dedos, tan grandes, tan fuertes, tan...

Me obligo a salir del trance. Porque además veo que ya no tiene una sonrisa de medio lado, sino una completa, con hoyuelos (dos) incluidos. Ha debido de hacerse una idea de lo que me rondaba por la cabeza, así que reacciono y hago lo que se espera de una mujer madura de treinta años: comienzo a saltar para intentar arrebatarle el dichoso tanga. Automáticamente, él eleva el brazo y lo pone a la misma altura que el monte Everest.

—¡Dámelo! —le digo sin parar de saltar; él lo aleja cada vez que acorto distancias, algo en realidad innecesario.

—Antes me has dicho que estabas dispuesta a invitarme a lo que fuera para compensar mi ayuda —repone con tranquilidad—. Quiero esto. Me gusta. No; me encanta.

—Eso es una enfermedad. Ya sabía yo que eras demasiado perfecto. —Sigo saltando; entre los brincos, el superabrigo y la vergüenza, me muero de calor—. Está bien, Brandon, no quería hacerlo, pero no me estás dejando otra opción.

Me paro un momento, cojo aire y comienzo a trepar. Sí, trepo por su cuerpo como un orangután por un árbol. El árbol empieza a moverse, no sé si por la sorpresa o por la risa, pero yo ya voy por su cintura. No me paro a pensar en que, objetivamente, me estoy restregando a base de bien por todo su cuerpo, porque eso no aporta nada bueno a la situación, así que sigo avanzando. Casi voy por su pecho cuando creo que si me estiro lo suficiente, tal vez pueda atrapar el maldito tanga y...

—¿Lily?

Ostras, Héctor. Y Rubí. Y..., bueno, todos, toda mi exfamilia política. Más que verlos, que es imposible por mi postura inverosímil, lo intuyo. Me causa tanto impacto que aflojo las piernas y cierro los ojos ante la inevitable caída, pero unos brazos de acero me sujetan con fuerza y con lentitud extrema (podría decirse que se produce otro restregón de retroceso, por llamarlo de alguna manera) me depositan delicadamente en el suelo. En el proceso creo ver unos ojos verdes muy brillantes, pero entre los nervios y el sofoco, apenas les dedico atención. Sí, yo tenía razón: están todos y cada uno de ellos. Y me han visto en una postura de lo más comprometida con un hombre enorme, peleándome por... En fin, es tan embarazoso que abro la boca para disculparme, pero entonces escucho a Brandon hablar:

—Ah, tú debes de ser Héctor. Encantado. —Le alarga el brazo—. Oh, perdona, qué despiste. —Se cambia el tanga de mano para poder estrechársela y luego hace un gesto a lo *Top Gun* para saludar al resto de la familia; creo que Marián está a punto de implosionar—. Bueno, pues nosotros ya nos íbamos.

Muchas gracias por dejárnoslo todo tan bien dispuesto, tío. —Se vuelve hacia mí—. Vamos, Lily, que tenemos que hablar del asuntillo ese de los abogados que querías que investigaran algo de no sé qué de una hipoteca...

No soy capaz de pronunciar palabra alguna, solo de hacerles a todos un gesto indeterminado y de subirme corriendo al coche. Solo me da tiempo a ver que: 1. Héctor está de un color rojo muy poco saludable; 2. Rubí mira a Brandon como si fuera alguien de la categoría de Supermán o similar; 3. Tony, el primo de mi marido, se había puesto en marcha para pedirle un autógrafo a Brandon con una sonrisa de friqui total. Pero nada de eso importa, porque nosotros ya estamos dentro del coche, en movimiento. Los veo a todos hacerse pequeños por el espejo retrovisor. No se mueven. Están en *shock*. Un poco como yo, la verdad.

—Lo siento, Lily. Tenía que haberte dejado a ti lidiar con ellos, pero es que... —niega con la cabeza— parecía que ibas a disculparte por lo que estábamos haciendo y yo... Bueno, de todas formas, no tenía que haber intervenido, lo siento.

—No, si ha sido una pasada, la verdad —reconozco, aunque me siento rara y... culpable; no debería, pero es así.

—No tienes cara de haberlo disfrutado. Yo sí, pero tú no, así que lo lamento —afirma con vehemencia—. ¿Me dejas compensarte? Hace días que quiero enseñarte algo. Nos da tiempo a descargar en casa de tu madre y a mostrártelo después.

—No me tienes que compensar nada, Brandon; llevas el coche como si fuéramos al mercadillo, coche que por cierto sigue apestando a limón, y acabas de poner al borde del infarto a toda mi familia política, que, en el fondo, se lo merecía.

—Entonces..., ¿me dejas que te lo enseñe? Por favor... —me dice como si de verdad tuviera mucho interés en la propuesta; las mariposas retornan con tanta fuerza que yo temo que sean carnívoras.

—Pues claro, Brandon —le respondo con una gran sonrisa—. Si yo es por ti, que debes de estar cansado. Al final había más cajas que en el almacén de Mudanzas Cariño y...

—No estoy cansado; músculos de acero, nena. —Se señala el glorioso bíceps; confirmado, son pirañas, no mariposas—. Es broma, eso ha sonado muy Travis, no me lo tengas en cuenta.

Se ha sonrojado un poco. Qué lindo es. Y qué día tan extraño este. Es como si estuviera montada en una montaña rusa. En cualquier momento me pondré a chillar histérica. Como al parecer todavía queda bastante para que acabe, no lo descarto. Pero, por ahora, cierro los ojos y me dejo llevar. No quiero pensar ni en lo que está por llegar ni en lo que he dejado atrás; ahora mismo solo estamos Brandon, yo y las mariposas carnívoras. Y no me cambiaría por nadie en este instante.

# Capítulo 12

La operación desembarco en casa de mi madre tarda menos de veinte minutos (no hay ningún barco, pero en mi mente tenía ese nombre). Por fortuna, no había nadie en casa, porque la noche está siendo suficientemente emocionante como para que incluyera también la presentación de Brandon a mi madre. Ella ya sonríe de forma sospechosa cada vez que hablo de él, así que por ahora mejor no darle más munición, no vaya a ser que imagine cosas que no son.

Tras otros veinte minutos en el coche, hemos llegado a una urbanización de lujo a las afueras de la ciudad, en un sitio que ni siquiera sabía que existía. Trago saliva cuando me doy cuenta de que me ha llevado a su casa. Y, al margen de que mi corazón parece una de las maracas de Machín, o las dos, tengo que reconocer que es un entorno precioso. Está rodeada de pinos por todas partes y flanqueada por montañas, aunque el mar no debe de andar lejos.

Tras pasar el control de seguridad, hemos atravesado una serie de instalaciones comunes (piscina exterior, piscina cubierta climatizada, pistas de pádel, de baloncesto, de fútbol, gimnasio y un espacio multiusos más grande que el centro cívico de mi barrio) y ahora hemos llegado a un edificio gris y blanco de tres alturas, sobrio pero bonito; nos metemos en el aparcamiento donde la puerta no chirría ni siquiera un poquito. Aquí dentro hay toda una colección de cochazos increíbles, incluidos un Lamborghini, un Ferrari y un R8. Sin saber por qué, miro mi abrigo de Zara Outlet y descubro que tiene un pequeño descosido junto al dobladillo. Ah, mira, esa es la tara, qué mona ella.

—Hola. —Brandon interrumpe mi proceso de empequeñecerme todo lo que pueda; ha aparcado y me mira a los ojos—. Tienes cara de preferir estar en el corredor de la muerte antes que aquí ahora mismo. Podemos regresar y dejamos esto para...

—No, qué va. —Me hace ilusión ver su casa, de verdad que sí—. Es que... Brandon, eres superrico.

Suelta una carcajada y niega con la cabeza.

—No lo soy. Tengo algo de pasta, porque gano bastante y gasto poco. Pero cuando me miro al espejo no pienso: «Vaya, qué rico soy».

—¿No? Creo que yo estaría pensándolo a cada segundo y, además, sería muy ostentosa. Hasta desayunaría *cada día* por rutina en el Starbucks, fíjate tú.

—Vaya, qué despilfarradora, no me imaginaba eso de ti. —Ay, ese hoyuelo sí que no tiene precio; uf, si es que es guapo, bueno, inteligente, rico... Me hundo en el asiento un poco más y él me da un toquecito en la nariz—. ¿Me dices qué pasa por esa cabecita tuya tan bonita?

Me armo de valor. Estoy cansada y no tengo ganas de disimular, así que se lo suelto a bocajarro:

—Brandon, ¿qué hago aquí? Podrías estar con quien quisieras. Miss España; Kylie Minogue; Carolina de Mónaco; Ana Botín, si te gustan las listas; la princesa Leonor, si te esperas un poco.

Él abre los ojos muchísimo. No se esperaba eso.

—Ya estoy con quien quiero estar —me suelta con rotundidad—. Y tu selección de candidatas para mí es... rara.

—Ya. Es que... yo soy un desastre y me pillas además en el momento más desastroso de mi vida y es..., ya sabes, demasiado desastre junto.

Estoy demasiado agotada como para llorar, pero, por si acaso, me escondo tras mis rizos. Siento que Brandon se acerca y, con paciencia, me despeja la cara. Cuando lo miro, me sorprende ver que ahora mismo, pese a mi descontrol emocional, yo no soy la que está peor de los dos. Es como si él hubiera dejado caer una máscara, y ahora pudiera ver con claridad que está soportando una carga de varias toneladas. Quiero preguntarle qué le pasa, pero él habla antes:

—El único desastre que hay en este coche soy yo, Lily. Soy un desastre tan grande que me he pasado muchos años sintiendo que no me merezco que me pase nada bueno. Pero de ti no quiero apartarme; no quiero o no puedo, no sé. Contigo vuelvo a ser egoísta y débil, y me gustaría tenerte a mi lado, como sea. Ya serás tú, en su momento, la que tendrás que decidir si te quedas o te vas. Pero hasta entonces me gustaría disfrutar de ti, cuidarte lo que me dejes y recorrer ese laberinto de personalidad que tienes, todas las veces posibles.

Toma ya. Mi cerebro elimina todas las partes oscuras del discurso y mi corazón se pone a dar volteretas dentro del pecho. Creo que nunca antes me había sentido así, tan especial, que es algo que me suele ocurrir cuando estoy con él. Ha sido un momento tan increíble que casi quiero pasar por alto la preocupación que aún destella en sus ojos, pero...

—¿Me lo contarás algún día? —Tengo la voz rara, como congestionada por la emoción—. Tus problemas, digo. Estoy segura de que no son tan malos. Yo te apoyaría..., incluso aunque fuese algo descomunal, algo como que eres un hombre lobo en realidad.

Sonríe mientras asiente y, en un par de parpadeos, esconde de nuevo el peso invisible que soportan sus hombros; vuelve a ser el Brandon dispuesto de siempre. Aunque ahora sus ojos brillan de forma especial. Me coge el brazo con suavidad, me retira un poco la manga del abrigo y acerca su boca a la cara interna de mi muñeca. Noto su aliento cálido cuando se acerca, abre los labios y... me clava con suavidad los dientes, dándome un mordisco. Un gesto que, por cierto, conecta automáticamente con la zona inferior de mi vientre y que me entrecorta la respiración.

—Un vampiro, más bien. Tienes pinta de que te gustan más. —Deposita un suave beso en la zona donde me ha dejado una levísima marca y me baja la manga del abrigo; me reprimo a tiempo de suplicarle que siga, que si es un vampiro estoy dispuesta a darle cuatro litros de sangre o toda, por qué no—. Vamos arriba; voy a prepararte algo de cenar.

Y así, sin más, sale del coche. Y yo siento su ausencia de forma tan dolorosa que me apresuro a seguirlo, mientras me pregunto en qué momento mi amor platónico por Brandon se ha convertido en algo terroríficamente real.


Su casa es... muy Brandon. Confortable, clara, grande. Solo tiene muros para separar el dormitorio y el cuarto de baño; todo lo demás es un espacio diáfano con pocos muebles elegantes a la vez que cómodos. Me detengo en una estantería para observar su interesante colección de libros. Tenemos algunas novelas en común, la mayoría de temática deportiva, y también biografías de jugadores y atletas célebres. Y otra cosa que me entusiasma de esta casa es el gran ventanal de más de cuatro metros desde donde se ve una extensión inagotable de pinos (en serio, ¿esto existe en mi ciudad?); la arboleda llega hasta el mismo mar, donde una serie de lucecitas surcan las aguas bajo un cielo lleno de estrellas que no paran de guiñar.

A ver, sé que no es su casa, que el Club se la alquila a los jugadores mientras tengan contrato, pero él la ha hecho suya, con los libros, las fotos de su paso por los distintos equipos en los que ha estado y una vitrina de trofeos que es una pasada. Algunos recuerdan que ha sido el MVP de múltiples campeonatos. Si yo tuviera un mueble como ese lo pondría en mitad de la entrada para que todo el mundo se tropezara con él, un poco como hace el Mercadona con las pilas, pero Brandon la tiene en un rincón apartado, como si no tuviera demasiada importancia. Joder.

—¿Cómo puedes ser tan normal teniendo una vitrina así?

Escucho una risa desde la cocina, porque además de máximo anotador de la liga italiana durante tres temporadas seguidas, también sabe hacer una pasta con puerros y jamón que huele increíble. Ha insistido en que él se encarga de todo, porque por desgracia recuerda que a veces exploto los guisantes de mi madre cuando los meto en el microondas. Y yo, cuando he visto que el piso tiene alarma antiincendios, he dejado de insistir. Me siento en un taburete tras una barra que delimita la cocina con el salón, mientras le observo añadir un chorro de vino blanco a la sartén. ¿Eso es tan sexi normalmente? Uf, estoy fatal, ¿eh? Tengo que cambiar de tema, hablar de algo que me distraiga de sus manos grandes y diestras haciendo todo tipo de virguerías en la cocina. Pego un sorbo de un vino rosado fresquito que me ha servido en una copa del tamaño de mi cabeza. Necesito un poco de alcohol por mis venas, porque estoy tensa como la cuerda de una guitarra.

—Creía que compartías casa con Travis, pero veo que, gracias a Dios, no es cierto. Me alegro mucho por ti.

—En realidad, sí que comparto casa con él. —Sonríe mientras echa la pasta en una olla con agua hirviendo sin salpicarse ni quemarse, increíble—. ¿Ves esa puerta? —Me señala un acceso que hay en un lateral del salón en el que no me había fijado—. Travis vive ahí al lado y nuestras casas están comunicadas. Lamento decirte que no tiene pestillo y que él tiene la costumbre de entrar sin avisar.

Casi me atraganto con el vino. Esta casa se ha devaluado muchísimo con ese detalle, como si te dicen que van a construir al lado una central nuclear o algo por el estilo.

—Tranquila —dice él, sonriendo—, esta noche ha quedado con su último ligue, una actriz que sale en la tele, y no creo que venga hasta mañana temprano.

—Pobre actriz que sale en la tele —murmuro mientras busco con la mirada fotos personales de Brandon, pero en la mayoría aparece él rodeado de compañeros de profesión—. ¿Ese al que abrazas ahí es Teodosic?

—Sí, coincidimos en Moscú. Es un buen tío.

—Señala otro grupo de fotos colgadas en la pared—. Ahí están los hermanos Gasol y allí una con
Tony Parker, antes de que se retirara.

—Jolín, qué pasada.

Miro de nuevo los trofeos y me asalta el recuerdo
de mi medalla de consolación cuando mi equipo
quedó el último en la olimpiada interbarrios; me
remuevo en el taburete, y cuando vuelvo a mirar a
Brandon, me observa mientras sostiene una fuente
con unos maravillosos espaguetis humeantes.

—Son solo personas, con sus movidas y sus de-
fectos, solo que se les da muy bien meter una bola
en un aro. La mayor parte de los casos porque lo
han repetido trillones de veces. —Bordea la isleta
y me dedica una sonrisa para que lo siga—. Con la
edad me he convencido de que lo que diferencia a
los deportistas normales de las estrellas no es el
talento, sino la perseverancia. Y, de hecho, eso es lo
que te quiero enseñar esta noche.

—Ah. —Cojo la copa de vino y su vaso de... agua
y lo sigo con la misma atracción que si él fuera la
Tierra y yo la Luna—. Pensaba que solo querías enseñarme tu *mansioncita*.

—Sí que quería traerte a mi *mansioncita* —se ha
sentado en el sofá y está sirviendo con soltura la
comida en dos platos—, pero me he inventado una
excusa de lo más creíble para hacerlo. Ven, siéntate
a mi lado y relájate, Lily, que cuando me veas con
la boca llena de espaguetis y la cara salpicada de
puerro, seguro que te sientes más a gusto.

Me río mientras me siento. Y él deja de repartir
comida para mirarme con la misma cara que uno
pone cuando ve una estrella fugaz. Después niega
con la cabeza, sonriendo, y me ofrece un plato con
mejor pinta que cualquier cosa de un restaurante
con catorce estrellas Michelin. Cuando enrollo la

pasta en el tenedor y me lo llevo a la boca, un gemido involuntario (y embarazoso) sale de mi garganta. Veo que Brandon se queda muy quieto, que traga saliva y que desvía la mirada. Pero yo estoy demasiado entusiasmada con su pasta como para prestarle demasiada atención.

—¡Qué bueno está esto, por Dios! ¡Qué callado te lo tenías! Así que también serías el cocinero en nuestra isla desierta... ¡Qué acaparador!

Creo que estoy hablando con la boca llena, pero es que está tan delicioso que me he descontrolado un poco. De repente veo que él alarga el brazo hacia mi cara y, ¡oh, qué bien!, nada más comenzar, ya tengo un trozo de espagueti pegado en la mejilla. Abro la mano para que me lo dé, pero entonces se lo lleva a la boca y lo... succiona.

—Sí que está bueno —dice, saboreándolo con lentitud y mirándome a los ojos—. Mejor que nunca.

Traga y empieza a comer de su plato como si nada, mientras yo noto los latidos del corazón hasta en los dedos de los pies. El cosquilleo del estómago se mezcla con los nervios y con una necesidad física de... yo qué sé. Intento seguir comiendo, sin dejar de observarlo, para ver si realmente se mancha y así dejar de idealizarlo, pero tiene una técnica infalible que le hace atacar la pasta con una precisión extrema. Su pulcritud resulta... un tanto exasperante.

—¿Cuándo se supone que te vas a poner perdido de comida para que yo me sienta mejor?

Él estaba bebiendo agua y casi se atraganta, porque he sonado realmente indignada. Empieza a toser y yo me acerco para darle unos levísimos tortacitos en la espalda que no sirven absolutamente para nada (de hecho, es una técnica que no creo que sirva para nada ni siquiera con una intensidad adecuada). Pero Brandon sigue con las manos en la cara, ahogándose, y yo me veo obligada a agarrarlo por los hombros y sacudirlo (otra técnica de eficacia dudosa, pero es que no sé cómo me las voy a apañar para cogerlo por la cintura y hacerle eso que he visto en las películas de apretarlo por la espalda dando saltos; si lo abrazo de pie, puede que le llegue a la ingle). Entonces, cuando ya me encuentro encima de él y estoy superpreocupada de verdad, Brandon para de toser y se quita las manos de la cara. Me mira con una gran sonrisa, hoyuelos incluidos.

—Mírate —me dice con una tranquilidad impropia de alguien que ha estado debatiéndose entre la vida y la muerte durante dos minutos—, por fin has dejado de tener ese palo tan tieso metido por tu maravilloso culito. Ahora se te ve suelta; a lo mejor demasiado suelta, pero no me voy a quejar.

Baja la mirada, yo hago lo propio y me doy cuenta de que sigo a horcajadas encima de él. Si no fuera por los hoyuelos lo mataba, pero me limito a pegarle un puñetazo en el hombro que seguramente me hace más daño a mí que a él. Cuando me despego de él y recupero mi sitio en el sofá me parece escuchar un «Oh, qué lástima» muy bajito, pero no estoy segura. Agarro mi plato de comida y comienzo a pinchar con energía mis espaguetis.

—A ver si se me van a enfriar, con la tontería —replico, airada.

—Eso está mejor, Lily —me dice, comiendo también—, mucho mejor.

Me acabo todo el plato. Y el siguiente también. Y cuando termino de tragar el último bocado, y tras preguntarme si quiero postre (no, si no quieres que reviente y te manche el sofá de cuero blanco), me dice que no me mueva y se lleva en un solo viaje todas las cosas, menos mi copa de vino. Yo aprovecho para beber, porque me encuentro un poco mejor y no quiero volver a ponerme histérica. Regresa enseguida y se sienta cerca de mí, pero dejando un poco de espacio. Aun así, el sofá se hunde convenientemente y al final nuestras piernas acaban pegadas. Las miro un segundo y estoy a punto de ponerme otra vez a hiperventilar (¿cómo pueden notarse unos músculos a través de la tela vaquera?).

Ajeno a todo esto, él coge el mando a distancia, y lo que parecía ser un mueble colocado en la pared frente a nosotros se abre de par en par. Aparece una televisión de plasma de un millón de pulgadas, más o menos. Abro la boca un poco, pero la cierro enseguida; voy a aparentar que estoy más que acostumbrada a este tipo de televisores tamaño multicine.

—Vale, Lily, te voy a poner este documental que encontré el otro día en YouTube, porque en cuanto lo vi me acordé de ti; dura solo diez minutos, tranquila. —Toquetea el mando y en la pantalla aparecen las palabras «La magia del baloncesto», mientras los altavoces reproducen una musiquilla de hiphop; sin embargo, Brandon vuelve a darle al *pause*—. ¿Tengo que aparentar un nuevo atragantamiento para que vuelvas a relajar la espalda o prefieres algo más drástico, como que te haga cosquillas?

—¡No, cosquillas, no! —Él hace un amago de dirigirse a mi costado, pero yo soy rápida, rapidísima, cuando se trata de esquivar ese invento del demonio que son las cosquillas—. Vale, vale, me relajo. Mira.

Hago un movimiento que me hace parecer una culebrilla y después, cuando me doy cuenta de que es bastante ridículo, me paro. En el momento en el que me detengo y dejo de estar en tensión, la diferencia de peso hace que me eche más encima de él. Brandon se limita a pasarme el brazo por encima con naturalidad y, sin esfuerzo, mi cuerpo se encaja perfectamente a su costado. Será por el vino o por la amenaza de las cosquillas, pero yo me limito al fin a disfrutar del calor que desprende, de su olor a limpio y de la sensación de seguridad que me embarga a su lado. Daría mi vida por agarrarme de su cintura, pero para eso necesitaría cinco mojitos y cuatro *whiskies*. Así que me conformaré con esto, que no está nada mal.

Vuelve a darle al *play*. En la pantalla aparece el título del documental: *Tyrone Bogues; un gigante de 1,60*. Es un resumen de la vida del jugador californiano apodado Muggsy, que a pesar de su escasa estatura consiguió hacerse un hueco entre los mejores bases de la NBA en su época. Gracias al reportaje, me entero de que jugó catorce temporadas, anotó más de 6000 puntos y robó casi 1400 balones. Es decir, no es que fuera bueno para ser bajito. Era bueno y punto. Y medía lo mismo que yo. Increíble.

Cuando acaba, me doy cuenta de que he estado diez minutos sin prestarle ninguna atención a Brandon; de hecho, ya no estoy junto a él, sino echada hacia delante, totalmente concentrada en el vídeo que me ha puesto. Me giro y veo que me está observando con atención.

—¿Te ha gustado? —me pregunta, expectante.

—¡Me ha flipado! ¿Has visto lo que le ha hecho a Jordan? ¡Es increíble! ¡Lo he reconocido, es el de *Space Jam*! Pero no sabía que era tan tan bueno. ¿Cómo es posible que no se viniera abajo cuando, al principio, comenzaron a reírse de él?

—Bueno, ya has visto que en sus comienzos sí lo pasó mal, pero simplemente siguió intentándolo. —Me está mirando un rizo, pero lo observa como si fuera algo adorable y no un simple mechón enrollado y castaño—. Es que... no pretendo darte lecciones, Lily, pero esa es la clave de todo. Si practicas algo hasta la extenuación, terminas siendo bueno, no tiene más misterio. ¿Sabes que yo era horrible, pero horrible de verdad, tirando triples?

—Venga ya. Estoy segura de que en la guardería encestabas el chupete en cualquier cubilete que estuviera a 6,75 metros de distancia.

—Falso. —Acerca un dedo a mi rizo y se lo enrolla en él, como si no pudiera evitarlo—. Era mi gran punto débil. Me movía bien cerca de la canasta y era muy rápido, pero tenía una puntería desastrosa en los tiros largos. Entonces, cuando en el instituto me di cuenta de que quería dedicarme a esto, comencé a levantarme muy temprano y lanzaba cien veces a canasta desde la línea de tiro exterior.

Se me enciende una luz de forma automática.

—¡Tu rutina de tiro! —Un momento, eso quiere decir que...—: ¿Me estás diciendo que llevas unos... veinte años haciéndola?

—Excepto durante un tiempo en el que no pude..., sí. —Se le nubla un poco la mirada, pero se recupera tan rápido que creo que lo he imaginado—. Lo hago cada día. Se ha convertido en algo que ya es parte de mí, un símbolo de que si practicas, terminas consiguiendo lo que te propongas.

Asiento. Es formidable, pero... al margen de que mi pierna no sé cómo está ahora encima de la suya, no sé a dónde quiere ir a parar, así que se lo digo:

—Te agradezco un montón que me estés diciendo todo esto, pero... tengo treinta años; si lo que insinúas es que me ponga a entrenar día, tarde y noche, y que al final, cuando tenga cincuenta, lograré ser una MVP veterana y madurita...

—No, Lily, no hablo de baloncesto. —Se agacha un poco para quedar a mi altura—. Es probable que ese tren pasara ya, aunque, como ves, te diste por vencida por la estatura y al final no era algo tan trascendental, más en el baloncesto femenino. Pero piensa que hay otras cosas que ahora mismo te interesan y que quizá no estás intentándolo lo suficiente porque crees que no tienes talento, cuando lo que necesitas es dedicarle tiempo.

Pienso un momento en lo que me está diciendo. ¿En qué me gustaría triunfar ahora mismo? La respuesta está clara: en la escritura. Pero ¿cuánto tiempo hace que no escribo? Antes lo hacía siempre que podía, relatos sobre todo, pero desde el fiasco de la novela no he vuelto a coger el ordenador con ese propósito. Aunque, a ver, siendo realistas, ¿cuándo voy a escribir?

—Es que no tengo tiempo —digo a la defensiva.

—Siempre hay tiempo. Ponte el despertador una hora antes de ir a trabajar y escribe —me responde, inflexible, con un rollo mandón que me parece de lo más sexi—; y deja de releer *Cincuenta sombras de Grey* y escribe tu propia versión literaria romántico-sadomasoquista. Y, por favor, por favor, por favor, déjame leerla después.

Me río porque casi ha sonado suplicante. Y sé que ha sido una referencia casual al libro, pero mi cerebro crea sus propias sinapsis, mientras ya no hay espacio entre nuestros cuerpos y tenemos la cara tan cerca que compartimos respiración.

—Y hablando de que me dejes leer tus libros...

—Es raro, porque me lo está diciendo mirándome a los labios, como si me estuviera haciendo una propuesta totalmente diferente, pero da igual, porque ahora mismo, a lo que me pida, le voy a decir que sí, incluso un riñón o que sacrifique todos los gatitos de mi barrio—. ¿Qué tal si me dejas leer tu novela, esa que según tu ex es tan malísima? Porque a lo mejor es él el que tiene un gusto pésimo; de hecho, su nueva amante es tan ordinaria comparada contigo que no me cabe duda de que es un completo gilipollas.

—Sí, o sea, no sé...

¿Qué me ha dicho? Algo de que quiere leer mi novela y también que Héctor es gilipollas. Pero ahora mismo no puedo concentrarme en nada que no sea la maravillosa sensación de que él está echando el peso de su cuerpo sobre el mío y acercando su boca a la mía. Tan solo nos separan centímetros, y yo no me creo que esté a punto de pasar, que vaya a besar a Brandon, que tiene los labios más increíbles que he visto jamás y que...

—Entonces, ¿me la vas a enviar? —me dice en voz muy baja, y yo asiento, casi mareada por la anticipación; nunca antes había deseado tanto algo como esos labios maravillosos que ya casi puedo saborear—. Lily, de verdad que quería esperar, porque me parece que no estás preparada del todo, pero...

—Estoy preparadísima y creo que si no me besas ya, o me da un infarto o te pego una patada en la entrepierna, Brandon —confieso con sinceridad.

Él suelta un gruñido y me agarra de la nuca con determinación para empujarme hacia su boca. Acabo de tocar los que sin duda son los labios más carnosos, suaves y excitantes de toda mi vida cuando entre la neblina de placer escucho el sonido de una puerta a punto de abrirse. Y ocurre como en las historias esas de madres que son capaces de detener un coche en marcha para salvar a su bebé: le doy un empujón a Brandon y logro moverlo de su sitio. Después consigo escabullirme al otro lado del sofá, rompiendo por completo la lógica espacio-temporal. Al instante se escucha una voz conocida y molesta:

—Tío, te puedes creer que la muy puta me ha dejado justo cuando iba a... —Se detiene al verme en el sofá y yo estoy a punto de soltar el clásico «No es lo que parece», pero entonces Travis se rasca la cabeza—. Hola, Lily, ¿qué haces aquí? —Y después se dirige a Brandon—. Hostias, tío, qué susto, creía que estabas con una tía.

—Bueno, si te fijas bien, Lily es una tía —responde Brandon, y creo que es la primera vez que lo escucho cabreado, lo cual, aunque divertido, está muy mal, porque tenemos que exprimir la imbecilidad de Travis todo lo que podamos.

—Sí, bueno, me refería a que estabas *enrollándote* con una —le explica mientras se sienta justo en medio de los dos, provocando que yo me aleje, aún más, al otro extremo del sofá—. ¿Y qué hacíais, en realidad?

Tengo que adelantarme, porque Brandon no parece darse cuenta de que a lo mejor, en mi contrato, hay alguna cláusula que me prohíba enrollarme con un jugador, y tiene aspecto de querer asesinar a su querido compañero de equipo.

—Repasábamos algunos puntos de su trayectoria deportiva para el anuario, ¿verdad, Brandon? —Le lanzo una mirada significativa que él tarda en captar, pero al final asiente con reticencia; qué lindo, está enfadadísimo de verdad.

—¡Ah! ¿Y conmigo, lo tienes todo claro? —me pregunta Travis—. Porque yo soy más importante.

Me levanto, para desviar la atención de Brandon, que ahora mismo no es la persona conciliadora que suele ser. Temo que pueda pegarle un puñetazo a Travis, lo que cualquier otro día no me importaría, pero hoy sí.

—Claro, tranquilo; tú eres tan importante que tengo muchísima información sobre ti. —Cojo mi móvil y busco el bolso; tengo que salir cuanto antes de aquí.

—Normal —admite Travis con su humildad habitual—. Oye, Lily, estoy pensando...

—No me digas... —murmura Brandon en español.

—... que es verdad que eres una mujer, aunque a veces te esfuerzas en disimularlo con ese forro que últimamente te pones y tal. —¿A dónde quiere llegar? Me quedo congelada en el sitio—. Lo que quiero decir es que..., a ver cómo digo esto sin que suene muy mal.

—A lo mejor no deberías decirlo y punto —lo aconseja Brandon con voz tensa.

—No; si es Lily, hay confianza. —No tanta, Travis, no tanta—. Pues que supongo que con lo de tu divorcio y tal estarás un poco necesitada, y yo..., en fin, que aún me dura el calentón porque creía que la noche iba a acabar de otra manera, así que, ¿por qué no te vienes a mi piso y nos... consolamos un poco?

Otra vez, con esos superpoderes que al parecer he adquirido esta noche, soy capaz de moverme a la velocidad del rayo y ya estoy al lado de Brandon, tirando de su brazo, en parte para ayudar a levantarlo y en parte para evitar que le atice un más que probable gancho de izquierda a Travis.

—No, no, no; es muy tentador, pero no —contesto con una risa de lo más impropia—. Oye, Brandon, siento molestarte, pero ¿te importaría llevarme a casa?

—Claro, ahora mismo —dice combinando tres acciones al mismo tiempo: levantarse del sofá, sonreírme con calidez y taladrar con la mirada a su supuesto amigo.

—No te molestes, tío. —Contengo la respiración cuando veo que Travis le pone la palma de la mano en el pecho a Brandon, evitando que se ponga de pie y empujándolo de nuevo al sofá—. Sé dónde vive esta, y es justo al lado de la casa de Rita, que siempre está dispuesta, así que yo me la llevo.

De verdad que creo que Brandon se va a abalanzar sobre él. Así que tengo que actuar con rapidez. Si dejo que le pegue, se descubrirá el pastel; si le digo a Travis que aun yendo al lado de mi casa, prefiero que me lleve su amigo, creo que pese a su cerebro de mosquito también será capaz de sumar dos y dos. Así que solo me queda una opción. Vuelvo a ponerme en medio de ambos y trato de encontrar los ojos de Brandon.

—Sí, Brandon, será lo mejor. No te preocupes, otro día retomamos lo del anuario justo donde lo hemos dejado, si te parece bien. Creo que nos estaba quedando increíble, una pasada, una de las entrevistas más interesantes que he hecho en mi vida..., sino la que más. ¿De acuerdo? —Su mirada se suaviza, bien—. Pero es verdad que no tiene sentido que, si Travis va al lado de mi casa, tú tengas que llevarme, ¿no crees?

Tras una eternidad, un tiempo extralargo que le hubiera resultado sospechoso a cualquier persona que no fuera Travis intentando contactar con alguien para que le alivie su insatisfacción sexual (bienvenido al club, por cierto), Brandon asiente despacio.

—Supongo que tienes razón.

Yo lo miro a los ojos y le sonrío para tranquilizarlo. A él y a mí, porque en el fondo yo también tengo ganas de patalear. Y aunque sea arriesgado, lo veo tan hecho polvo que no puedo evitar levantar la mano y acariciarle la mejilla, que la tiene áspera por la incipiente barba que le ha crecido a lo largo del día. Él cierra los ojos y se inclina para recibir mi caricia, y ahora soy yo la que tengo ganas de estrangular a Travis. A pesar de lo que me ha dicho en el coche, Brandon es demasiado bueno para mí, quizá hoy ha sido víctima de un arrebato de locura y mañana ya me vea como soy. Entonces habré dejado pasar la posibilidad de besar esa boca maravillosa. Y después de lo de esta noche, ya no querré besar a ningún otro, y me meteré a monja y haré unos polvorones terrosos con sal en vez de azúcar.

—¡Rita está en casa! —grita Travis; aparto la mano justo a tiempo para que no me vea—. Vamos, Lily. —Me agarra del brazo y me empuja; apenas tengo tiempo de coger mi abrigo y mi bolso—. ¡Hasta mañana, Brandon!

Justo antes de que se cierre la puerta, oigo a Brandon decir: «Adiós, Lily», y a mí se me parte el corazón.

# Capítulo 13

Pros y contras de ponerme el vestido que Teo me ha enviado desde Los Ángeles para la cena de Navidad del Club:

Contras:

Demasiado corto.

Demasiado ajustado.

Demasiado ROJO.

No sé si me lo sabré poner.

Necesita unos tacones, mientras más altos, mejor.

Necesita un peinado y un maquillaje adecuados.

Tendré que llevar medias (en diciembre).

Tendré que llevar mi chaquetón negro elegante, que abriga más bien poco.

No sé si me lo sabré quitar.

Pros:

Brandon.

# Capítulo 14

—Hija, estás espectacular.

Tras tres cuartos de hora ayudándome a sacarme un tirante que me había metido por donde no era, mi madre me mira, emocionada. Eso es bonito, pero alarmante: con lo que a mí me gusta pasar desapercibida, hoy será imposible. He ido a la peluquería y me han alisado el pelo, que me he dejado suelto y me llega hasta los hombros; allí, una chica que estaba haciendo prácticas me ha dicho que me maquillaba por diez euros, y he tenido la inmensa fortuna de topar con la futura Leonardo Da Vinci de los maquilladores. Ha marcado mis ojos con sombras ahumadas, de manera que parecen enormes y felinos (mientras me probaba el vestido no paraba de hacer *roarrr* y movía la mano con una garra imaginaria, hasta que mi madre me ha pegado un cachete, ¡un cachete, con treinta años!). El resto del maquillaje es muy suave, con un poco de colorete rosado y unos labios muy naturales (aunque mis labios jamás tienen ese color cereza de forma natural).

En cuanto al vestido, es rojo y corto, sencillo por delante, pero complicadísimo por detrás, porque tiene la espalda abierta y un sinfín de tirantes cruzados que deberían venir acompañados de un tutorial. Eso sí, una vez puesto bien, se ajusta a mi cuerpo como un guante y me ciñe el pecho por delante. Bueno, es mi pecho de mentirijilla, porque está insertado en un sujetador Wonderbra con *superpush-up* y no sé qué movida más. Gracias a todas estas trampitas, estoy experimentando lo que se siente al tener tetas (también mi madre me ha regañado por ponerme a menearlas mientras me contoneaba y decía: «Uiuiiuiiiui»). La falda es vaporosa y solo me cubre los muslos. La verdad es que el vestido es espectacular..., y me siento terriblemente expuesta con él.

—Mamá, soy tu hija, tú no dejarías que fuese haciendo el ridículo, ¿verdad? ¿O has elegido este momento, precisamente este momento, para vengarte de los dolores que te provoqué al venir al mundo? —le pregunto mientras miro a la desconocida del espejo.

—¿Ridícula? Creo que eres la mujer más preciosa del mundo, tan guapa como una actriz que va a los Óscar —repone ella con convicción—. Y... ¿va Brandon?

Siento un pellizco en el estómago. No solo porque sea la primera vez que mi madre me pregunta directamente por él, sino porque los últimos días (desde la noche que estuve en su casa) las cosas han sido raras entre nosotros. No ha ayudado que yo haya estado tan centrada en terminar el anuario que prácticamente haya vivido en las oficinas del Club, ni que él haya tenido partido cada tres días. Cada vez que venía a verme, me decía que quería hablar conmigo, pero de verdad que no tenía tiempo. Así que me he quedado con las ganas de saber por qué parecía agobiado. Y antes de ayer ocurrió algo...

Jugábamos en casa, y después de traerme un café y un churro (eso estuvo guay) me pidió un pase de prensa. Yo, en plan profesional y sin ningún interés por cotillear, le pregunté que a nombre de quién lo ponía y me dijo: «Kimberly Graham». Vale. Abrió la boca, la cerró, y no añadió nada más. Yo tampoco pregunté, porque tenía mucha prisa. Después, durante el partido, me fijé en quién llevaba la acreditación y..., bueno, mis esperanzas de que fuera su madre se desvanecieron. Era una chica rubia, con ojos verdes y muy alta (más que yo, claro). Tengo que reconocer que era preciosa y delicada; de alguna manera, al verla, pensé en Bambi. Tampoco es que yo estuviera mirándola todo el rato (puede que hubiera un par de segundos que no lo hiciera), pero me fijé en que, durante el partido, ella observaba exclusivamente a Brandon, y él... no hacía más que mirarla y sonreír. No era la misma sonrisa que me dedica a mí, pero era una sonrisa. De vez en cuando hasta le dedicaba un triple. Conmigo nunca lo ha hecho, pero ¿en calidad de qué iba a hacerlo? Los jugadores no dedican triples a las responsables de prensa y, en realidad, eso es lo único que soy para él.

Supongo que lo de Bambi se aclarará esta noche, cuando al fin podamos hablar. Nunca he sido una persona celosa y confío en que Brandon no se haya liado de repente con ella, al menos, no sin decírmelo. Es solo... que no sé qué pensar. Hasta se me ha pasado por la cabeza que sea su hija secreta, pero creo que las edades no cuadran. El caso es que, en realidad, me he puesto este vestido por él, y ahora me asaltan las dudas.

—Perdóname, Lily, no tenía que haberte preguntado nada. —Ups, se me había olvidado responder a mi madre si Brandon venía—. Mira, me encanta este vestido porque no solo te hace estar bonita, sino que es una declaración de intenciones. Eres una mujer fuerte y decidida. No te has puesto esta ropa para nadie, sino para sentirte bien contigo misma. Así que deja de darle vueltas y disfruta esta noche al máximo, que te lo mereces.

Me quedo mirándola y ahora soy yo la que se emociona. Mi madre, que me conoce tan bien, que me dice siempre lo que necesito oír, me guste más o menos. Tiene razón, quizá elegí ponerme este vestido por las razones equivocadas, pero la decisión no deja de ser correcta. Me pongo en plan *Los Juegos del Hambre* y decido que mi atuendo es un símbolo. Adiós, Lily oscura. Hola, Lily valiente y de tetas grandes.

—Gracias, mamá. No sé qué haría sin ti. —Me abalanzo sobre ella, pero me frena para proteger todo el arreglo que llevo encima—. No pasa nada, mamá, ¡me he gastado diez euros en el maquillaje, seguro que me dura toda la vida!

—Ay, Lily... Venga, que te hago una foto para enviársela a Teo. Y vete ya, que el taxi debe de estar esperándote. Y, pase lo que pase, tú disfruta de la noche.

El sitio que ha elegido el Malac para celebrar su cena anual está a las afueras de la ciudad (treinta euritos de taxi), en la costa. Creía que sería un chiringuito de alto *standing*, pero esto es un restaurante de lujo en toda regla, en primera línea de playa (para desgracia de mi pelo liso). Está construido en madera, y un montón de lucecitas recortan su silueta en un escenario que es de ensueño: las olas del mar rompiendo justo detrás, y un bosque de abetos delante. En el momento en el que me bajo del taxi, me golpea una brisa fría embriagadora, cargada de sal y de vegetación; es una noche muy clara con una luna llena gigante, y a pesar del frío, yo estoy tan nerviosa que tengo de sobra con el paripé de abrigo que llevo. Me apresuro a entrar en el restaurante con un objetivo claro en mente: dominar mis tacones y que ellos no me dominen a mí.

Cuando abro la puerta del local, me recibe una iluminación cálida y una decoración marinera y elegante. Suena una melodía de guitarra clásica y la temperatura en el interior es perfecta, así que me quito el abrigo. Enseguida aparece un señor que me dice que me lo va a colgar. Voy a darle las gracias, pero desaparece antes de que pueda hacerlo. Entonces dejo de prestar atención al calorcito que hace, a la música y a la luz. Creo que están el presidente del Club, el entrenador y el director deportivo, pero a mí todos me dan igual. Porque enfrente está Brandon, espectacular, con un traje de chaqueta oscuro que le queda perfecto. Necesita un par de parpadeos para reconocerme y luego, ni corto ni perezoso, me hace un buen repaso desde los tacones hasta los ojos, sin prisa alguna. Yo aguanto el escrutinio porque, aunque note que me falta el aliento, Brandon siempre ha tenido la capacidad de hacerme sentir cómoda y, de algún modo, valiosa. Y cuando sus labios sonríen y forman un «guau» inaudible, yo siento que podría ir volando a su lado. No hace falta. En cuatro zancadas él anula la distancia entre nosotros, se agacha y me da un beso lento en la mejilla. A esa distancia, que nadie puede oírnos, me dice:

—Maravillosa, Lily, como todos los días, aunque hoy un poquito más evidente.

Yo me río y, como no se aparta, me obligo a

mirarlo a los ojos; entonces descubro algo desconcertante: tiene la mirada triste.

—¿Estás bien?

Asiente; pero, tras unos segundos, la sombra en su mirada se hace aún más evidente y añade:

—Qué pena que te hayas puesto ese vestido hoy; el día en que dejaré de ser tu héroe para convertirme en villano.

¿Qué? Voy a preguntarle qué quiere decir cuando de la nada aparece Bambi, vestida con vaqueros, un top negro sencillo y unas Converse blancas (más blancas que las mías cuando salieron de la tienda). Le da unos toquecitos impacientes en el brazo a Brandon. Estamos los tres tan juntos que podríamos empezar a hacer el corro de la patata en cualquier momento. Además, la situación sirve para darme cuenta de que sigo siendo más baja que ella, a pesar de los ardides en mis pies.

—Vamos, Salow, que el avión sale en unas horas —espeta ella, en inglés—. Dame algo de comer, que me muero de hambre.

—Sí, claro —le responde él, sin moverse y sin dejar de mirarme.

Veo que quiere decirme mil cosas, pero no debe de ser fácil de explicar. Entonces Bambi se fija en el objetivo de la mirada de Brandon (lleva un rato enganchado a mis ojos) y, por primera vez, ella me presta atención.

—Bonito vestido —dice, aunque de alguna manera ha sonado como si dijera que me huelen los pies.

—Bonitos ojos —le contesto, porque es verdad, los tiene preciosos, verdes y rasgados.

Reconocerlo es tan doloroso como si Cristiano Ronaldo le dijese a Messi: «Buen partido, tío», pero bueno. Toda la tensión que hay entre los tres se deshace como una pompa de jabón cuando una sombra gigante se materializa justo a mi lado.

—No puede ser, no me lo creo, ¿de verdad eres tú, Lily? —Travis, con un traje de color blanco y una camisa de color berenjena, me coge de la mano y me hace dar una vuelta como si estuviera bailando—. ¡Pero si eres preciosa! Ahora sí que pareces una mujer de verdad. Espera un momento; esto no estaba antes. —Alarga un dedo índice enorme hacia mi pecho y yo le pego un manotazo antes de que haga contacto, porque sí, al parecer iba a hacer contacto—. ¿Te has operado? ¿Cuándo, si no paras de trabajar?

Está gritando todo eso, porque Travis suele gritar cuando habla. Y mi cara debe de estar un tono o dos más colorada que mi vestido. Da igual, porque él sigue haciéndome un chequeo muy distinto al de Brandon, como poniéndome nota o haciendo una comparativa de esas de antes/después. Y hablando de Brandon, ha entrado ya en el comedor, siguiendo a Bambi. Vuelvo a fijarme en Travis, que está diciendo algo de que ahora sí le apetece acostarse conmigo y que incluso lo disfrutaría. Siempre es un poco así, pero hoy me parece que está... más alterado de lo normal.

—Oye, deja de decirme todo eso —le reprendo, pero al mismo tiempo me fijo en sus ojos, los tiene un poco rojos—. ¿Estás bien? ¿Te has metido algo que no deberías?

—No, mamá. —Y suelta una risita mientras me coge de la mano—. Lily, odio estas cenas, ¿te pones conmigo? Somos amigos, ¿verdad?

Me sorprendo diciéndole que sí y sintiendo un alivio inmenso al saber que, al quedar descartado Brandon, no tendré que ponerme al lado de alguien como Marcos Durán. Hace un rato que lo he fichado: está en la barra, al lado del segundo entrenador, Fernando, y, por supuesto, no me quita los ojos de encima. Ya debería estar acostumbrada, pero de igual manera es muy incómodo. Así que cuando Travis me ofrece el brazo, yo lo acepto sin dudar, a pesar de que escucho desde las alturas un «Qué pequeñita eres, Lily; aunque hoy, pequeña y matona». Me tengo que reír, y así, de esa manera, entramos al comedor.

Casi todas las mesas del salón están ocupadas ya. Aunque los sitios no están asignados, la mayoría se ha distribuido por gremios; los directivos están juntos y los jugadores también. Pero yo solo me fijo a medias en todo esto. Estoy demasiado atareada intentando ignorar los ojos de Brandon, clavados en nosotros. Tardo un rato en enterarme de que Luis me está llamando. Tiro de Travis (con todas mis fuerzas, porque si no, la mole no se entera) y me acerco a su mesa.

—Eh, Lily, te había guardado un sitio con nosotros, pero te veo bien acompañada.

Tiene razón, yo debería ponerme con mis compañeros. Los miro y les sonrío; están todos muy guapos y elegantes, incluso Sole, que lleva la misma ropa de la mañana, pero se ha dejado el pelo suelto. Me sonríen todos ellos y yo siento que este es mi sitio, así que hago un amago de retirar el brazo, pero Travis lo mantiene en su lugar con firmeza.

—Venga, Lily, ponte conmigo, porfa. Prometo no decirte nada que te incomode durante la cena. —Y añade, poco después—: Y solo nos acostaremos si tú quieres.

Hay un estallido de carcajadas en la mesa de prensa. Gracias, Travis.

—No nos vamos a acostar —le aclaro—. De ninguna manera.

Luis se ríe, supongo que porque ya conoce a Travis, y me da unos golpecitos en el hombro, como para consolarme.

—Siéntate con él, no pasa nada. Si se pone muy insistente, aquí te guardamos tu sitio.

Yo asiento, agradecida, y me despido de todos ellos, porque Travis ya me lleva a rastras hacia una de las mesas de jugadores en la que no está Brandon. Siento un peso extra en mi ya alterado estómago, porque me hubiera encantado sentarme a su lado y que me explicara quién es esa chica, pero eso, al parecer, no va a ser posible esta noche. Me siento entre la mujer de Timor Endinga, una afroamericana preciosa llamada Patsy, y Travis, que me retira la silla para que me siente, con una sonrisa extremadamente grande (demasiado grande; mi conocimiento sobre drogas no es extenso, pero yo creo que está fumado).

En el momento en que me siento, siento un cosquilleo en la frente y por un instante temo que justamente ahora me esté saliendo un grano horrible ahí, pero levanto la vista y entonces compruebo que la maravillosa alineación de asientos permite que vea a Brandon entre un mar de cabezas. Me está mirando fijamente, lo que contrasta con la expresión neutra de su rostro que no deja traspasar emoción alguna. A su lado, Bambi es la única de todo el comedor que está comiendo ya; se detiene un momento para comentarle algo a su acompañante y él asiente... sin dejar de observarme. Está tan guapo... ¿Por qué no puede ser todo más fácil? Con lo que me gustaría tenerlo a mi lado... En cambio tengo a mi galán particular esta noche, que me está sirviendo vino tinto hasta los bordes de la copa.

—Vaya, creo que no cabe una gota más —dice

con una risilla mientras procede a llenarse su copa de la misma manera—. Pero es que creo que te hace falta un empujoncito, Lily, a ver si así te vuelves un poquito más dulce y cariñosa.

—Vamos, que quieres emborracharme a ver si así hay suerte, ¿no? —Tiene la decencia, o la indecencia, de asentir, mientras vacía de un trago su copa y yo tomo nota mental de ingerir el mínimo alcohol posible esta noche rara rara rara—. Oye, Travis, antes me has preguntado que si soy tu amiga y yo te he respondido que sí, ¿verdad?

—Sí —responde mientras se rellena la copa una vez más—, ¿por qué lo preguntas? ¿Quieres que nos vayamos ya a casa? ¿Vamos al baño?

Madre mía.

—No, Travis, no voy a acostarme contigo esta noche —hace un amago de protestar, pero yo sigo hablándole en voz baja—, pero como amiga tuya que soy, te voy a advertir de que no hay ningún compañero tuyo bebiendo alcohol, tú eres el único; y creo que esta noche, rodeados del cuerpo técnico y de los directivos del Club, quizá deberías cortarte un poco.

—Lily, no seas cortarrollos, no quiero que seas esa clase de amiga, para eso ya tengo a Brandon. O tenía, más bien —dice bebiendo otra vez.

—¿Tenías? ¿Qué ha pasado? ¿Por eso estás tan fuera de control, porque te has peleado con él?

Travis se limita a vaciar su copa por segunda vez. Dios mío, que traigan ya algo de comida para compensar, unas croquetas o unos kikos, lo que sea. Vuelve a picarme la frente, y me siento como Harry Potter con su cicatriz; compruebo que ahora no solo me mira fijamente Brandon, sino también Marcos Durán, que está sentado a su izquierda y, oh, sorpresa, me está fulminando con la mirada.

Pero yo me esfuerzo en ignorarlos a los dos y me centro en Travis.

—¿Qué ha pasado? —insisto.

—Joder, un malentendido, eso es lo que ha pasado. He entrado en su casa como siempre y he visto que había una chica joven pero bastante bonita en su sofá. —Bambi, supongo; ay, Dios mío, ¿de qué va esta historia?—. Total, que me he sentado a su lado, una cosa ha llevado a la otra y de repente la tenía en mi regazo. Justo en ese momento ha entrado Brandon y se ha puesto hecho una furia.

O sea, que Bambi se estaba quedando en su casa a dormir, y sí le ha molestado que Travis se enrolle con ella. Es decir, que sí, que se puede decir que este año voy a tener el balance de dos grandes cornamentas. Es injusto, porque con Brandon no hay nada, pero siento una decepción tan grande que se puede comparar a la que sentí al ver a Rubí y a Héctor juntos. No es igual, pero...

—... ¡Y yo qué sabía que era su hija! ¡Nunca me había contado que tuviera una!

Un momento, ¿qué?

—¿Su hija? ¿Bambi es la hija de Brandon? —le pregunto a Travis, que me mira como si no entendiera lo que hubiera dicho; ah, claro—: ¿Kimberly es hija de Brandon? Pero... es imposible, ¿no? ¿La tuvo mientras estaba en primaria o qué? Ella debe de tener al menos veintitantos...

—Diecisiete —me corrige—. Yo también creía que era mayor, pero al parecer es tan precoz como su padre, que tuvo que engendrarla con dieciocho.

Sin poder evitarlo, miro a Brandon, pero solo me da tiempo a verlo de espaldas, porque se ha levantado de la mesa y está dispuesto a irse, acompañado de Kimberly. Y a pesar de que ha estado todo el tiempo mirándome, ahora se marcha sin despedirse, sin ni siquiera echarme un solo vistazo. En el momento en el que los dos salen del salón, yo noto un escalofrío que me recorre toda la espina dorsal. Ni *Los Juegos del Hambre* ni nada, odio el vestido que llevo puesto y para mí esta cena ya no tiene ningún sentido. Pero al parecer a Travis no le ha pasado desapercibida mi tiritera repentina.

—Eh, ¿tienes frío? —Se levanta tambaleándose y está a punto de tirar varios vasos de la mesa; se quita la enorme chaqueta blanca y me la ofrece.

Vacilo, pero tras un breve análisis decido que se sentará antes si la acepto; su camisa no solo es de color berenjena, sino que tiene brillantina, también. Murmuro un gracias mientras me pongo la descomunal chaqueta; genial, ahora parezco la doctora Castillo. Bueno, creo que ya nada puede ir peor esta noche.

—Lily, dame la chaqueta, que ahora soy yo el que tiene frío.

Suspiro mientras se la devuelvo, y en el trascurso de la operación Travis le tira la copa de vino encima a la mujer de Endinga. Yo pego un único sorbo a la mía.

Madre mía.

# Capítulo 15

No es fácil mover una masa poco colaboradora de alrededor de cien kilos. Pero ahora mismo contemplo mi obra con el orgullo de una artista. Ahí está Travis, en su sofá, recostado de ladito por si tiene que seguir vomitando las dos botellas de vino y los tres Jägermeister que se ha metido entre pecho y espalda esta noche, a lo que hay que sumar lo que anteriormente había consumido. Tengo la fregona en una mano y el cubo en la otra, y yo creo que ya habrá terminado, porque aunque sigue farfullando cosas aleatorias («MVP, MVP», dice ahora), tiene mejor color de cara que cuando hemos llegado.

En cuanto terminó la fatídica cena de empresa, decidí que lo mejor era acompañarlo a su casa, pero él decidió llevarme a bailar a un sitio «muy chulo» que me iba «a encantar». Condujo él y yo estoy agradecida a la vida de poder seguir respirando, porque parecía que estaba jugando al Mario Kart. El local era privadísimo, y aunque Travis estaba en un estado lamentable, lo dejaron pasar, porque se ve que lo conocen. Allí, entre chicas increíbles contorsionándose en un escenario, siguió bebiendo como si no hubiera un mañana y al final pude convencerlo de que nos viniéramos a su casa, en su coche, pero conduciendo yo.

Me alegra ver que está quedándose dormido, porque por más que he insistido en que no me iba a acostar con él esta noche (ni nunca), parecía que lo daba por sentado. Aguanto la respiración cuando veo que abre los ojos y comienza a hablar:

—Lily... —dice de repente, dándose la vuelta y haciendo crujir la estructura del sofá—, el salón se mueve, tú te mueves, la vida se mueve...

Hace un giro extraño y, efectivamente, se pega un talegazo increíble contra el suelo. Dios mío, soy un ser horrible, pero solo puedo pensar en que dentro de unas horas tenemos partido y yo no sé cómo este hombre se las va a arreglar para meter una sola canasta. Me agacho a su lado y le retiro el pelo enmarañado y sudoroso de la cara.

—Escúchame, Travis, vamos a hacer una cosa: te vas a dar una ducha bien fría, ¿vale? —le digo mientras le ayudo a levantarse, algo que nos va a costar muchísimo.

—¿Te ducharás conmigo? —Increíble, medio muerto y con la libido por las nubes—. Antes me has dicho que me dejarías metértela, Lily, y tú eres buena, tú no me mentirías nunca, ¿verdad? ¿Me dejarás?

Niego con vehemencia con la cabeza. Cómo una persona puede estar diciendo una barbaridad y parecer tan vulnerable al mismo tiempo podría ser motivo de debate en otro momento. Entonces veo que está forcejeando con uno de mis tacones (que me he quitado nada más llegar), para ponérselos en su enorme pie.

—¿Qué haces?

—No puedo ir descalzo al cuarto de baño.

No sé, puede que me esté superando un poco la

situación, pero cuando veo a Travis con la mitad de sus pies metidos en mis tacones, dirigiéndose al baño en zigzag, me pongo a reír. Creo que hasta se me han saltado las lágrimas, pero me obligo a serenarme porque lo de la ducha no será una tarea sencilla.

En el baño (que es igual de grande que un apartamento pequeñito), le quito la ropa a un Travis muy poco colaborador, intentando tratarlo como si fuera un muñeco enorme. Es una situación rara, porque, a ver, con objetividad, el tío es perfecto físicamente, y aunque las circunstancias no acompañen, yo llevo varios meses sin estar con nadie. Pero intento blindarme a sus sutiles indirectas («Lily, te voy a hacer chillar toda la noche y mañana me perseguirás para que te dé más») y a sus torpes intentos de cogerme. Lo esquivo todas las veces, aunque parece el kraken de *Piratas del Caribe*, madre mía.

Le digo que se lave los dientes para darme unos segundos de tregua; mientras, yo admiro en el espejo que mi maquillaje aún esté en su sitio. En cuanto termina, tengo a Travis justo detrás, únicamente con unos bóxers con un desconcertante estampado de emojis. Mientras mira nuestro reflejo me abraza con fuerza. Todo mi cuerpo se pone en tensión, y siento un leve mareo que hace que me eche hacia atrás e intente buscar estabilidad apoyando las manos en su antebrazo. Me sorprende verme parpadear con pesadez en el espejo, mientras Travis se abre paso por mi pelo hacia mi cuello, con mayor precisión de la que ha mostrado en toda la noche. Percibo una oleada abrumadora de olor a pasta de dientes, sudor y colonia. Ahora noto todo su cuerpo duro y pegado al mío, y sé que tengo que tomar una decisión antes de que la succión que ya empiezo a notar en el cuello comience a hacerse más fuerte, porque de lo contrario tendré dificultades para ser racional.

Brandon. Las cosas no están claras entre nosotros, y esta noche me he enterado de una bomba que aún no he tenido tiempo de procesar. Pero si doy este paso, sé que habré cerrado la puerta a algo con él. Y a mí me gusta Brandon, me gusta un montón. Me gusta incluso más que eso que pretende hacerle Travis a mi cuello, que con total seguridad sería supergustoso. Vale, decidido. Allá vamos.

—Travis, no —le digo con rotundidad.

Forcejeo un poco y él tarda en reaccionar, pero al final para; yo aprovecho su lentitud de reflejos para separarme de él.

—Estás demasiado borracho. Sería como aprovecharme de ti —le digo, porque es más fácil que explicarle que estoy enamorada de su compañero de equipo, de casa y de todo.

—Esa es la gilipollez más grande que me han dicho nunca, Lily —me responde con la boca pastosa—. Si quieres te firmo un consentimiento, para que veas que no te denunciaré mañana por violación, si es eso lo que te preocupa.

—No, es verdad; esto es lo que pasa en las novelas románticas, que el tío nunca se acuesta con la tía si está borracha, es de manual. —Travis va a replicar que nuestra situación es ligeramente distinta, pero yo me adelanto—: Además, estoy segura de que yo ni siquiera te gusto. A ver, hoy llevo este vestido, pero mañana lo más seguro es que vuelva a ponerme el forro que te da repelús y los pantalones a juego.

Travis pone cara de horror y reprime un escalofrío, pero vuelve a la carga:

—Pero por eso quiero hacértelo hoy y no querré hacértelo mañana.

—Tiene lógica —admito—. Está bien, Travis, te diré la verdad —no lo es, pero bueno—: no estoy dispuesta a poner en peligro mi puesto de trabajo por una noche de sexo contigo. ¿Lo entiendes?

—¿Me estás diciendo —se masajea las sienes, el pobre tiene que lidiar con este embrollo cuando lo que debería estar haciendo es dormir la mona— que si te ofrezco una relación estable sí podríamos follar esta noche? Porque a lo mejor... Yo nunca he tenido una, pero si me prometes quemar ese forro polar y los pantalones, me podría plantear...

—No, qué va, ni siquiera pondría en juego mi trabajo por una relación estable. —Contigo, quiero decir, pero eso lo omito.

—Entonces, ¿no hay ninguna posibilidad de que esta noche tú y yo nos demos un buen revolcón? —Se asegura, y niego con la cabeza—. Pero no lo entiendo, si debes de estar más salida que el pico de una plancha...

—¡Travis! —Me meto en la ducha y abro, con cuidado de no mojarme, el grifo del agua; después me salgo—. Métete ahí dentro hasta que se te pase el calentón, anda.

Y salgo del cuarto de baño. Estoy suspirando de alivio cuando escucho a Travis gritar:

—¡Me has engañado, creía que nos íbamos a acostar! ¡Si quieres que te perdone, haz algo útil y tráeme de casa de Brandon un par de pastillas, anda! ¡Y agua, un par de botellas! ¡No tardes!

Vaya. Miro con pavor la puerta que comunica ambos pisos, pero decido posponer el problema porque acabo de percibir un desagradable olor a rancio. Me inspecciono a mí misma y me doy cuenta de que tengo el vestido manchado de vómito. Puaj. Ahora que lo he visto, no aguanto con él puesto ni un segundo más. Quitármelo no es tan difícil como ponérmelo, pero, aun así, creo que tardo diez minutos en conseguirlo. Después voy al armario de Travis y cojo lo único con garantías de que esté limpio al cien por cien: una camiseta de juego metida en su bolsita de plástico. El resto es un caos. En general, la casa entera es un caos, tanto que cuesta pensar que es exactamente igual que la de Brandon; hay restos de McDonald's por todas partes (incluso un sorprendente envase de Happy Meal), latas vacías de cerveza, ropa, revistas con él en la portada y un número ingente de zapatillas chulísimas espurreadas por el suelo, como si aquí viviera un ciempiés en vez de un jugador de baloncesto con incipiente síndrome de Diógenes.

Con la camiseta de Travis puesta (con su número, el 10), me debato sobre si hacer una incursión rápida al piso de Brandon, coger las pastillas y regresar lo antes posible, o salir de esta casa y llamar a su puerta, como haría una persona normal. Miro el reloj. Son las seis de la mañana. Antes de prolongar el debate, ya estoy abriendo la puerta que conecta los salones de ambos pisos.

Salir de la casa de Travis y entrar en la de Brandon es como pasar del infierno al paraíso en versión inmobiliaria. Ya no es solo lo limpio y ordenado que está todo, es como si un bofetón de *feng shui* te golpeara nada más entrar. Aparte de que huele bien. A Brandon. Qué mierda de noche ha sido esta. En otro universo paralelo tal vez una yo con más suerte estaría en un piso como este enrollándose con él. Pero no, aquí estoy yo, sin atreverme a encender la luz para no despertarlo, mientras busco pastillas para Travis.

¿Dónde las guardará? Brandon es un tipo superlógico, y la gente lógica pone las cosas en sitios lógicos. Seguro que tiene el botiquín en la cocina, donde más accidentes pueden producirse. Voy a dirigirme hacia allí, pero entonces veo la puerta de su dormitorio, y mis pasos, en plan autómata, van hacia allá. Está entreabierta y dudo.

La verdad es que cuando Edward Cullen se ponía a espiar a Bella mientras ella dormía me parecía más siniestro que romántico, pero aquí estoy yo, deseando mirar a Brandon en su cama. Así que alargo un poquito el cuello, con la respiración entrecortada por lo ilícito, ilógico e insensato de la situación, y veo que el dormitorio está... vacío. Me desinflo por completo. ¿Dónde estará? Me había parecido que iba a acompañar a Kimberly al aeropuerto, pero eso fue hace un montón de tiempo. La cama está deshecha, así que ha tenido que venir después, pero...

La puerta de la casa se abre y yo, justo enfrente, me giro de golpe. Veo a Brandon aparecer y encender la luz, así que no tarda ni un segundo en reparar en mi presencia. Tiene ropa de deporte puesta, pero no de baloncesto, sino como de haber corrido... varios kilómetros, porque por primera vez detecto una o dos gotitas de sudor por su frente. Al principio, cuando me ve, abre los ojos, sorprendido, pero después baja la mirada hacia la indumentaria que llevo puesta y le veo apretar la mandíbula. No me dice nada, sino que se dirige al frigorífico de donde saca una botella de agua y comienza a beber de ella. El movimiento de su nuez arriba y abajo es hipnótico, pero me obligo a reaccionar. Al fin y al cabo, me acabo de colar en su casa sin su permiso.

—Hey, hola. Emm, supongo que te extrañarás de que esté aquí, pero...

—No, no me extraña. Te he escuchado llegar con Travis hace un par de horas —repone con supuesta calma mientras cierra la puerta del frigorífico—. Él gritaba si ya podía empezar a desnudarte y tú le contestabas que el vestido era complicadísimo de quitar. —Hace una pausa larga, larguísima—. Parece que al final habéis superado el escollo.

Vaya..., así que las casas son lujosas, pero los muros son de pladur, como todas. Cojo aire antes de hablar.

—No me he liado con Travis, Brandon, ya sabes lo que opino de él —digo mientras me acerco con cautela a la cocina—. Ha habido un instante, un instante fugaz en el que se me ha pasado por la cabeza, pero luego me he acordado de ti y lo he alejado.

Me sorprende mi sinceridad. Pero estoy harta de mentir, quiero que con Brandon sea diferente. Él no parece muy feliz por mi confesión, ni tampoco parece valorarla mucho; se limita a estirar los brazos y a apoyarse en la barra de la cocina, inclinándose hacia mí. Parece calmado, casi como siempre, pero también puede ser que se esté conteniendo a lo bestia. No lo sé.

—¿Te has acordado de mí y lo has alejado? ¿En la misma noche que has descubierto cómo soy en realidad?

Me acerco un poco más, de manera que solo nos separa la encimera.

—Lo único que he descubierto esta noche es que tienes una hija, lo cual me parece bastante menos grave que la alergia a la paternidad que te suponía, la verdad. —Porque yo soy así, de repente, supersincera—. Vamos, que no es que te esté pidiendo que seas el padre de mis hijos ni nada por el estilo, o al menos no todavía, porque si aún no nos hemos besado, no vamos a estar buscando guardería, claro que en algunas hay una lista de espera que...

—Lily, ¿es que no te das cuenta? —me dice con los dientes apretados—. Tú misma me dijiste que

lo que tu padre os hizo fue imperdonable: abando-
narte a ti y a tu madre. Yo se lo hice a otra persona,
hace diecisiete años. No puede ser que pienses que
tu padre es un cabrón y que yo no lo sea.

Uf, vaya comparativa... Pero yo me niego a po-
nerlos en la misma categoría, por mucho que insis-
ta. No, no y no.

—No conozco tu historia; tal vez, si me la cuentas, pueda entenderte, porque es imposible que mi
padre y tú tengáis algo en común.

Suelta una carcajada amarga.

—Claro, porque sigo siendo tu héroe, porque te
niegas a aceptar que mi historia es que con dieciocho años dejé embarazada a una chica y le dije que
se fuese a tomar viento; que yo estaba destinado
a ser una futura estrella de la NBA y no me daba la
gana de arrastrar una losa como esa siendo tan joven —me cuenta. Me quedo sin respiración y él
debe de notarlo, porque arremete con más fuerza—: Bien, Lily, me alegro de que por fin dejes de
mirarme con esa adoración con la que siempre lo
haces, como si fuera un maldito póster que colgar
con una chincheta en tu habitación. No hay nada
que admirar, nada de nada, ¿lo entiendes?

Pega un puñetazo en la barra, y el juego de tazas
y platitos que hay en una esquina dan un saltito. Y
yo también. Él sigue con la misma postura, pero
ahora no me mira; tiene la cabeza totalmente agachada, escondida entre sus anchos hombros. Verlo
así me provoca unas ganas inmensas de llorar, es
como ver un rascacielos hundirse. Me da igual lo que
me acaba de decir. Me resulta imposible creer que alguien que me ha tratado estos meses con tanta sensibilidad fuera capaz de hacer algo así, y si lo hizo fue
hace mucho tiempo. Y tal vez fuera un cabrón, pero
no es mi cabrón. Yo qué sé, estoy cansada, no sé si

tiene algún sentido lo que pienso, pero no puedo odiar a Brandon, no quiero. Está hecho polvo, no creo que mi padre lo esté ahora mismo. Su hija ha estado hoy con él, aquí; mi padre nunca me ha dejado acercarme a él. No son iguales, para nada. Y quiero hacérselo entender. Me aclaro la garganta antes de hablar, ojalá mi voz suene firme.

—Brandon, tenías dieciocho años. La gente cambia. Yo también hice cosas con esa edad que hacen que no me reconozca. —No a ese nivel, pero maté a mi tortuga; fue negligencia, la dejé al sol, por el amor de Dios, ¿qué monstruo hace algo así?—. Oye, son cerca de las siete de la mañana, ha sido una noche horrible para todos y está claro que estás demasiado convencido de que eres abominable como para que yo pueda convencerte de lo contrario con unas simples palabras. ¿Y sabes qué? Que es muy probable que lo fueras, que te comportaras como un gilipollas, pero ahora no lo eres, Brandon. Si yo te miro como te miro es porque me flipa lo bueno que eres con todo el mundo. No es porque seas deportista de élite, porque a Travis no lo admiro de la misma forma, ¿entiendes lo que te estoy diciendo?

Se ha cruzado de brazos y tiene la mirada puesta en mí, pero como perdida. Ni siquiera sé si me está escuchando. Entonces se oyen unos golpes en la pared y un grito desde el otro lado:

—Lilyyy, ¡el ibuprofeno! ¡¡¡Me va a estallar la cabeza!!!

Me encojo de hombros, como disculpando a su compañero de piso. Brandon, con desgana, se agacha y saca del compartimento de abajo una caja de ibuprofeno y también dos botellas de agua, como si fuera parte de un ritual que ya conoce bien: el tratamiento para la resaca de Travis. Me dispongo a cogerlo y a irme al otro piso, pero Brandon me agarra de la muñeca con suavidad.

—No te líes con él, Lily. Pero no por mí, sino porque de verdad te mereces a alguien mejor. —Endurece el tono—: Alguien que no se haya cepillado a media ciudad ni se haya abalanzado sobre mi propia hija en unos días que está de visita.

—No me voy a liar con él. —Frunzo el ceño—. ¿Es que no me has escuchado? No soy una grupi de esas que sienten devoción por cualquier famoso. Me gustas tú porque eres tú. Travis es un peñazo, un pesado y un...

—Esta noche te has reído un montón con él —me corta, y hay... desolación en su voz—. Te he observado, en la cena. Y te he escuchado a través de la pared. Tu risa... —Hace una pausa como si no encontrara las palabras adecuadas para explicarse y finalmente niega con la cabeza—. Creía que me iba a morir.

Brandon. Celoso. Por mí. Sí que soy un poco grupi, la verdad, porque de repente parece que la noche ha merecido la pena. Aunque él sigue con cara de estar pasándolo mal y a mí se me parte el corazón porque...

—¡Lilyyy! ¡Me dueleee!

Noto que la presión que ejerce Brandon sobre mi muñeca se hace un poco más fuerte, pero enseguida me suelta y me pide perdón con la mirada. Yo le sonrío para tranquilizarlo.

—Creo que se lo voy a llevar antes de que despierte a todo el vecindario. Y me debería marchar ya, porque tengo que cambiarme antes de ir a... trabajar.

—Déjame que te lleve a casa, creo que has venido en el coche de él —dice moviéndose con rapidez.

—No, Brandon, cogeré un taxi. —Él hace un amago de protestar, pero yo insisto—: Escucha, tienes partido esta tarde, debes descansar. Y yo tengo que ordenar un poco mis ideas; ha sido una noche abrumadora. No ha salido nada como yo había previsto y necesito....

—Está bien —repone bajando los brazos—. Llamaré un taxi para que te recoja aquí, ¿vale?

—Muchas gracias.

Cojo la medicina y el agua. Me planteo darle un beso, sobre todo por lo triste que se ha quedado al decirle que no me lleve, pero entonces Travis grita otra vez, y salgo disparada para su piso.

Menuda noche tan extraña.

# Capítulo 16

Hemos perdido. Pero lo peor ha sido lo mal que hemos jugado. Normalmente hacemos fácil lo difícil, bordamos jugadas que los chicos se saben de memoria, pasamos la pelota a una velocidad endiablada hasta que encontramos la mejor opción de tiro, pero hoy no ha sucedido nada de eso.

Se ha notado que la dichosa cenita de ayer les ha pasado factura a los jugadores, a algunos más que a otros. A Travis, desde luego; parecía un elefante en una cacharrería. Brandon ha sido el mejor del equipo, pero con un pobre ocho de valoración. Suele ser un jugador generoso, que brilla y hace brillar a los demás, sobre todo a Travis, al que no para de dar asistencias. Pero hoy no le pasaba la pelota al gigante rubio; también es verdad que este no llegaba a tiempo a su posición bajo la canasta. Yo qué sé. Hemos caído, hemos cedido el liderato y, lo peor, hemos dado una imagen terrible.

Acaba de terminar la rueda de prensa pospartido, muy diferente a todas las anteriores. Madre mía, qué bonito es ganar y qué desagradable es perder. Los medios no tienen piedad y ya hay alguno que ha apuntado que tal vez no fuera lo más conveniente que ayer los jugadores salieran de fiesta. Marcos Durán ha insistido en que no hubo alcohol para los deportistas (ejem) y ha añadido que es el primer partido que perdemos en toda la temporada, que en algún momento tenía que suceder. Es verdad, leche. Pero me acuerdo de la anécdota que me contó Richu, esa en la que el equipo no consiguió ganar ni un partido más después de la primera derrota, y se me revuelve el estómago. Estómago que, por cierto, ya tengo bastante fastidiado, porque aunque ayer apenas comí ni bebí, no he dormido nada y, en general, no me encuentro muy bien. Me dispongo a guardar el portátil y el resto de mis cosas cuando Luis, con cara de funeral, me dice que Durán quiere verme en su despacho.

Las cosas siempre pueden empeorar. Siempre.

Llego en tiempo récord al despacho del entrenador, a pesar de las pocas ganas que tengo de ver su rostro avinagrado, que hoy lo estará aún más. Llamo a la puerta y antes de que me dé cuenta de lo que he hecho, caigo en que acabo de simular una cancioncilla infantil con los golpes; ups, siempre lo hago, pero a lo mejor ahora no era el momento.

—¡Adelante!

Bien, allá vamos.

Nunca antes había estado aquí. Las entrevistas al entrenador suelen hacerse en la cancha o en cualquier otro sitio, y menos mal, porque este despacho resulta bastante lúgubre. Es un cuarto pequeño que carece de iluminación natural, con una mesa en el centro atestada de papeles y rodeada de archivadores metálicos por todas partes. Durán está detrás del escritorio, leyendo algo bajo un flexo, y yo solo puedo pensar que aquí está demasiado oscuro, tanto que Batman se encontraría en su elemento. Como temo tropezarme con algo en mi camino hacia la mesa, encuentro el interruptor de la luz en la pared y lo enciendo. El halógeno del techo zumba y nos envuelve con una luz azulada y temblorosa a los dos.

—Apágala —ordena Durán, cerrando los ojos y usando un tono agrio—. Tengo cefalea y no soporto la luz.

Yo hago lo que me dice y ahora es peor, porque me he deslumbrado; así que voy andando a tientas hasta encontrar la silla que hay frente el escritorio del míster. Estoy a punto de sentarme cuando él levanta la vista hacia mí y yo me detengo en el acto. Durán no es un hombre agraciado, estará en la cincuentena y sus años como baloncestista le han pasado factura, porque camina encorvado y con una leve cojera. Aun así, todo su físico, desde la nariz aguileña hasta su complexión delgada y atlética, transmite determinación. El color de su pelo es blanco sucio y sus ojos casi siempre están entrecerrados, como si quisiera ver más allá de lo evidente. A mí siempre me mira con recelo, pero hoy no es eso, hoy es un cabreo monumental lo que se desborda en sus ojos.

—No hace falta que te sientes, voy a ser breve. —Se echa para atrás haciendo crujir la silla y su rostro se sume aún más en la penumbra—. ¿Estás contenta, Lily, con lo que ha sucedido hoy en la cancha?

—Pues... no. ¿Cómo voy a estarlo? Hemos jugado fatal. Estoy triste, pero...

Durán resopla y yo me callo. Al parecer era una pregunta más bien retórica. Así que aguardo a que él se conteste a sí mismo.

—Yo creo que sí estás un poco contenta —insiste. Abro la boca, pero él sigue hablando—: Al fin y al cabo esta derrota lleva tu sello. Fíjate tú, cómo alguien que, en principio, debería ser irrelevante para el juego del equipo puede adquirir cierto protagonismo y provocar que un equipo que llevaba invicto toda la temporada se desplome ante un rival no muy fuerte. No me dirás que no te hace sentir poderosa saber que tienes semejante influencia en los chicos.

—¿Cómo? Yo no...

—¿Sabes, Lily? Hace tiempo comprendí que los periodistas deportivos son, sin excepción, deportistas frustrados que han entendido que no iban a conseguir nada por sus propios méritos y deciden acercarse lo máximo posible a los profesionales que sí han logrado triunfar gracias a su talento. Por esa regla de tres, tú hoy has conseguido una victoria, porque has conseguido estar presente en el partido, como un sexto jugador, podríamos decir.

—¿Qué estás diciendo? No te entiendo, yo no tengo ningún interés en que el equipo pierda, todo lo contrario. No comprendo que me culpes de la derrota, yo trabajo muy duro para que todo el mundo tenga la mejor imagen posible del Malac, y hasta ahora estaba saliendo bien.

—Tú lo has dicho: hasta ahora, pero hemos llegado a un punto crítico que yo ya anticipaba. —Se echa hacia adelante y entrecierra los ojos, pero aun así veo que los tiene inyectados en sangre—. Desestabilizas al equipo. Te mezclas demasiado con dos de mis jugadores que, además, son los pilares fundamentales del conjunto. Y no voy a consentir que para que tu triste ego se alimente, lleves a la ruina un proyecto tan caro y ambicioso como este.

Me quedo muda. Debería hablar, debería defenderme, pero se me ha taponado la garganta. Eso le deja vía libre para seguir hablando:

—¿Sabes cómo me apodaban cuando era jugador?

—El halcón —respondo con la voz muy ronca, y veo que se sorprende de que lo sepa.

—Exacto, Lily, el *Halcón* Durán, me llamaban, porque no se me escapaba una. Te llevo observando desde el principio, cómo has engatusado a Salow, al que tienes comiendo en la palma de la mano; pero ayer decides llevarte de fiesta a Travis, su mejor amigo. Y hoy..., ¡sorpresa! Esos dos que normalmente se entienden con solo mirarse no se pasan la pelota ni una sola vez. Pero es que Salow evitaba a su compañero de piso hasta en los tiempos muertos. ¿Estás satisfecha?

—Yo no he hecho nada, no he engatusado a nadie, ni me llevé a Travis de fiesta anoche, más bien al contrario —digo, pero con la voz tan débil que a Durán no le cuesta hacer que ni me ha escuchado.

—Voy a ser muy claro contigo, querida: esto es deporte de élite. Esos chicos que parecen tan normales y que a ti te gustan tanto tienen que comportarse más como máquinas que como personas, porque las personas no suelen tener esos sueldos astronómicos que ellos tienen. No pueden tener un mal día, no pueden cometer errores, ni pueden distraerse, porque les pagan para que sean perfectos. Y tú los estás distrayendo. Así que o te limitas a ser responsable de prensa, estrictamente, o me encargaré personalmente de hundir tu carrera. ¿Me has entendido?

Al principio no asiento. No quiero. Lo que quiero es ponerme de pie, coger la silla y lanzársela a la cabeza. Pero ¿qué voy a hacer? Mi autoestima no está en su mejor momento, no soportaría que en el año en el que me he divorciado también me echaran del trabajo. Creo que me hundiría del todo. Así que muevo el cuello arriba y abajo como una muñeca estropeada, que es como me siento ahora mismo. Pero, al parecer, no es suficiente para Durán.

—Y otra cosa, Lily, sería muy feo por tu parte contarle nada de esto a Salow o a Campbell, porque entonces conseguirías que odiaran a su entrenador y ¿qué clase de jugador puede dar lo mejor de sí mismo si no confía en el míster? —Se ha acercado más a mí, lo suficiente para que me lleguen ráfagas de su desagradable aliento—. Así que, ya sabes, se acabaron los jueguecitos después del entrenamiento y las quedadas fuera del ámbito laboral. Porque me enteraré, que no te quepa duda. Y en el trabajo, no te extralimites: no hace falta que los acompañes a las entrevistas, que ya son mayorcitos los dos. Dedícate a escribir tus notitas de prensa y déjanos a nosotros jugar. Ya verás qué bien nos van las cosas a partir de ahora. —Vuelve a alejarse y entrecruza las manos—. Puedes marcharte.

Horrorizada, hago lo que me dice. Sin replicar, sin protestar. Me voy en silencio, abochornada y, lo peor de todo, dudando sobre si, entre tanta crueldad, existe la posibilidad de que el entrenador tenga algo de razón. ¿He puesto en peligro la temporada del Malac? ¿He jugado con la ilusión de miles de aficionados en esta ciudad? ¿Y todo porque me he excedido? ¿Es verdad que quería cierto protagonismo al intimar con Brandon? No, ¿no? Niego con la cabeza mientras corro por los pasillos oscuros del Palacio. Pues claro que no, ¿será cretino? Si es que yo tampoco he buscado a Brandon en plan acosadora, creo que siempre ha sido él el que se ha acercado a mí. Pero, claro, es más fácil echarle el muerto a la de prensa que enfrentarse a su jugador.

Además, es injusto que me responsabilice de la falta de conexión que hoy han mostrado Brandon y Travis, creo que también tiene algo que ver el hecho de que lo pillase retozando con su hija. Y ha pasado por alto lo que a todas luces era una idea pésima: organizar una cena antes de un partido. Pero el entrenador considera más fácil apuntar como responsable del fracaso a una sola persona, a mí.

Cuando salgo al aparcamiento, es de noche y hace bastante frío, aunque no me importa. Sigo corriendo hacia mi coche, porque necesito refugiarme en un lugar seguro, pero escucho una voz conocida que no puedo ignorar, por muy fuertes que sean mis ganas de huir. Me detengo. Es Brandon. Me doy cuenta de que acabo de pasar por alto una de las implicaciones más terribles de la amenaza de Marcos Durán. Si quiero seguir en mi trabajo, debo mantener las distancias con él. Y a pesar de que no es lo primero en lo que he pensado, es lo único que hace que me lleve la mano al esternón, porque me duele, me duele un montón. Pero ya tendré tiempo de lamerme las heridas; ahora tengo que resolver este encuentro, como sea. Me giro hacia él, que se ha acercado a mí, incapaz de mirarlo a los ojos.

—Eh, Lily, no te encontraba por ninguna parte... ¿Va todo bien?

Hace un amago de tocarme la cara con los dedos para que levante la mirada, pero yo doy un paso atrás. Tengo que decir algo, pero estoy reuniendo fuerzas para que no me tiemble la voz. Y también quiero que se me ocurra alguna cosa ingeniosa para que no ate cabos ante mi cambio de actitud. Todo esto combatiendo el dolor en el esternón, que ahora se retuerce como si le hubieran pegado un puñetazo.

—Eh, Lily, mírame, por favor —me pide. Yo trago saliva y hago lo que me dice; por fortuna está oscuro y espero que sirva para camuflar mi dolor, pero Brandon se queda paralizado al ver mi expresión—. ¿Qué te pasa? ¿Estás bien?

—Sí, es solo que estoy cansada. —Tengo mucho mérito por articular esas palabras; tengo tanto mérito que me deberían dar una medalla—. Ha sido un día muy largo, teniendo en cuenta que comenzó ayer a las siete de la mañana.

Él no asiente; desvío otra vez la mirada para sobrellevar mejor su escrutinio. Odio que su voz suene tan preocupada cuando lo escucho hablar:

—Déjame llevarte a casa; no te preocupes por tu coche, mañana te recojo también. —Levanta un brazo y se detiene justo antes de tocarme el hombro, como si no se atreviera a hacerlo; Dios mío, qué lindo es—. Yo... te pido perdón por mi comportamiento de anoche, por lo ridículo que fui, estaba... celosísimo. Y también me disculpo por que te enteraras de esa forma de lo de Kimberly. Me hubiera gustado explicártelo antes, porque aunque tampoco es que pueda decir mucho a mi favor, creo que fue la peor manera de que lo supieras.

Brandon está avergonzado, se le nota. Y algo se me revuelve por dentro al entender que, si tengo que apartarme de él, es muy probable que piense que es porque me he enterado de lo de su paternidad. Así que me da igual observar que los únicos coches que quedan en el aparcamiento son el suyo, el mío y el de Marcos Durán, y que es muy probable que el demonio pinchapapas esté a punto de aparecer. Brandon, aparte de mi ídolo, es una buena persona, y no quiero darle en su punto más débil. Antes prefiero perder mi trabajo.

—¿Llegó bien Kimberly? —le pregunto tratando de sonreír y haciendo la interpretación de mi vida.

—Pues... no me avisó, no tenemos esa clase de relación —dice, y ahora es él el que mira hacia otra parte—. Perdí el derecho a ser su padre de verdad hace tiempo. Solo me visitó porque se ha peleado con su madre y quería fastidiarla; por eso se ha presentado aquí, por sorpresa. Pero sí, sé que ha llegado bien porque he hablado con el entrenador del equipo en el que juega y me ha dicho que se ha presentado allí hace unas horas.

—¿Juega al baloncesto?

—Sí, y muy bien —responde, y sonríe con una mezcla de orgullo y timidez—. Cuando me enteré de que le gustaba el *basket*, moví algunos hilos para que la metieran en el equipo que quería y..., bueno, le pago todos los gastos. Ya sabes, el típico mal padre que quiere compensar con dinero todas las carencias.

Se rasca la cabeza, incómodo. Y yo tengo que refrenarme para no abalanzarme sobre él, besarlo y decirle que me muero de ganas de conocer la historia completa de lo que pasó. Porque puede que cometiera un error, pero lo conozco lo suficiente como para saber que ahora es un buen hombre. Sin embargo, este encuentro debería ir acabándose, porque estoy tentando demasiado a mi suerte. Además de que, por desgracia, debo empezar a poner distancia entre los dos desde este justo momento. Sé que no voy a partirle el corazón ni nada por el estilo, pero seguro que le duele perder nuestra amistad. De todas formas, antes de comenzar a hacerme el harakiri, quiero dejarle clara una cosa:

—Mi padre jamás se ha puesto en contacto conmigo, Brandon, no sabe ni lo que hago ni a qué me dedico. Y por supuesto jamás me ha pagado ni una piruleta. —Le sonrío, pero comienzo a alejarme y veo su cara de extrañeza cuando lo hago; normalmente podemos pasarnos horas hablando—. Me voy, Brandon, estoy cansada.

Veo que alguien sale del pabellón y que se dirige hacia su coche. Por fortuna yo estoy al lado del mío, pero no me cabe ninguna duda de que nos ha visto. Me da igual. Necesitaba decirle a Brandon eso. Ahora sí, me meto dentro y arranco. Cuando veo que se acerca, bajo la ventanilla para despedirme.

—¿Nos vemos mañana? —me dice con un tono esperanzado que me deja sin aliento.

—Sí, claro. En el trabajo —puntualizo—. Adiós, Brandon.

Cierro la ventana al mismo tiempo que veo las luces del coche de Marcos Durán encenderse. Y yo me siento fatal por dejar a Brandon tan confundido en mitad del aparcamiento, solo, pero cuanto antes empecemos a alejarnos, mejor.

Ahora que no me ve, me masajeo el pecho con fuerza, en un intento inútil de consolar a mi corazón deshecho, que sí se está partiendo por la mitad.

# Capítulo 17

Martes, 10/1/23
Brandon: Eh, Lily, qué tal? Estás muy perdida! L
Yo: Es verdad! Mucho curro!
Brandon: Te apetece que quedemos para tomar algo?
Yo: De verdad que no puedo, estoy a tope J
Brandon: Vale, avísame si necesitas algo
Yo: Ok, gracias!!

Jueves, 26/1/23
Brandon: Por fin he tenido tiempo para terminar tu libro! Ya sabes que los jugadores leemos despacio ;)
Brandon: Me ha gustado mucho, quedamos para hablar de él?
Yo: Cuánto me alegro de que te haya gustado!
Yo: Me encantaría quedar, pero estoy muy liada
Yo: Gracias por leerlo
Brandon: No tienes por qué dármelas. He disfrutado leyéndolo
Brandon: Ya me avisas tú cuando tengas un hueco
Yo: Vale!

Sábado, 11/2/23

Travis: Que dice el pesado de Brandon que si quieres echar unas canastas con nosotros

Travis: Aunque últimamente a la princesa no le gusta juntarse con la chusma, está claro

Yo: No sois chusma! Es que estoy ocupada

Yo: Gracias, pasadlo bien!

Travis: Lo dicho, nada de chusma

Travis: Ok, muñeca xxx

# Capítulo 18

—Tranquila, Sole, ya sabes que siempre te preocupas mucho cuando tienes que acompañar a Travis a la tele y luego nunca pasa nada. —Le doy unas palmaditas de consuelo en la espalda, está tensa como la cuerda de un tirachinas—. Es mentira que te vaya a morder el moflete, lo dice porque sabe que te afecta. Ah, y tampoco le dejes conducir a él, por mucho que te lo pida. Imponte.

No lo hará. Travis hace con ella lo que quiere. El otro día la obligó a ir en mitad de una tormenta a comprarle un helado de menta y chocolate para que se lo pudiera comer justo cuando terminara la entrevista en la radio. La semana pasada tuvo que ir a la farmacia a comprarle «algo» para el picor que tenía en la ingle izquierda. Pobre Sole, es una de las grandes damnificadas del ultimátum Durán. Es ella la que se encarga de acompañar a Travis y a Brandon a las entrevistas, porque aunque el entrenador piense que es innecesario, con Campbell no lo es tanto. Y, además, es profesional que alguien de prensa esté presente en las actividades de prensa. Si no me tuviera entre ceja y ceja, hasta él lo podría ver.

Y así vamos tirando. Yo me encargo de todo, y sigo gestionando las entrevistas de la plantilla, pero ya no acompaño ni a Travis ni a Brandon. Me ha sorprendido que me duela un poco separarme del primero, con lo cansino que es, pero también me he dado cuenta de que echo de menos sus tonterías. Lo bueno de Travis es que es tan egoísta que le da igual que lo ignore, él sigue acudiendo a mí cada vez que lo necesita. Sole no le cae bien, me lo ha dicho... con ella delante. Y no es cierto eso de que no le vaya a morder el moflete. Ya lo ha intentado varias veces y no descarto que vuelva a pasar. En su defensa diré que Sole tiene los típicos mofletes pellizcables y, al parecer, también mordibles. En fin.

Pero Brandon sí ha pillado la indirecta. Hace más de un mes que no me ha mandado ningún mensaje y solo me habla para asuntos estrictamente profesionales. Incluso intenta dirigirse a Sole primero, como si no quisiera molestarme, lo que pasa es que ella lo deriva a mí. Entonces me trata con tanta formalidad que creo que el siguiente paso será tratarme de usted o enviarme un formulario. Esa frialdad en el trato, con alguien que solía enrollarse un mechón de mi pelo en el dedo cada vez que hablábamos, es demoledora. Marcos Durán ha conseguido lo que quería. Ojalá haya conseguido también almorranas, una hernia discal y cálculos en el riñón, todo a la vez.

Yo... me encuentro bien. Ya no me duele de forma tan intensa, mirarlo, me refiero. Solo me provoca una tristeza plomiza. Digamos que ahora el foco se ha trasladado al estómago, como una molestia sorda y continua. Menos cuando alguna fan loca se le abalanza después de un partido para felicitarlo, que me entran ganas de comprarme una metralleta y apuntar a la cabeza de la chica, volver a cargarla y disparar a Marcos Durán mientras me río como una loca. No parece que lo tenga superado. Yo creo que superar a Brandon es imposible. Es como tener mucha hambre y que te quiten un Whopper de la boca. Y es una metáfora horrible, pero no estoy muy lírica yo últimamente.

Esta es mi estela de pensamientos deprimentes mientras deambulo por los pasillos del Palacio, después de despedirme de Sole. Últimamente parezco una zombi, me lo han dicho ya varias personas. Mi madre y Teo siguen preocupados. Qué le vamos a hacer. Pero aun en mi estado de letargo, soy capaz de detectar un silencio extraño en los vestuarios, que suelen estar muy animados después del entrenamiento de la mañana. En estos dos meses, el equipo ha ganado y ha perdido, pero el juego siempre ha sido brillante. Brandon y Travis se arreglaron al poco. Estamos vivos en todas las competiciones, en Europa, en la Copa del Rey y en la ACB. Me martiriza que estos resultados le hagan pensar al imbécil de Durán que tenía razón conmigo, que en el momento en el que me he apartado, la cosa ha seguido fluyendo. Pero qué más da. Yo soy del Malac de toda la vida, y sus victorias son las mías. A pesar de su entrenador.

Me acerco a la puerta y escucho la voz del presidente, Juan Quero. Qué raro. Este hombre no suele pisar los vestuarios. Asomo la cabeza y los veo a todos en círculo, con el presi en el centro. Aunque he querido pasar desapercibida, Brandon me ve de inmediato, porque parece que tenga un detector conmigo. Sin embargo, enseguida aparta la mirada, como si creyera que me molesta que me observe. El dolor pasa del estómago al pecho en cuestión de segundos. Joder.

—Hombre, Lily, qué bien que estés aquí —dice el presidente de repente, haciendo que todos se vuelvan hacia mí, incluido mi querido entrenador, al que prefiero ignorar para que no se me corte la digestión—. La verdad es que tenía que haberte avisado, pero con la alegría que me ha dado conocer la noticia, no lo he pensado muy bien. Acaban de llamarme de la revista *La Gaceta del Deporte* para avisarme de que tenemos en nuestras filas al mejor jugador de la ACB, según sus lectores. —Hace una pausa—. Felicidades, Salow, ¡te lo mereces!

Un estruendo de gritos y de aplausos acoge la noticia. No es para menos, se trata de la publicación deportiva más prestigiosa de España. El primero que se abalanza sobre Brandon es Travis, que le asesta un puñetazo en el hombro a su compañero, tan fuerte que a mí me hubiera tumbado; después ambos desaparecen de mi visión porque son engullidos por el resto de sus compañeros, que jalean su nombre y siguen dándole golpes. Hombres. Qué forma más rara tienen de felicitarse, haciéndose daño. Y luego dicen que nosotras somos complicadas.

Me pongo a grabar la celebración, pensando en lo torpe que ha estado el presidente por no haber avisado a nadie de comunicación para que estuviera presente en este momento, porque podríamos haber grabado mejor la reacción. Pero, bueno, se lo pasaré a Antonio para que lo ponga en circulación por las redes. Mientras tanto, yo redactaré el comunicado de prensa y...

—¡Lily! —escucho al presidente decir por encima del bullicio—. La ceremonia de entrega de premios será pasado mañana en Madrid. Los dos tenéis que estar en el WiZink Center a las siete de la tarde, ¿vale? Encárgate de todo.

De inmediato noto los ojos de Marcos Durán clavados en mí, a pesar del jaleo y del mar de gente que nos separa. Y por difícil que parezca, también sé que bajo toda esa masa de cuerpos que no paran de zarandearlo, Brandon se las está apañando para oír lo que le respondo al presidente.

—Eeeh, vale, le diré a Sole a ver si está disponible para...

—¿Sole? —El presidente me mira como si me hubieran salido tres cabezas—. ¿La becaria? —Becaria es una palabra tan tan fea...—. ¿Me estás diciendo que tú, como jefa de prensa del Malac, tienes algo más importante que hacer que acompañar a un jugador a la gala del deporte más relevante del año?

Trago saliva. Tardo una milésima de segundo en entender que si digo que voy, a lo mejor Marcos Durán se molesta e intenta hacer que me despidan, pero que si le digo al presidente que no voy, entonces me va a despedir él, *ipso facto*.

—No, no, claro que iré. Lo preparo todo... ahora mismo.

Por un instante fugaz, mientras la música y los gritos continúan en el vestuario, percibo de soslayo la mirada desagradable que el entrenador me dedica. Y Brandon, desde el aire porque sus compañeros lo están manteando, me lanza una ojeada rápida que no sé interpretar.


—¿En serio sacaste tú los billetes del AVE, Lily? —me pregunta Teo con toneladas de perplejidad, mientras paseo arriba y abajo por la estación de tren.

—Yo qué sé, el presidente me dijo que me encargara de todo y...

—Pero ni que estuvieras trabajando en el Club Baloncesto Mortadelo, cari; seguro que hay gente del Malac encargada de la organización de viajes.

—Oye, que eres mi amigo, se supone que debes minimizar mis meteduras de pata —le respondo pasándome el móvil de una mano a la otra para poder morderme las otras uñas—. El presidente me dijo que me encargara de todo y yo me lo tomé al pie de la letra. Me percaté de mi error cuando me di cuenta de que ya tenía en el correo las reservas del hotel, pero el transporte todavía no lo habían sacado. Así que al final vamos en tren en vez de en avión, con los billetes que saqué yo.

—¿Y Brandon qué ha dicho? —El muy capullo se está riendo, lo noto.

—Brandon...

Brandon acaba de atravesar la puerta de la estación. Lleva ropa cómoda, esos vaqueros que le quedan tan bien y una sudadera de Under Armour; noto como a su paso varias cabezas femeninas y algunas masculinas se mueven para admirarlo. No es para menos, mi despiste y yo también se girarían hacia él. Llama la atención, por lo alto y por lo guapo que es. Encima estas últimas semanas se ha dejado barba, abundante, castaña, lo que de alguna manera hace que sus ojos verdes resalten aún más. Una chica le pide una foto, y él, con paciencia, se detiene, le sonríe, yo ahogo un gruñido, maldigo en arameo, y ellos se la hacen. Qué monos los dos. Me miro los pies, porque sé que me he puesto colorada, supongo que por los celos. Aún no he decidido qué actitud mantener con él este viaje. Estaba demasiado ocupada haciendo tareas que no me correspondían.

—¿Sabes que es muy inquietante que dejes las frases a medias, guapi? —me regaña Teo desde el teléfono—. ¿Qué pasa? ¿Es que ha llegado ya, lo has visto en la distancia, has pensado que es el hombre más macizo de Europa y estás teniendo dificultades para contenerte y no quitarle la ropa en mitad del andén?

—Más o menos —murmuro, mientras otra chica se hace una nueva foto con él; al parecer, ahora a todas las mujeres del mundo les gusta muchísimo el baloncesto, qué cosas.

—Bien, pues entonces tenemos que cortar ya, pero antes quiero que me prestes atención. Lily, deja de mirarlo un momento, porfa —me pide, y yo me giro; la última fan está coqueteando abiertamente con él, y agradezco haberme comido todas las uñas para no poder emplearlas—. Mira, se supone que los amigos no tenemos que dar consejos, que solo nos apoyamos y tal, pero yo me lo voy a pasar por el forro y a riesgo de cagarla te voy a decir lo que pienso.

—Vale. —Me preparo para escuchar una barbaridad del tipo «Tíratelo, Lily, tíratelo y no pares nunca».

—Llevas unos meses de mierda, chica. Justo antes del ultimátum Durán parecía que volvías a brillar, pero está claro que desde que te has centrado únicamente en el trabajo, estás viviendo como a medio gas, ¿me equivoco?

—Hombre, tanto como eso... —Pero siendo sinceros, estas semanas no creo que haya llegado ni a un cuarto de gas.

—¿Dirías que el puesto de responsable de prensa del Malac es el trabajo de tu vida? —me corta Teo, que nunca ha tenido mucha paciencia.

—No está mal, pero... es probable que no —admito en voz muy baja.

—Vale, ahora gírate hacia Brandon. —Lo hago, la pedorra de antes sigue acaparándolo y él intenta zafarse de ella lo más educadamente posible—. ¿Dirías que es el hombre de tu vida?

—¡Y yo qué sé! —me río, muy nerviosa, ¿qué clase de pregunta es esa?

—Exacto. Sabes que tu trabajo actual no es el trabajo de tu vida, pero desconoces si Brandon es el hombre de tu vida; sin embargo, lo estás dejando marchar. Estás apostando por un caballo perdedor. Y tu situación económica no es para tirar cohetes, pero tampoco es precaria. No es que tengas siete hijos y dos mascotas que mantener; podrías encontrar otra cosa, si al final el capullo de Durán cumple su amenaza, ¿no lo ves?

—Jolín, Teo, de verdad que eres la última persona que esperaba que me aconsejase algo así. Me estás diciendo que anteponga un amor improbable a mi puesto de trabajo. No sabía que eras tan romántico.

—¿Romántico, yo? Soy partidario de que quemen el manuscrito original de *Romeo y Julieta*, guapa. —Hace una pausa, para que cale hondo la barbaridad que acaba de soltar—. Yo no soy nada romántico, Lily. Pero tú sí. Tú sí necesitas el amor en tu vida y puede que lo tengas delante de tus narices, porque yo no creo que sea tan improbable.

Levanto la vista para mirar otra vez a Brandon, que ya ha conseguido librarse de la presidenta de su club de fans y camina en mi dirección. Detecto el instante justo en el que me ve, porque inspira hondo y hasta se detiene un segundo. Como siempre me pasa, o me pasaba con él, me hace sentir importante, aunque hoy llevo unos zuecos, unos vaqueros acampanados y una camisa de rombos pequeñitos, quizá un poco demasiado *hippy*. Se le dibuja una sonrisa en la cara, que enseguida intenta eliminar, como si recordase alguna directriz interna que desconozco y que hace que me dé un

vuelco el estómago. No quiero que deje de sonreírme nunca. Nunca.

Me despido de forma precipitada de Teo, porque con las superzancadas de Brandon, en pocos
segundos llega junto a mí. Estoy muy nerviosa,
hace muchísimo que no estamos los dos solos. Antes me hubiera dado dos besos, porque aprovecha-
ba cualquier ocasión para hacerlo (una vez estaba
hablando con él, fui al cuarto de baño, y a mi regre-
so me los estampó en la cara), pero ahora se ha
quedado a más de medio metro de mí y se limita a
saludarme con la cabeza.

—Hola, Lily. ¿Todo bien?

Sin besos. Sin sonrisas. Jugador y responsable
de prensa. A mí se me forma un nudo en la garganta que me impide hablar, así que me limito a asentir. Se me había olvidado que Brandon tiene
conexión directa con mi lagrimal, así que aparto la
mirada, pero justo a tiempo de ver cómo se le tensa
la mandíbula. Acto seguido, toma la palabra de
nuevo:

—Oye, quería proponerte algo —me dice con
voz seria—. Sé que no querías hacer este viaje, y
supongo que por educación has sacado nuestros
billetes juntos, pero no tenemos por qué sentarnos
uno al lado del otro. Seguro que hay alguien con el
que podamos intercambiarnos. Créeme, no pretendo hacerte este viaje más incómodo de lo que
ya es.

Enmudezco. Me horroriza pensar en las conclusiones a las que habrá llegado sobre mi cambio de
actitud. Joder, con lo listo que es, ya podría haber
atado cabos, pero está perdidísimo. Al parecer en su
mente tiene lógica que yo encuentre desagradable
sentarme a su lado. Como si eso fuera posible en algún momento. He debido de quedarme mirándolo

de forma rara, porque continúa con su discurso disparatado:

—Luego en el hotel no nos veremos, normalmente las habitaciones de los jugadores están en plantas diferentes de las de los periodistas. Ni siquiera es necesario que me acompañes a la sede de la revista, porque yo me desenvuelvo bastante bien con los medios, así que...

—Así que no te hago falta para nada —digo, injustamente; pero o me enfado o me pongo a llorar.

Él abre los ojos, sorprendido. Con la barba parecen enormes y superverdes, en plan verde marciano. Y ahora tienen un destello de rabia que acompaña a sus palabras.

—Claro que me haces falta; pero me las apañaré solo, si eso es lo que quieres.

Ole, ole y ole. Vivan los dobles sentidos y la madre que los parió. Tengo un revoltijo en el estómago que me hace temer echar el desayuno (escaso, últimamente no como mucho) aquí mismo, en mitad de la estación. Agarro mi bolsa de viaje y me la pongo de bandolera. Pesa muchísimo y me desestabilizo, pero disimulo porque no quiero que Brandon se ofrezca a llevármela. No lo hace. Directamente me la quita y se la echa al hombro como si fuera un neceser; comienza a andar tirando también de su maleta monísima de ruedas. Yo ni protesto ni le doy las gracias. Bastante tengo con tragarme la impotencia que siento y que me hace temer y desear este viaje a partes iguales.

Conmigo a la cabeza, avanzamos despacio, porque esto está llenísimo de gente; entonces él toma el relevo de mi liderazgo y, ahora sí, se abre camino por la estación como si fuera Moisés. Atravesamos el arco de seguridad y nos dirigimos al andén correspondiente en completo silencio, yo con la vista puesta en su cogote. Vale, y a veces un poco más abajo, en sus hombros anchísimos. O en su cintura estrecha, o en su trasero duro, o en sus increíbles muslos. Dios mío, todo esto estuvo a punto de ser mío. Era demasiado. Fue una cuestión de karma, sencillamente. Miro hacia abajo, para hundirme en un pozo de autocompasión. Y, claro, choco con su cuerpo inmenso porque se ha detenido justo en ese instante.

—Perdona —murmuro, aunque supongo que para él el impacto habrá tenido la misma repercusión que si se le posa un mosquito.

—Según los billetes que me enviaste, este es el vagón.

No se vuelve para decírmelo, sino que entra directamente en el tren. La azafata se lo queda mirando con una sonrisa bobalicona y yo soy capaz de sentir una tristeza infinita y unas ganas infinitas de estrangularla. Soy un dechado de sensaciones positivas ahora mismo. En el momento en el que entro, me doy cuenta de que el tren es muy pequeño y de que Brandon es muy grande, y de que este viaje no va a ser precisamente cómodo para él. A ver, no es que sea muy distinto de un avión, pero por algún motivo (seguramente porque yo he sacado los billetes) creo que el tren es más pequeño que de costumbre. Además, creo recordar que siempre que viajan en el AVE les sacan billetes en preferente o al menos, si es en turista, en asientos individuales, por un tema de espacio. Ups.

Con soltura, coloca nuestras maletas y accedemos al pasillo central. Se detiene cuando llega a nuestros asientos. Miro sus extremidades inferiores larguísimas, miro el espacio que hay. Caber, sí cabe, pero incómodo y abierto de piernas. Menos mal que solo van a ser... tres horas. He escogido el

tren que más tarda de todos, porque así soy yo. Si
él ocupase los dos asientos, estaría más cómodo,
pero es que dudo que haya un hueco libre para mí
en todo el tren, hay muchísima gente. De hecho,
nuestra vacilación está durando un par de segundos y ya estamos provocando una cola inverosímil.

—¿Prefieres ventana o pasillo? —me pregunta,
como si esa fuera una preocupación importante en
ese momento.

—Es que... yo creo que tú ocupas ventana y pasillo, Brandon, vas a estar terriblemente incómodo. ¿Qué tal si yo me voy a la cafetería y...?

—Haz lo que quieras. —Se dirige hacia al asiento
de la ventanilla mientras yo me quedo sin respiración; estoy pensando que es la primera vez que me
habla así, cuando se vuelve hacia mí—: Ya te he dicho que no tienes la obligación de sentarte conmigo.

Ah, vale, que es que sigue con esa tontería de
pensar que lo odio. Dios mío, por un instante he
creído que era él el que me odiaba a mí y creo que
me ha temblado el labio inferior y todo.

—Oye, guapa, ¿te mueves o no? —dice una señora con sombrero detrás de mí.

—Sí, sí, perdón.

En el momento en el que me siento a su lado,
percibo un olor clasificado en mi cerebro como el
aroma del paraíso. Un olor a limpio mezclado con
el del propio Brandon, que hace que me entren ganas de empezar a olfatearlo como un perrito. Además, es tan grande que desborda el asiento; cuando
me dispongo a usar el reposabrazos nos tocamos y
ambos pegamos un respingo y nos apartamos.
Brandon se echa contra la ventana con tanta fuerza
que cruje, y yo recibo en la cabeza un codazo de
alguien que pasaba por el pasillo. Y es que mientras a nuestro alrededor a la gente se le cae las

maletas, hay roces desafortunados y algún que otro llanto desconsolado de bebé, nosotros estamos inmersos en nuestra propia burbuja de incomodidad.

Por fin suena la musiquilla tranquilizadora del AVE y anuncian que estamos a punto de partir. Brandon intenta hacer sutiles movimientos de reajuste, pero lo cierto es que, con las piernas rectas, no cabe. Está pasándolo mal. Por mi culpa. Ayuda a este pobre hombre y déjate de chorradas. Ya está bien, Lily.

—Ya está bien, Brandon. —Se queda muy quieto, mirándome—. No tienes espacio, eso es evidente, y como crees que no quiero sentarme contigo, no me dejas irme, que es lo que merezco por haber sacado unos billetes que no se ajustan a tus necesidades. —Abre la boca, pero yo no lo dejo hablar—: Aparte de que, si permaneces así tres horas, lo mismo hasta te lesionas o algo así, y eso sí que no. Gírate.

Aprieta la mandíbula. Mucho.

—No puedo girarme, tengo una pared que me lo impide, por si no lo has visto —dice este nuevo Brandon malhumorado, que, oye, tiene su punto, pero yo también estoy cabreada.

—Gírate *hacia mí* —le digo, como si fuera tonto.

—No puedo. *Estás tú* —me responde como si yo fuera tonta.

Sin dejar de mirarlo con mala cara, quito el reposabrazos, levanto las dos piernas y le hago un gesto brusco indicándole que ponga las suyas debajo, porque hoy Brandon no está tan rápido como siempre. Él abre mucho los ojos y hasta un poco la boca; me hace gracia, pero se supone que estoy enfadada, así que aprieto los labios.

—¿Quieres que ponga mis piernas ahí? —me

pregunta. Pongo los ojos en blanco y asiento, porque es evidente; él frunce los labios y se gira con brusquedad—. Perfecto, Lily, ya está. Y ahora, ¿qué hacemos con las tuyas? ¿Las cortamos? Porque sería una auténtica lástima.

Míralo, qué mono. Cabreado conmigo y lanzándome piropos. O a lo mejor se refería simplemente a que una mutilación siempre es motivo de lástima. Da igual. En mi cabeza era tan obvio que no le iba a importar que yo colocara mis piernas sobre las suyas que el hecho de que lo pregunte hace que me ponga coloradísima en cuestión de segundos. A lo mejor es impropio. Improcedente. Imbécil. Pero ya no tiene remedio, así que me giro hacia él y con suavidad pongo las mías encima. No me atrevo a mirar su cara cuando empiezo a balbucear mis explicaciones:

—Había pensado ponernos así para darte más espacio, pero si estás incómodo o te resulta molesto o...

Ojalá me interrumpiera, pero no lo hace, así que simplemente voy bajando el volumen hasta que dejo de hablar. Como sigo sin mirarlo a la cara no puedo interpretar por qué se ha quedado tan callado. Y tan rígido. Sé que tiene unas piernas fuertes, unos muslos tipo He-Man, pero esto es roca pura, tan tensas que parece que pudieran explotar de un momento a otro. Venga, Lily, no seas cobarde. Levanto la mirada y lo veo tan quieto que quiero preguntarle si está respirando. Está claro que no se esperaba esta iniciativa mía.

—Creo que no ha sido una buena...—Comienzo a batirme en retirada, pero me pone su enorme mano en el muslo para impedírmelo; enseguida la quita, como si quemase, pero el estómago ya me ha dado un triple *axel*.

—Está bien —dice, y ya no suena enfadado, solo tiene la voz un poco más grave de lo normal—. Si tú no estás incómoda, por mí es perfecto.

Asiento, con la garganta de repente seca. De verdad que en mi cabeza era una buena idea, porque solo buscaba resolver el problema del espacio. No había caído en lo juntísimos que estamos. El tren se menea un poco, lo que indica que comienza el viaje. Yupiii. ¡Ya solo quedan tres horas!

Opto por no mirarlo y centrarme en el pasillo, lo que provoca que mi cuello adopte un ángulo antinatural, pero es que si no, además de nuestros cuerpos, nuestras cabezas también estarían pegadas. Aguanto así... tres minutos. Cuando me vuelvo, veo que Brandon tiene un problema grave con su brazo derecho, que no sabe dónde meterlo para no tocarme. Lo tiene estirado, como si estuviera sujetando el asiento de enfrente. Es tan absurdo que me entra la risa. Noto perfectamente que Brandon vuelve a dejar de respirar por un momento, pero después vuelve a emplear ese tono desabrido que he descubierto en este viajecito encantador:

—¿De qué te ríes?

—¿Pretendes sujetar el asiento de delante todo el viaje? —Y me río otra vez.

Él entrecierra los ojos, hace una pausa y contesta:

—¿Crees que tú estás más relajada que yo? ¿Cuando acabas de girar la cabeza más que la colega de *El exorcista*? ¿O cuando para no estar tan encima de mí, sigues apretando el trasero, tanto que creo que podrías cascar una nuez con él? —Cuando ve que me pongo roja como un tomate, baja el tono de voz y añade—: Esto último, además, deberías dejar de hacerlo, porque no consigues elevarte ni un centímetro y por el contrario..., pues eso, que dejes de hacerlo.

Giro de nuevo la cara y me da igual que haga referencia a cualquier película de terror, *El muñeco diabólico* o lo que sea. Me concentro en mi culo, al que obligo a relajarse mientras trato de no reparar en la tensión que percibo bajo mis muslos. Utilizo la táctica de contar hasta diez, luego hasta cien y más tarde trato de llegar a mil, pero me quedo en ciento siete. Creo que nuestros cuerpos, el mío al menos, comienzan a relajarse. Y vuelvo a tener las pulsaciones por debajo de cien. Entonces me giro hacia él, y cuando veo que sigue sujetando el asiento delantero, lo agarro del brazo y con suavidad lo deposito sobre mis rodillas. Vuelven a subirme las pulsaciones, pero ya bajarán.

—No me importa, de verdad —le digo; aunque agradezco llevar pantalones y manga larga, porque creo que se me ha puesto el vello de punta al notar la calidez de su mano traspasando la tela—. Y siento mucho lo de los billetes.

—Siento mi último comentario —me responde con su voz de siempre, aunque le falta algo de su serenidad habitual—. Ha estado fuera de lugar.

Suspira y no sé cómo lo hace, pero ejecuta con resolución un par de movimientos de caderas que hace que nos recoloquemos (él un poco más abajo y yo un poco más arriba), y ahora es mucho mejor. Después se pone a mirar por la ventana, dejándome admirar el perfil masculino más perfecto que he visto nunca. Y me doy cuenta de que, una vez que mi espina dorsal ha dejado de parecer una barra de acero, la postura es bastante cómoda. De hecho es maravillosa. Todo su cuerpo transmite calor y aunque solo tiene un brazo puesto encima de mí, me da la sensación de que me envuelve y me protege. Y el olor... Los pensamientos se desmadejan en mi cabeza y comienzo a ver borrosos

un puente, un bosquecillo de árboles, un pantano...

Lo siguiente que noto es que estoy abrazada a él,
con la cabeza enterrada en su pecho. Madre mía,
he debido de quedarme dormida y mi subcons-
ciente ha tomado el control. Su brazo derecho ya
no está encima de mi pierna, sino que lo noto va-
gamente alrededor de mi cintura, aunque no me
está agarrando. Albergo la esperanza de que él
también se haya quedado dormido y de que no se
haya dado cuenta de que me he adherido a él como
una lapa, pero cuando observo su reflejo, lo veo
con los ojos bien abiertos, contemplando el paisa-
je..., hasta que nuestras miradas se cruzan en el
cristal. Me activo como un resorte y pongo algo de
distancia, ignorando las protestas de mi cuerpo,
que enseguida echa de menos el calorcito que tenía
antes.

—Perdón —le digo con la boca seca, ¿cuánto he
dormido, por Dios?—. Qué poco... profesional por
mi parte.

Me sorprendo cuando todo mi cuerpo vibra. Estoy aún aturdida y tardo en comprender que es
Brandon, riéndose. Todavía estoy bastante encima
de él, pero no me da la gana de apartarme. Además, a él no parece importarle, todo lo contrario. Y
me lo reafirma enseguida.

—Ay, Lily, cuánto te echo de menos.

Deja de sonreír de golpe y retira el brazo de mi
cintura, para volver a ponerlo sobre mi rodilla,
pero casi no me toca. Ha vuelto a alejarse, como si
se arrepintiese del comentario que acaba de hacer.
A mí me da tanta pena que el antiguo Brandon se
haya desvanecido que estoy a punto de preguntarle si piensa que respiro fuerte o directamente ronco, para recuperar nuestra familiaridad perdida,

que sigue ahí, latente. Pero entonces él cambia de tema:

—Te dije que leí tu libro, ¿verdad?

—Sí —respondo de forma automática; me he tensado tanto otra vez que él comienza a acariciarme la pierna con el pulgar, sin darse cuenta—. Oye, ¿has preparado un discursito para cuando te den el premio?

—No, improvisaré —contesta, sin dejar de mirarme—. Lily, ¿no quieres saber qué me pareció?

Me obligo a meter un poco de aire en los pulmones. Ni siquiera me gustaría hablar de ese tema con el Brandon de antes del ultimátum, con el que tenía mucha confianza, menos con este. Pero hay algo que no ha cambiado en estos meses: con él me apetece ser sincera, como con nadie nunca antes. Es algo que me pide el cuerpo, que me sale de forma natural. Así que ahí voy.

—No, Brandon, no quiero hablar de mi libro contigo.

—¿Por qué? Sé que no soy un entendido, pero...

—No es eso; es que si me dices que es bueno, no te voy a creer, porque no lo es. Y si me dices que es malo, voy a ponerme a llorar, así que...

Me encojo de hombros, pero sin mirarlo a la cara. No contesta nada durante un buen rato; al final dice:

—De acuerdo, entonces solo me dejas la opción de decirte que no es ni bueno ni malo. —Yo levanto la cabeza hacia él; tengo las lágrimas a punto de caramelo, y cuando las ve, se apresura a añadir—: Más bien todo lo contrario, Lily, el libro es bueno y a veces es... menos bueno; pero, por favor, déjame explicarme, y siempre ten en cuenta que soy un zoquete que solo sabe meter canastas, no un crítico literario del *Times*.

Tengo un nudo en la garganta tan grande que no puedo decirle que de zoquete nada. Que es una de las personas más inteligentes que conozco. Por un instante desearía que fuese un falso y que me hubiera dicho que le había encantado. Pero en realidad sí que quiero escuchar lo que me tiene que decir, quiero escucharlo más incluso que devorar las Pringles verdes del niño de al lado del pasillo. Qué suerte de infancia y de no preocuparse por el mal aliento imperecedero garantizado durante tres días. Así que inspiro hondo, reúno valor y me enfrento a la mirada de Brandon, clara y dulce, como un caramelo de menta.

—A ver, Lily, hay partes que me encantaron, partes tan graciosas, tan... tú, que no podía parar de reír. Cuando la protagonista está jugando ese rudimentario partido de tenis en el mil ochocientos y pico me flipó. Devoré esas páginas, queriendo más y más. —Se me infla el pecho al escuchar esto; sin embargo, oigo las cornetas de aviso, porque se avecina un temible «pero»—. Pero luego había otras en las que hablabas de las costumbres de la época victoriana o hacías descripciones de paisajes que se me hacían más cuesta arriba. Me daba la sensación de que ahí dejaba de escuchar tu voz. Aunque tal vez la culpa sea mía, que estoy acostumbrado a leer cosas muy simples.

—Lo pasé fatal con el tema de la ambientación y la documentación histórica —confieso con un hilo de voz—. En cambio, me lo pasé bomba jugando con los personajes, disfruté muchísimo creando la escena del partido de tenis, por ejemplo.

Brandon me reincorpora un poco con otro golpe de cadera, porque me estaba escurriendo sin darme cuenta; por fortuna no se percata de que a mí se me corta la respiración por cómo es capaz de levantarme entera sin apenas esforzarse. Solo asiente, porque está concentrado en la conversación. Ahora que ya sé lo que piensa, y que no es tan malo como me temía, quiero que siga hablando, porque todos los escritores, incluso las malas como yo, podrían estar horas hablando de sus libros.

—A mí, la protagonista me parece genial, y él es un poco capullo, pero creo que esa es tu intención —continúa, y yo asiento con fuerza—. Por otra parte..., tuve la sensación de que todo era... demasiado actual. No termino de entender..., ¿por qué la ambientaste en el pasado?

—Pues... —Ah, Brandon, qué listo eres, mecachis en los mengues; agacho la cabeza—. Porque en el fondo tenía la esperanza de que Héctor me echase un cable con el manuscrito y lo presentara en su editorial, que no está especializada en romántica actual, sino en novela histórica y antologías. Así que traté de disfrazar lo máximo posible mi historia de amor. Pero al final dio igual, porque no tenía ninguna intención de hacerlo. Y no lo culpo, porque me salió un bodrio.

—No es un bodrio, he leído muchas cosas peores —dice. Resoplo y él me ignora—. Lo digo en serio, Lily. Así que quédate con lo positivo: escribiste una historia con la que te sentías incómoda, y aun así tiene partes brillantes, las partes en las que escribiste lo que te dio la gana. Imagínate lo que podrás hacer cuando te pongas a crear sin ninguna limitación. Y, sobre todo, lo bien que lo pasarás en el proceso. Vas a llegar lejos, Lily, estoy convencido. —Dios mío, tiene los ojos brillantes, como si estuviera... orgulloso de mí—. Y ese día espero que me menciones en los agradecimientos de tu libro, al menos.

—Si sigues siendo tan bueno conmigo, el libro se llamará *Brandon, te amo* —le digo sin pensar.

Hay un microsegundo de silencio, unos ojos abiertos como platos de mi acompañante y luego suena la bendita musiquita del AVE. Por megafonía nos avisan de que vamos a llegar y de que no nos movamos de los asientos hasta que el tren esté completamente parado, lo que provoca que todo el mundo salga en estampida hacia sus maletas. Todos menos nosotros, que obedecemos ciegamente a Renfe, porque Brandon sigue en *shock* por mi desafortunado comentario. Y yo decido hacer como si esa barbaridad nunca hubiera salido de mi boca.

—Bueno, pues ya hemos llegado... Al final se me ha hecho bastante corto el viaje —le digo mientras me estiro un poco tras despegar mis piernas de las suyas; una lástima, porque podría vivir pegada a él.

—Claro, si te has tirado roncando la mayor parte del tiempo... —Y antes de que pueda protestar, añade—: Sí, porque aunque flojito, roncas, Lily; no respiras fuerte.

Le pego en el brazo y él, en respuesta, sonríe de tal manera que puedo imaginar sus hoyuelos bajo la barba. Y mientras me vuelvo y salgo del tren, seguida de Brandon, me da la sensación de que no tenemos nada que ver con los dos individuos que se subieron a él.

# Capítulo 19

Estoy echándome un vistazo en el espejo cuando mi móvil pita dos veces. Compruebo que son los mensajes de aprobación (con nota) de mi madre y de Teo sobre mi aspecto de esta noche. En este evento yo no soy nadie, así que voy mucho más discreta que la última —y fatídica— vez que me arreglé, en la cena de Navidad. Me he puesto un vestido negro sin mangas y escote redondo. Es ceñido de cintura para arriba y con falda corta de vuelo, tipo patinadora sobre hielo. El pelo lo llevo natural, pero el capricho y la nueva espuma del súper han hecho que mis rizos estén bastante bonitos. El maquillaje es suave, nada especial, a excepción de los labios, que me los he puesto rojos. Los taconazos altos son la otra gran concesión de la noche.

Me miro por última vez. Sí, voy mona. Y voy tarde, también. Cojo la llave de la habitación, la meto en mi bolsito con el móvil y me dirijo a la entrada del hotel, donde he quedado con Brandon.

Se me acelera el corazón, pero también es verdad que voy corriendo con los tacones. Ojalá hubiera abreviado la fase de autocontemplación y ahora iría más tranquila. Pero es que he comenzado a arreglarme muy tarde, porque ha sido un día de locos.

Conforme llegamos a Madrid, nos fuimos a la sede de la revista, donde trataron genial a Brandon; le hicieron un montón de fotos y una entrevista extensa. Por supuesto, él respondió con todo lujo de detalles sobre su trayectoria deportiva, y nada, o muy poco, sobre su vida personal. Pero lo hizo como lo hace todo él, con soltura y elegancia, y a pesar de que el periodista era experimentado, me dio la sensación de que las riendas de la conversación las llevaba Brandon en todo momento.

Cuando terminamos nos fuimos al hotel y picamos algo rápido en la cafetería; después se nos ha ido la tarde atendiendo a los distintos medios. Lo cierto es que Sole no hubiera podido hacerlo. Me alegro de haber venido, porque mi teléfono no ha parado de sonar y he tenido que hacer malabares para cuadrar la agenda de Brandon. No es para menos: después de los ídolos del fútbol, será la estrella más importante de la noche.

Cuando se abren las puertas del ascensor, veo que la recepción está llena de deportistas, periodistas y turistas (estos últimos no saben muy bien de qué va todo esto). Se ha establecido que la prensa irá en autobús, mientras que los galardonados y sus acompañantes dispondrán de coche con chófer; en principio, supongo que iré con el resto de periodistas, que es lo que soy. A menos que Brandon me pida que vaya con él, en cuyo caso...

Uf, ya lo veo. Qué guapo está. Lleva un traje gris marengo con el que está aún mejor que en la cena de Navidad. Aparte del misterio de cómo es que no tiene ni una arruga si su maleta parecía de la señorita Pepis. Tiene el pelo aún húmedo por la ducha, y me imagino su olor... Está hablando animadamente con alguien, y de repente se ríe, y es la risa más bonita del mundo. Avanzo hacia él como flotando en una nubecilla con forma de corazón y reparo en que a su lado está... Marisa.

Marisa, su exrollo, o lo que fueran.

Me detengo a mirarla: está radiante, pero radiante en plan diva, como si los meses que llevamos sin vernos, en vez de haber sido un calvario, le hubieran sentado fenomenal. Lleva un vestido blanco de corte griego que resalta sus curvas. El pelo rubio le cae en suaves ondas y la mano que deposita graciosamente sobre el hombro de Brandon, además de lucir tres anillos con varios diamantes en cada uno, está cuidada con una manicura perfecta. Escondo las mías en un acto reflejo. Alguien me empuja, pero yo sigo mirando, con curiosidad morbosa, como si en el fondo me gustara esa impotencia que se me acumula en el estómago. Ahora ella le está diciendo algo al oído, algo supermegagracioso; vamos, como si ahora fuera Marisa de la Calzada, porque él se está tronchando.

Por un segundo me acribillan las dudas. Teo me ha dicho que me arriesgue, que pase por alto el ultimátum Durán y que me exponga incluso a perder mi trabajo, pero... ¿Y si resulta que estoy dando por sentado que Brandon sigue sintiendo algo por mí, después de haber pasado de él estos dos últimos meses? Para soportar ese desprecio al que yo le he sometido debía de estar tan enamorado de mí como lo estoy yo de él. Y sinceramente, ¿por qué iba a estarlo? Yo soy una mindundi. Una mindundi en horas bajas, además. Marisa es un animal televisivo, se la ve, tiene ambición. Tiene dinero porque su padre es el dueño de varios medios de comunicación. Y es sofisticada. Y lleva las uñas perfectas. Y yo no.

Sigo parada, recibiendo empujones de uno y otro lado, y me mantengo quieta incluso cuando alguien grita que ya podemos ir saliendo, que los transportes están listos y que nos esperan en la puerta. Entonces veo que Brandon se disculpa con Marisa, le dice algo así como «un momento» y llama a alguien con el móvil. Enseguida siento vibrar el mío, que lo llevo en el bolso. Yo me vuelvo, porque no quiero que me pille tan cerca de él, observándolo como una maníaca. Así que me dejo llevar por el río de gente que comienza a desplazarse. Dios mío, ¿a cuántos deportistas ha premiado *La Gaceta* este año? ¿Ha incluido la modalidad de *frisbee*? ¿Monopoly? ¿Salto de rana?

El móvil sigue vibrando una y otra vez; lo ignoro hasta que veo por el rabillo del ojo que Brandon está a punto de salirse del barullo en dirección al ascensor. Se me ocurre que quizá vaya en mi búsqueda, porque sigue con el móvil en la mano y mi cintura continúa vibrando. La idea de que vaya a llegar tarde por mi culpa hace que se me revuelvan aún más las tripas, así que, al final, saco el teléfono y se lo cojo.

—Eh, Lily, menos mal, estaba preocupado —me dice enseguida, con alivio evidente—. ¿Dónde estás? Nos marchamos ya.

A dos metros de ti, delante de un tipo regordete que supongo que será periodista; vamos, espero que lo sea, por el bien del deporte español.

—Sí, estoy por la recepción, pero... ¡qué lío!, ¿verdad? No te encuentro por ninguna parte, será mejor que nos veamos allí directamente...

—¡Lily! —me saluda Marisa justo detrás—. Ven, Brandon, ¿no estabas buscando a tu chica de prensa?

¿Chica de prensa? ¿Y tú qué eres, pamplina? Me vuelvo hacia ella con una sonrisa que haría llorar a todos los niños de una guardería. Evito pensar en Teo y en Batman. Céntrate, Lily, que Brandon se está acercando. Como, por razones difíciles de explicar, no quiero mirarlo a la cara, me pierdo su reacción al verme medianamente arreglada. Pero sí me fijo en cómo me mira Marisa, que hace un mohín casi imperceptible. Y eso es raro, porque mi divorcio no ha salido en el *¡Hola!*, así que supongo que creerá que aún sigo casada; pero, por algún motivo, sé que esta noche me ve como una rival. ¿Lo soy? No lo sé, pero de todos modos, la saludo con una efusividad desmesurada:

—Marisa..., qué alegría verte. —Pinocho fue a pescar...—. Vaya, qué guapa estás.

—Gracias, *amor*, tú también. —Por algún motivo, creo que la amplia sonrisa que me dedica es un reflejo de la mía—. Aunque más flacucha, ¿no? Será el negro, que adelgaza. Yo también debería haber optado por ese color, pero, como tú comprenderás, no iba a presentar la gala de negro, qué cosa más triste. —¿Cómo? ¿Ella es la presentadora?—. La verdad es que ha sido una semana atómica, hoy esto, y ayer la presentación de mi libro, es que no paro, vamos.

¿Qué? ¿Qué? ¿QUÉ? Pero ¿qué está pasando? ¿Es que últimamente todo el mundo es capaz de escribir un libro menos yo? ¿Y va a presentar la gala de *La Gaceta del Deporte*? ¿Qué he estado haciendo yo con mi vida últimamente? Estoy dudando entre clavarle el tacón en el pie o hacerme un selfi con ella. Y este conflicto debe de reflejarse de alguna manera en mi cara, a pesar de que sigo con la sonrisa del terror, porque escucho a Brandon decir:

—Su libro es una recopilación de los mejores gazapos televisivos de periodistas deportivos en los últimos años; no es una novela —aclara; solo soy capaz de mirarlo un microsegundo, lo suficiente para derretirme al ver su cara de preocupación—. Hola, por cierto; estás preciosa. De negro, de rojo o de rosa fosforito.

A su lado, Marisa se tensa, pero a mí me da igual.

—Gracias, tú tamb...

—Nooo, yo una novela no podría escribir nunca —nos interrumpe Marisa, haciendo como si el saludo y el halago no se hubieran producido—. ¡Qué aburrimiento! Requiere demasiado tiempo y mi vida en Madrid es una locura. ¡Demasiado trabajo, demasiada fiesta, demasiada gente interesante! Esta noche le he tenido que decir a Isidro, el alcalde, que no podía acompañarlo a la presentación de la nueva Ciudad Deportiva; le he dicho: «¡Isidro, que tengo que presentar la gala de *La Gaceta*, qué risa!». Y así todos los días. Es que el periodismo de provincias es tan limitado, tan deprimente, tan... —pone cara de haberse tragado un bicho— de segunda categoría. ¡Aburridísimo, vamos!

Esto último me lo ha dicho gritando, porque ahora que estamos saliendo todos por la puerta del hotel, se ha producido un embudo y hay mucho jaleo. Aprovecho el alboroto para volverme y disimular la conmoción que me produce el discurso agresivo de Marisa hacia el pobre «periodismo de provincias». No sé si lo que quería era ridiculizarme o...

—Aunque tú también te has buscado tus propias fuentes de diversión allí, ¿eh? —me susurra Marisa al oído—. ¡Qué fuerte, metiéndote en las relaciones de las compañeras!

Hostia. Me vuelvo para mirarla y en ese momento no me parece una diva, sino alguien muy cabreado. ¿Eso es verdad? ¿Tenían una relación... seria? Pero ya no, ¿no? Brandon lo negó, pero...

Agradezco recibir el aire frío del exterior conforme atravesamos la puerta del hotel. Brandon y Marisa me siguen cerca, y me fijo en que ella ha entrelazado su brazo con el de él. Se produce un parón y yo no me atrevo a girarme, estoy un poco colapsada. No me gustaría convertirme en la Rubí de nadie. Pero entonces noto que me apartan el pelo y se arriman a mí; me encojo por el temor de que sea Marisa con un cuchillo como el del malo de *Scream*. Enseguida percibo un olor a limpio y a gloria, y me relajo de inmediato.

—Tú te vienes conmigo en el coche, ¿verdad? —me pregunta Brandon, lo suficientemente alto como para que Marisa lo escuche.

Me gustaría responderle que antes debería deshacerse de esa mujer que tiene pegada al costado como con Loctite, pero ella se hace la loca y no parece estar dispuesta a soltarlo. Y yo estoy hecha un follón, la verdad. Me siento celosa y culpable a partes iguales. Y vulnerable por lo del ultimátum, que Teo lo ve muy claro, pero yo... Hago un gran esfuerzo por tragar y decir las palabras que salen a continuación:

—Como jefa de prensa, creo que a nivel mediático te vendría muy bien entrar en la gala con la presentadora; aumentaría, aún más, tu popularidad.

Me vuelvo en plan cobarde para no tener que ver la reacción de Brandon; atisbo, sin embargo, la sonrisa satisfecha de Marisa. Pero me da igual. Solo quiero subir al maldito autobús. Y que la puñetera gala de *La Gaceta del Deporte* termine, de una vez por todas.

# Capítulo 20

La musiquita me está poniendo nerviosa. Si le grito desde aquí al de la recepción del hotel que la cambie y que ponga algo más cañero, como Vivaldi, a lo mejor me hace caso. Necesito dejar de escuchar el sonido de las olas yendo y viniendo con pajaritos de fondo. Me pasa igual con todas las cosas que supuestamente son relajantes. Se me monta el gemelo cada vez que hago yoga y me entra flato con la meditación. Y está claro que la música *new age* no me calma, porque me encantaría tener una escopeta para matar a los pajaritos de la canción.

En fin. Puede que esté de mal humor. Me encuentro sentada de cualquier manera en el sofá de un saloncito que hay a la entrada del hotel, y como todavía llevo puesto el vestido, es muy probable que se me vean los cucos —hay un extranjero de tez rosa chicle que no me quita ojo—, pero me da igual. Estoy cansada. Y hambrienta. Y triste.

La gala ha sido larguísima. No me he sentado al lado de Brandon porque no ha habido forma de encontrarlo entre el lío de gente, y además tampoco estaba segura de si quería hacerlo. Antes él debería aclarar las cosas con Marisa, supongo. Como también supongo que ahora estarán juntos en la cena que ofrecían a los galardonados. Él, tan grande y tan fuerte. Ella, tan curvilínea como una víbora. Así son las cosas.

Saco el móvil. No tengo mensajes de Brandon, pero es normal. Estará hasta el gorro de mis espantadas. Pero sí tengo un audio de voz de Teo, al que he escrito contándole mi cúmulo de catastróficas desdichas de la noche. No podemos hablar porque está en mitad de un partido. Como estoy prácticamente sola, le doy al *play*, y enseguida la voz de mi amigo reverbera por el salón:

—*Chochi*, ¿qué me dices? —Se oye un jaleo tremendo de fondo—. Así que Marisa ha sacado las garras, ¿eh? Y tú, en vez de pelear, te has metido en tu caparazoncito, ¿no? ¡Si estuviera ahí te tiraría de los pelos, Lily! —Bajo un poco el volumen, pero está gritando tanto que sigue escuchándose bastante alto—. Lo habían dejado, ¡lo habían dejado! Me lo dijiste, así que no tiene nada que ver con lo de Héctor y tú. ¡Se te va la pinza! Mira, Lily, sé que no estás bien, ojalá estuviera contigo para animarte, pero tienes que reaccionar. La noche aún no ha acabado. Plántate en el sitio donde están cenando; si están sentados juntos, a ella le arañas la cara de mi parte, y a Brandon le preguntas si puedes hablar un momento con él. Y entonces le cuentas lo del ultimátum Durán, que es lo que tenías que haber hecho desde un principio. Dime que lo vas a hacer. Mándame un audio y dime que lo vas a hacer, Lily.

—¿Qué es el ultimátum Durán?

Tras varios malabares, se me cae el móvil al suelo cuando veo a Brandon justo enfrente. Tío, que es mi primer iPhone, y el cristal templado del chino de la esquina solo me costó cinco euros. Pero no tiene importancia, porque tengo clavados sus ojos verdes en los míos y espera una respuesta de forma urgente. Y no está con Marisa, sino aquí, conmigo. Sigue con el traje puesto, aunque se ha desabrochado los dos botones superiores de la camisa, está algo despeinado y tiene aspecto cansado. Pero también muestra su impaciencia, así que comienzo a tartamudear:

—¿Q-qué haces aquí? ¿Ya ha terminado la cena? Qué agarrados los de *La Gaceta*, ¿no? ¿Qué os han puesto, unos Doritos y ya?

—¿A qué se refería Teo, Lily? —me dice mientras se acerca, con más tensión que un epicentro sísmico—. ¿Qué es el ultimátum Durán?

No soy capaz de hacer otro chiste malo. Pero me cuesta muchísimo decirle la verdad. ¿Y si le coge manía al entrenador? ¿Y si esto supone el principio del fin de la buena racha del Malac? Él percibe mi lucha interna y noto como inspira profundamente. Cierra los ojos y cuando los abre parece más entero. Siempre he admirado su capacidad de autocontrol. Da un par de pasos y se sienta junto a mí, en el sofá, sin dejar de mirarme.

—Lily, dime la verdad, por favor. Necesito que me des la pieza que me falta para entender por qué a veces creo que estás tan enamorada de mí que me da pavor hacerte daño, y otras me evitas como si fuera un trol. Cuéntame de qué va ese ultimátum, por favor, porque te juro que me estoy volviendo loco tratando de entenderte.

Ha sonado desesperado. Está desesperado. Y yo no quiero causarle ningún dolor, todo lo contrario; si de mí dependiera, Brandon estaría siempre con los dos hoyuelos marcados y con agujetas en la barriga de reírse. Es lo que se merece. Así que ahora soy yo la que inspiro antes de hablar.

—Está bien, yo... —Trago saliva; allá vamos—.

En Navidad, tras la dichosa cena y la posterior derrota del equipo, Marcos Durán me mandó llamar a su despacho. Me dijo que cortara toda relación extraprofesional con Travis y contigo, porque os desestabilizaba. Me culpó de estar jugando con los dos, en especial contigo. Y me amenazó con arruinar mi carrera periodística si no lo hacía.

La mirada de Brandon se ha oscurecido de tal forma que pienso que ya está hecho. Ya he arruinado la temporada. Es imposible que este hombre vuelva a confiar en su entrenador. Se me llenan los ojos de lágrimas antes de seguir.

—También me prohibió decirte nada de esto para que no te enfadaras con él, por el bien del equipo. Pero aquí estoy yo, en plan Helena de Troya, armando un lío de narices...

—No estás liando nada, Lily —me dice mientras me agarra la mano, la tiene áspera y fuerte—. Nada que no estuviera liado ya, me refiero.

—¿Qué quieres decir?

—No me gusta Marcos como entrenador, nunca lo ha hecho. Es, sin duda, el eslabón más débil de todo el proyecto deportivo del Malac. Como estratega no está mal, pero no motiva al conjunto, no tiene en cuenta el factor humano; eso lo hemos suplido nosotros, los jugadores, que hemos hecho piña. —Sus dedos acarician los míos y yo me estremezco—. No le da minutos a las jóvenes promesas como Luca, no fomenta la promoción de los canteranos, no tiene visión de futuro, solo quiere resultados ahora. Tampoco le importan nuestros problemas personales. Es un mal entrenador, Lily; no has hecho que pierda mi confianza en él, porque nunca la ha tenido.

Siento un alivio instantáneo al escuchar sus palabras y... un cabreo monumental conmigo misma.

Era tan fácil contarle la verdad... A partir de ahora pienso hacerlo siempre, como en la película esa de Jim Carrey que no podía mentir, aunque quisiera. De repente Brandon alarga el brazo y me limpia una lágrima en caída libre de la que no me había percatado.

—Pero lo que te hizo es grave, Lily. Deberías denunciarlo. Y yo te apoyaría, lo sabes, ¿verdad? Travis también, y el resto de jugadores.

Le suelto la mano. Ya no estoy tan segura de si he hecho bien contándoselo.

—No, Brandon, no quiero un motín justo antes de entrar en la recta final de la temporada. Es por eso por lo que no te lo he contado antes. Y de hecho, espero que hagas como si no te hubiera dicho nada. Quiero que, si él está delante, sigamos manteniendo las distancias. Prométeme que lo harás, por favor, ¿me lo prometes?

—¿De verdad quieres hacer eso? —Nunca he visto a nadie tragarse un sapo, pero si alguien lo hiciera, tendría la cara de Brandon ahora mismo—. Porque, Lily, cuando la gente hace cosas malas, tiene que pagar las consecuencias. Me parece un caso claro de abuso de poder que te encerrara en su despacho y te amenazara. Me imagino la escena y... —inspira de nuevo, pero esta vez no parece funcionarle bien— se me revuelven las tripas. Deberíamos hablar con el presidente del Club y...

—Te he dicho que no —grito, y él abre los ojos, porque no está acostumbrado a esta Lily; yo tampoco, pero es importante que entienda esto—. Y puede que Marcos fuera cruel y se extralimitara, pero lo cierto es que ese día jugasteis de pena. Influyó mucho la cena de la noche anterior y no tuve la culpa de que Endinga metiera aquella canasta en aro propio, pero con respecto a Travis y a ti, que no disteis ni una, ya no estoy tan segura.

—También influyó que él intentara tirarse a mi hija —dice en voz baja y dolida, como si hubiera desempolvado un recuerdo que prefería olvidar—, por no hablar del resacón que llevaba y que le hacía llegar tarde a todos los sitios.

Nos miramos a los ojos, con tensión. Los suyos son de un verde oscuro, como cuando el mar se pone intratable. Pero yo también debo de transmitirle algo parecido a través de los míos, porque después de un minuto —y un minuto es mucho tiempo—, asiente.

—Está bien, Lily, es tu decisión, y no me corresponde a mí hacer nada que tú no quieras. Si es lo que deseas, fingiré delante de él que solo nos relacionamos para asuntos estrictamente profesionales. Haré lo que tú me digas..., hasta el final de la temporada. Después ya hablaremos.

—Bueno, ya veremos —concedo, a regañadientes; después le señalo con el dedo en el pecho—. Tú, grandullón, dedícate a meter muchas canastas.

Él me agarra con suavidad el dedo y me lo aprieta. Me sonríe y mi corazón se salta varios latidos.

—Lo que tú digas, pequeñaja.

Le dedico una mirada digna de *El padrino* para que no vuelva a llamarme así, pero en realidad estoy disimulando la conmoción que me produce recordar que Brandon es capaz de hacer voltear mi estómago con un solo gesto. Aparte de que no me había fijado en lo juntos que estamos en este sofá, en que seguimos agarrados de la mano y en que llevamos un rato respirando un poco más rápido de lo normal, los dos.

¿Esto quiere decir que hemos vuelto al punto de antes de la cena de Navidad, cuando no podíamos parar de tocarnos el uno al otro? No creo que quiera embarcarse en una relación secreta y complicada conmigo, pero esta noche..., esta noche podría ser nuestra. Y en este momento quiero ser egoísta y no pensar en Marisa, porque supongo que si está aquí es porque ya no le interesa; ni por supuesto tampoco quiero acordarme de Marcos Durán. Reúno valor y levanto la mirada hacia él; tiene las pupilas dilatadas, será por la poca luz o por otra cosa, y sus ojos están centrados en mi boca, como si estuviera viendo un Magnum de doble chocolate y no mis labios rojos. Es abrumador provocar tanto deseo, así que cierro los ojos inclinándome hacia él...

Pasa un segundo y no sucede nada; después, cuando noto que me ha privado de su calor, abro los ojos y veo que se ha puesto de pie. Tengo dificultades para no tirarme al suelo y comenzar una rabieta («¡¡Que me beses yaaa!!»), pero me refreno porque él me sonríe, como si nada, y me ayuda a levantarme, con la misma delicadeza que si yo fuera un alelí. Un alelí frustrado y salido, eso es lo que soy.

—Eh, la noche es joven y estamos en Madrid, no en cualquier sitio de *provincias* —me dice con retintín, sacándome de mi espiral de impotencia—. ¿Has comido algo? —Niego con la cabeza, confundida—. Yo tampoco, así que vamos, te invito a algo. Pareces hambrienta.

Cabrón.

Al final, como es tan tarde, aunque estemos en la capital de España, resulta que no había tantos sitios abiertos. Bueno, sí había, pero Brandon se ha puesto en plan exquisito. No ha querido ir a ese chino que olía tan bien a glutamato, ni tampoco al kebab de la esquina, y se ha indignado con mi sugerencia del VIPS. Decía que ha esperado mucho para poder invitarme y que quería llevarme a un sitio especial. Eso es bonito y ha aplacado al ser lujurioso en el que, al parecer, me he convertido. Lleva razón, hay noche para todo, y ahora que he dejado de reproducir en mi mente el *Kamasutra* con él, tengo que reconocer que tengo hambre. Así que me he implicado en la búsqueda de un sitio guay. Cuando le he preguntado si se refería a «especial» tipo Foster's Hollywood en Halloween, ha puesto los ojos en blanco. Pero, claro, ahora mismo, viendo el lugar en el que nos encontramos, entiendo que lo que tenía en mente no se parecía en nada a mis propuestas. Cuando me ha preguntado por mi comida favorita, le he dicho que la italiana. Y aquí estamos.

Esto, más que un restaurante, parece un cuento de hadas. Estamos sentados bajo un techo abovedado de jazmín, salpicado con algunas luces diminutas, como si fueran estrellas enredadas en un cielo verde. Las mesas son de madera, y los asientos, comodísimos sofás a rayas rojas y blancas en forma de U. A nuestro alrededor hay un bosque de flores de Pascua y helechos. De hecho, aquí todo es rojo, blanco y verde; sutil, pero tan patriótico como Buffon o Del Piero. La temperatura es ideal, gracias al suelo radiante, que ha hecho que me descalce y que tenga que retener un gemido de placer cada vez que las plantas de mis pies doloridos entran en contacto con la superficie calentita.

Estamos los dos solos. Después de un lamentable forcejeo para evitar que yo entrara en un Telepizza, Brandon ha llamado por teléfono a un amigo italiano, que resulta que es chef y que abrió este local en Madrid hace un año. Normalmente cierra a las once y media. Pero son las doce y cuarto de la noche, y vamos a comenzar a cenar. No ha hecho falta que pidamos nada; el amigo de Brandon —alto, elegante y risueño— nos ha dicho que él, personalmente, nos prepararía un poco de todo.

—¿Qué clase de favor te debía para que nos esté tratando como unos marajás? —le pregunto tras tener una experiencia mística paladeando la burrata rosa que nos han puesto como entrante—. ¿Salvaste a su hermana pequeña de una *acqua* alta en Venecia? ¿Le diste uno de tus *riñoni*?

—No; solo le conseguía entradas a pie de campo para todos mis partidos. Su novia, ahora su esposa, es una gran aficionada al baloncesto. Dice que la conquistó gracias a mí. No hizo falta darle ninguno de mis *riñoni*.

Se ríe. Y acabo de llegar a la conclusión de que sí, de que está guapísimo con barba, pero que echo de menos sus hoyuelos. Me entran ganas de buscarlos, pero no tiene cuatro pelos, precisamente. Es una barba hecha y derecha, lo que es curioso, porque Brandon no es muy velludo, pero...

—¿En qué estás pensando? —me dice, sonriendo, al ver que llevo un rato mirándolo con el tenedor en alto, como si fuera a pincharlo a él.

—Eeh... —Sinceridad, sí, pero desvío la mirada y bajo muchísimo la voz—. Mantenía un acalorado debate sobre si me gustas más con barba o sin ella.

Sonríe y, por un momento, le veo dudar. Me estoy perdiendo algo esta noche, pero no sé lo que es. Antes de poder darle más vueltas veo que se acerca a mí y que se humedece los labios antes de hablar.

—¿Y la conclusión es...? —me pregunta, bajando también la voz.

—Estás guapísimo, pero necesito verte los hoyuelos. No se puede tapar así como así la octava
maravilla del mundo. Octava y novena, porque son
dos. Deberías pedir permiso a la Unesco o a la
OTAN.

—¿A la OTAN? —Inclina la cabeza mientras me
mira de forma seductora.

—Son enloquecedores, podrían considerarse
armas de destrucción masiva —concluyo.

Toma ya. Y eso, Lily, es flirtear. Es extraño, nunca lo había hecho, pero es que nunca nadie me había gustado tanto como él. Mi sentido del ridículo
ha dejado de importarme. Por fortuna, llega Giovanni y detiene mi campaña de acoso y derribo; nos
deja un par de platos, uno con un canelón enrollado
y otro con una pasta fresca con nata y trufa. Consigo centrarme en lo delicioso que está todo, cuando
Brandon vuelve a reclamar mi atención:

—Creí que era porque te asusté con mis celos.
—Yo trago y lo miro, confundida—. Digo que esa
era la única explicación que se me ocurría para tu
cambio de actitud conmigo. Las pocas veces que
hemos hablado últimamente siempre me pregun-
tabas por Kimberly, así que descarté que estuvieras
cabreada conmigo por mi paternidad y por lo cabrón que fui hace unos años.

—No me importa lo que hiciste hace dieciocho
años; te conozco ahora y sé que eres una buena persona —le ratifico.

Él sonríe apenado, no quiere centrarse en eso en
este momento.

—Por eso lo achaqué a mi comportamiento contigo aquella fatídica noche. —Se le estira la tela del
traje al tensarse—. Cuando Travis y tú llegasteis a
su apartamento, yo ya había vuelto del aeropuerto,
y al reconocer tu voz de verdad pensé que me

moría. Tuve que irme a correr para alejarme de allí todo lo que pudiera, aunque de alguna manera tampoco quería dejaros solos, así que no hice más que dar vueltas y vueltas alrededor del edificio. El conserje estaba flipándolo conmigo. —Niega con la cabeza, como para ahuyentar el recuerdo—. Pero después subí a mi casa y te encontré allí, vestida únicamente con su camiseta, y yo... perdí el control, no sé ni lo que te dije. Algo de que te habías reído demasiado con él, yo qué sé. Cada vez que lo recordaba, me daban ganas de pegarme contra la pared; di la sensación de ser un troglodita o algo peor —baja los hombros—, lo siento mucho.

Mira hacia abajo, avergonzado. ¿Eso es lo que le pasa? Qué tontería, ¿no? Es lo que menos recordaba de aquella noche. Además, a mí hoy me ha pasado igual, cuando lo he visto con Marisa. Se lo comentaría, pero no quiero tentar a la suerte y estropear este momento... Espera. No. Sinceridad. Tú puedes, Lily.

—Yo me iba a morir esta tarde cuando te he visto reír, muchísimo, por cierto, con Marisa. —Detecto un tono tan acusador en mi voz que hasta me pongo colorada—. Pero, vamos, es que te reías como si estuvieras viendo un programa de esos de caídas graciosas o de gente estampándose contra las farolas.

Brandon entrecierra los ojos y se echa hacia atrás mientras repiquetea con los dedos sobre la mesa. Esos dedos...

—Así que celosa de Marisa, ¿no? —dice. Yo levanto el mentón con dignidad en vez de negarlo, que es lo que me gustaría hacer; la sinceridad es una mierda—. No tienes por qué. Solo lo pasábamos bien juntos —ah, qué dolor—, hasta que me di cuenta de que estaba conmigo porque no podía tener a Travis. Él mismo me lo dijo, con su sutileza habitual. —Cambia la voz y se pone a imitar la de Campbell—: «Colega, ¿sabes que esa tía a quien quiere tener entre sus piernas es a mí, no?».

No puedo evitar reírme; lo imita muy bien, con su acentazo americano y su chulería habitual. Además, es un alivio comprobar que no está afectado al contar la anécdota, como si no le importaran demasiado las preferencias absurdas de Marisa. Al parecer, no eran tan novios como ella me ha dado a entender hace unas horas.

—Me daba igual que a Marisa le gustara más Travis —aclara, como si me leyera el pensamiento—. Mis celos solo se disparan cuando alguien me importa de verdad.

Me lo ha dicho mirándome a los ojos, con solemnidad. Y no sé en qué momento nos hemos agarrado de la mano. Habré sido yo, como estoy desatada... Tenemos otro de esos momentos cargados de tensión, pero ya ni me sorprende cuando se ve interrumpido por Giovanni, que llega con una *pizza* del tamaño de un platillo volante. El chef se nos queda mirando un momento y me dice:

—*Scusi, signorina.*

Y se inclina hacia su amigo y le dice algo al oído, mientras hace unos gestos con la mano típicamente italianos. Brandon pone los ojos en blanco y le da un empujón, cariñoso al estilo hombre, es decir, que Giovanni sale disparado unos cuantos metros. Pero no parece importarle, porque se va a la cocina riéndose a carcajadas.

—¿Y bien? —le pregunto.

—Nada, que quiere irse a casa ya y que nos va a traer los postres rápido.

Ahora soy yo la que entrecierro los ojos, porque no me está diciendo la verdad, aunque me la imagino. Hasta Giovanni se habrá dado cuenta de que el ambiente entre los dos está... cargadillo, por decirlo de alguna manera. Ahora bien, cuando llega el tiramisú para él, y para mí, una tarta de chocolate con crema de caramelo salado, todo queda relegado a un segundo plano. Cierro los ojos para saborearla mejor: está exquisita, exquisita de verdad, los sabores se funden y...

—Eh, Lily —me llama. Abro los ojos y tardo en enfocar a Brandon, pero cuando lo hago, veo que no deja de mirarme la boca y que se ha tensado como justo antes del Big Bang—. Haces... sonidos. Son... Debe de estar increíble, ¿no?

Asiento. Si él fuera postre, sería esta tarta.

—¿Quieres probar? —Seguro que tengo los dientes llenos de chocolate, pero bueno.

—Quiero irme al hotel —dice con la voz ronca—. En cuanto termines, nos vamos. Por favor.

Cuando me la acabo no lamo el plato porque noto los ojos de Brandon fijos en mí y no es plan. Me pongo los zapatos, él me coge de la mano y nos levantamos los dos. Nos dirigimos a la cocina del restaurante, donde todo está limpio y recogido, excepto los utensilios que Giovanni ha utilizado para servirnos el postre. El chef se vuelve al escucharnos y rápidamente suelta una ristra de palabras en italiano (no capto ni una; por más que digamos que españoles e italianos nos entendemos, no es verdad); le da un fuerte abrazo a Brandon, que se lo devuelve con ganas. Después se gira hacia mí, me coge la mano y me la besa.

—*Signorina, che peccato non averle potuto offrire quello che voleva mangiare stasera.*

—Eeeh, *grazie mille* —respondo, orgullosa de las dos palabras en italiano que sé. Aunque por la mirada de advertencia que Brandon le está despachando a su amigo, no sé si he hecho bien en darle las gracias; da igual, él nos dedica una gran sonrisa a los dos y nos dice en español perfecto que volvamos cuando queramos. Pues eso, que a saber lo que me ha dicho.

Cuando salimos a la calle, hace mucho frío. Yo solo llevo una chaqueta y al momento Brandon me ofrece la suya, pero le digo que no, porque Giovanni está en todo y ha debido de pedirnos un taxi, que nos está esperando. Y dentro del vehículo se está calentito. Otra vez tenemos las manos cogidas, y de nuevo no sé si ha sido él o yo. Pero se ha sentado un poco lejos de mí. Claro que, para mí, lejos son los tres centímetros que nos separan. En fin, me pongo a mirar por la ventana. La noche está siendo maravillosa, cenar con él ha sido tan divertido como esperaba, pero... hay algo que no termina de cuadrar. Es como si se estuviera conteniendo.

—Hola —me dice, para reclamar mi atención, así que me giro hacia él y detecto una chispa de inseguridad en su gesto—, ya ha quedado claro que sacas mi lado troglodita, así que te preguntaré: ¿te he alimentado bien esta noche?

—Creo que no había comido tanto ni tan bien en toda mi vida, señor troglodita.

¿Es eso? ¿Cree que si se abalanza sobre mí —por qué, por qué no lo haces, Brandon—, voy a pensar que es un troglodita? ¿Y qué tienen de malo los trogloditas? Quién tuviera una cueva a mano ahora mismo... Pero en vez de llegar a la cueva, llegamos a nuestro hotel. Brandon paga al taxista y yo estoy demasiado confundida como para pelearme con él por eso. Se acerca el momento de la verdad, porque su habitación está en la quinta planta y la mía en la segunda, así que habrá que tomar una decisión. Sin pensarlo mucho, le pregunto:

—¿Lo has pasado bien? —Y mi voz suena terrible, frágil.

—Ha sido genial, como siempre que estoy contigo —me responde, pero sin mirarme a la cara.

En la recepción del hotel hay un señor que creo que ha adquirido la habilidad de dormir con los ojos abiertos, y es la única persona que habita por aquí, ya que son las dos de la mañana. Cuando giramos a la izquierda y veo el ascensor al fondo, mi cara debe de ser la misma que la del niño de *El resplandor*, justo cuando todo comienza a inundarse de sangre. Llegamos y Brandon lo llama. Las puertas se abren de inmediato, porque cuando no quieres que llegue el ascensor, este te está esperando, y viceversa. Es una ley cósmica. Y yo me doy cuenta de que sí, de que estoy frustrada sexualmente, pero también lo que me pasa es que no quiero despedirme aún. Porque mañana regresamos a un mundo donde no tendré la libertad de darle la mano en público, y no podré reírme con él. Inspiro para decírselo, porque me he propuesto ser sincera. Inspiro otra vez, y ya debo de parecer una parturienta, pero...

Dejo de hacerlo porque, una vez dentro, él pulsa dos botones: 2 y 5. Y yo tengo problemas para retener las lágrimas, así que miro para abajo, a mis tacones. Tengo una mancha de chocolate en el izquierdo. Envidio profundamente a la yo que se comía la tarta, porque era una yo esperanzada. Ahora... me siento arrasada por dentro. No quiero mirar a Brandon y sé que voy a tener un problema para despedirme, pero algo me saldrá.

Llegamos a la segunda planta. Se abren las puertas.

—Bueno, pues...

—Lily, yo... —Hemos hablado a la vez, pero le hago un gesto para que él continúe; total, yo no sé lo que iba a decir—. Te he dicho que ha sido una noche genial, pero, en realidad, ha sido más que eso. Saber que no estás enfadada conmigo y que vamos a poder retomar, más o menos, la normalidad entre nosotros es... En fin, perdóname, a mí no se me dan tan bien las palabras como a ti, pero quería que supieras que para mí eres muy importante y que tenerte en mi vida es..., pues eso, importante.

Está apretando el botón para que no se cierren las puertas. Aun así, ellas lo intentan, cada tres segundos, acompañadas de un alegre ¡TIN! Las palabras de Brandon son bonitas, son preciosas, de hecho; y, sin embargo, me descolocan aún más. ¿Querrá amistad, solamente? ¿Lo habré malinterpretado todo, una vez más? Estoy tan trastornada que solo soy capaz de asentir, con tanta energía que podría descoyuntarme en cualquier momento. Pero es que no sé qué va a salir por mi garganta si abro la boca. Así que trato de sonreír y como hace varios minutos que la situación me ha superado por completo, levanto la mano para que me choque los cinco.

Brandon me mira la mano y tarda en reaccionar, pero al final me la choca. Por si fuera poco, no nos ha salido bien, es de esas veces que la muñeca se estrella contra la palma y suena ¡plof! Pero qué más da. Al fin salgo del ascensor. Y no me vuelvo hasta después de que suene el último y definitivo ¡TIN! Ya está, ya se ha ido. Me encamino a mi habitación como una autómata. Me quedo frente a mi puerta mirándola como si tuviera la respuesta a mis problemas sentimentales. Tengo la certeza de que si me meto ahí dentro voy a pasar una de las peores noches de mi vida. Así que me doy la vuelta y me pongo a correr a toda velocidad, con la moqueta amortiguando mis taconazos. Que sea lo que Dios quiera.

# Capítulo 21

Cojo el odioso ascensor (¡TIN! a la llegada, ¡TIN! a la salida) y sigo corriendo por el pasillo. Tengo un momento de pánico al creer que no voy a recordar la habitación de Brandon, pero esta mañana nos hemos reído con el 555 y su correspondiente rima. Así que, cuando llego, me pongo a aporrear la puerta, sin darme cuenta de que, efectivamente, siguen siendo más de las dos de la mañana. Pasan unos cuantos segundos (en los que intento calibrar si lo que estoy haciendo es una estupidez más de las que abundan en mi vida o si es la mayor de ellas) y se abre la puerta.

Aparece Brandon, ya solo con la camisa y los pantalones, pero más despeinado que nunca, como si se hubiera estado revolviendo el pelo muchísimo. Y antes de que me pregunte nada, comienzo a hablar, porque estoy un poco acelerada. ¿No querías sinceridad? Pues ahora te vas a enterar.

—Oye..., ¿qué pasa? ¿Qué me estoy perdiendo? Creo que te gusto, ¿no? A ver, está claro que no al nivel que tú me gustas a mí, que es nivel top, nivel quinceañero, nivel me tiro al tren si no me correspondes, pero no sé... Te pusiste celoso con Travis, ¿no? ¿O es que te pusiste celoso en un plano amistoso? ¿Existe eso, siquiera? —Aprovecho un segundo para coger aire; no sé ni lo que estoy diciendo y me estoy ahogando—. ¿Es que no te va el sexo? ¡No! Eso no es, porque ya me has dicho *lo bien* que te lo pasabas con Marisa. Entonces..., ¿¡es que no te atraigo yo!? ¡¿Es eso!? Porque si es eso, esto es lo más ridículo que he hecho en muchísimo tiempo, más que cuando me caí delante de todos en el día de mi graduación, y eso que literalmente *rodé* por las escaleras. ¿Y por qué no te atraigo? ¡No estoy tan mal! Si te fijas...

No sé qué pasa, de verdad, ha sucedido demasiado deprisa para procesarlo. Porque de repente estaba fuera, gritando (un poco alto para las horas que son, puede ser), y ahora me encuentro dentro de su habitación (que, por cierto, es bastante mejor que la mía), empotrada entre el cuerpo de Brandon y la pared. Tiene los brazos extendidos a ambos lados por encima de mi cabeza, la mandíbula extremadamente cuadrada y respira con dificultad. Cuando habla, la voz le sale entrecortada y se le entiende a duras penas, por lo mucho que está apretando los dientes.

—Mira, Lily, te lo voy a decir muy clarito. —Está tan cerca de mí que nuestros alientos se cruzan, el suyo huele a menta—. Tengo ganas de llevarte a la cama desde la primera vez que te vi, escondida en la grada, todo ojos, rizos y labios apetecibles. Pero no podía, porque estabas casada. Después tampoco, porque te estabas divorciando. Y luego has estado rehuyéndome como si tuviera la peste. —Me empuja un poco con la cadera y contengo la respiración cuando noto su dureza—. Esta noche me entero de que el entrenador te ha amenazado con hacerte la vida imposible si nos liamos, y tú, al parecer, esperabas que me diera igual y que me abalanzara sobre ti de todos modos. —Me embiste de nuevo, esta vez con más fuerza, y yo tengo problemas para centrarme en lo que me dice—. Ni siquiera yo soy tan egoísta, Lily; pero tampoco soy un santo. Si empiezas tú, yo no voy a parar. No pararé en toda la noche, te lo prometo. Ni te imaginas las ganas que te tengo.

Me vuelve a apretar, pero esta vez lo hace con lentitud, presionándome hasta que suelto un jadeo vergonzoso. Me roza la punta de la nariz con la suya, para reclamar mi atención, que, a decir verdad, está centrada en la zona baja de mi vientre.

—Entonces, Lily, ¿qué hacemos? —Le está hablando a mi cuello, siento su aliento cálido como una caricia que se extiende por todo mi cuerpo—. ¿Nos dejamos llevar? ¿Sabes que con una noche no tendré ni para empezar, verdad? Y lo de Durán va a ser un problema, porque una vez que te pruebe, puede que me descontrole un poco, y que necesite hacerte mía antes de cada partido, y también después; ah, y en los descansos. —Ahora dirige sus palabras a mi oído, y sin darme cuenta comienzo a provocar su cuerpo con el mío, arqueándome para acercarme aún más a él; noto que sonríe—. ¿Eso es un sí, nena? Vas a tener que decírmelo, porque tú eres la que tienes el control de todo esto.

Se queda quieto, y entonces me doy cuenta de que me ha hecho una pregunta. A través de la neblina del deseo, veo su precioso rostro serio, expectante. Comprendo que si le digo que no, de verdad estaría dispuesto a parar. En el momento en el que me encuentro, me resulta inverosímil imaginar un universo en el que yo pudiera negarme a entregarme a él. Aún no nos hemos besado, ni siquiera nos hemos acariciado, pero estoy excitada como nunca antes. Con una voz que casi no reconozco como mía, respondo a su pregunta:

—Quiero que sigas. Sigue y no pares... nunca.

Atino a decir esas palabras, y por la sonrisa triunfal que exhibe, sé que he acertado. La reacción no se hace esperar. Me coge la cara y, ahora sí, por fin, me besa. O más bien me devora. A mí nunca me habían besado así, atrapándome la boca de esa manera. Es verdad que mi experiencia con los besos se limita a un chico en el instituto y otro en la facultad; y luego llegó Héctor, el único hombre con el que me he acostado. Pero... ninguno me había pillado con tantas ganas. Y sabe tan bien... Yo espero saber a chocolate y a menta del chicle que me he tomado, pero, en cualquier caso, mi sabor parece gustarle, porque no para de saquearme la boca una y otra vez, arañándome la cara con su barba, mientras me presiona con una mano la nuca para facilitarse el trabajo. Siento su otra mano en mi cintura, también arrimándome a él, como si estuviera empeñado en anular cualquier distancia entre los dos.

Se para un momento a contemplarme y lo hace como si estuviera viendo algo excepcionalmente hermoso. Noto que enrojezco, aún más, porque su barba me tiene que haber dejado señales por toda la cara.

—Mañana me afeito sin falta; ¿te molesta? —me pregunta, y yo niego con contundencia; me encanta su barba, me encanta él y quiero que siga con lo que estaba haciendo—. Dios, Lily, te pondrías coloradísima si supieras la de cosas que he imaginado hacerle a esta boquita tuya.

Me muerde con fuerza el labio inferior, gimo de placer y a él el sonido parece encenderlo aún más, porque sin separar nuestras bocas me coge como si no pesara nada y yo lo rodeo con las piernas. No sé dónde me lleva, pero de repente tengo el culo apoyado en una superficie sólida. Hay una especie de hornacina en la pared que nos viene estupendamente. Prefiero no pensar en cuánta gente habrá llegado a la misma conclusión antes que nosotros. Mientras tanto, Brandon aprovecha que tiene las dos manos libres para explorar un poco. Todavía llevo el vestido puesto, pero sus manos bajan de mi cuello hasta mis pechos. Los tengo tan pequeños y él tiene la mano tan grande que, si se esfuerza un poco, le cabrían los dos. Pero no lo hace; le dedica a cada uno su atención mientras le escucho murmurar:

—Perfectos.

Ha bajado la intensidad de los besos; ahora los está esparciendo por la línea de la mandíbula, creo que le preocupa lo de la barba. A mí lo que me preocupa es que no vuelva a devorarme como lo acaba de hacer. Aunque esto tampoco está mal. Se detiene en la curva de mi cuello, abre mucho la boca y comienza a succionar. Pierdo el control de los sonidos que emito y comienzo a revolverme. Es imposible que no me vaya a dejar marca, pero supongo que con treinta años mi madre no me castigará. Además, ahora mismo solo quiero que siga. Como aquella vez, hace unos meses: si él fuera un vampiro, estoy dispuesta a entregarle hasta la última gota de mi sangre.

—Eres preciosa, Lily. Estoy harto de imaginarte desnuda; quiero verte, ven.

Me ayuda a bajarme y de repente ya no tengo el vestido puesto. ¿Cómo lo ha hecho? ¡Si lleva una cremallera trasera! No me da tiempo a preocuparme porque me vaya a ver en ropa interior (negra y sencilla, ni en mis mejores sueños pensé en este desenlace); enseguida se hace evidente que le encanta lo que ve.

—Dios, quiero hacerte tantas cosas que no sé por dónde empezar.

Al final parece decidirse y vuelve a besarme mientras me quita el sujetador con más facilidad que yo misma en mis días buenos. Estoy martirizándome pensando en cuántos sujetadores habrá quitado para llegar a esa maestría cuando veo que su mano derecha comienza a bajar por mi barriga. Dejo de respirar cuando lo veo en descenso directo hacia mis braguitas, porque me da muchísima vergüenza que note lo mojadísima que estoy. Y se va a dar cuenta... ya.

—¿Esto es por mí? —me dice con aire inocente, frotando la mano en el punto donde se unen mis piernas; intento compatibilizar la vergüenza que siento con las oleadas de placer que provocan sus caricias—. Y no me quieres mirar; ¿te da corte que vea lo mucho que me deseas, Lily? ¿Crees que eres la única que está a punto de explotar?

Me coge la mano y me la coloca en su entrepierna. Dios mío, esto es... un potencial problema. A ver, que es normal, es un tipo grande y era previsible, pero es que es enorme. Por otra parte, me acabo de dar cuenta de que he tomado un rol bastante pasivo hasta ahora, y de que yo también tengo muchas ganas de tocarlo..., aunque no sepa bien cómo vamos a culminar el asunto, la verdad.

—Perdona, yo... me he dejado llevar y no me he dado cuenta de que tú también estas aquí. —¿Qué he dicho? Por favor, ¿puede alguien en mi cuerpo mandar algo de sangre al cerebro? Gracias—. O sea, que sí estás, obviamente, pero que me estoy limitando a...

Él sonríe de forma especial. Y acabo de concluir que la sonrisa sexual de Brandon es mi favorita, de las cien que debe de tener. Pero me quita la mano de su paquete y, antes de que yo pueda objetar nada, echa a un lado mis braguitas y desliza un dedo por mis pliegues.

—Te estás limitando a cumplir algunas de mis mejores fantasías sexuales contigo. Y tengo muchísimas, no te imaginas cuántas. Además, como has podido comprobar, me lo estoy pasando muy bien. Me encanta hacerte esto, Lily. —Introduce un dedo en mi interior y yo siento un ramalazo de placer que me hace dar un grito—. Podría estar así siempre. Si de mí dependiera, viviría con mis dedos dentro de ti.

Repite la operación y yo empiezo a desmadejarme, me tiemblan las piernas y tengo que aferrarme a su cuerpo para no caer. A medida que aumenta la frecuencia, siento que el placer se va acumulando en un lugar concreto de mi vientre y que no para de crecer, hasta un punto que llega a ser doloroso. Brandon continúa torturándome cuando atrapa mi boca, y en el momento en que comienza a comérmela de nuevo, algo explota en mi interior y yo grito su nombre, aunque queda amortiguado por su beso posesivo, que continúa un rato más.

Yo... debería parar un momento. Necesito recomponerme para poder responder algunas preguntas básicas: ¿cómo me llamo? ¿Cuánto es dos y dos? ¿Cuántos dedos caben...? No, esa mejor no.

Es un detalle que Brandon me coja como en las películas y me deposite en la cama, porque ahora mismo podría dormir balanceándome en un mar de endorfinas que... Un momento. Esto no es dormir. Esto es húmedo y de nuevo muy placentero. Bajo la vista y solo veo la cabeza de Brandon entre mis piernas.

—Nooo, nooo, nooo —le digo con una risilla nerviosa mientras intento, con poco éxito, separarme de él; pero o no me oye o no me hace caso—, Brandon, escucha, yo no puedo tener dos orgasmos, ¿sabes? La mayoría de las veces ni siquiera tenía uno —estoy sin filtros, lo siento, Héctor—, así que sal de ahí porque... Uy.

Uy, qué gusto. A mi ex esto no le molaba mucho, era demasiado... pringoso. Pero Brandon ha empezado a lamerme con una suavidad exasperante, que hace que comience a agarrarme a las sábanas y retorcerme de placer. Y al principio creía que no iba a poder aguantar, porque aún tenía la zona sensible, pero ahora lo que no quiero es que pare. De repente se detiene y levanta la cara; la tiene toda brillante y una sonrisa orgullosa que solo hace que aumente más mi deseo.

—¿Decías...?

Niego con la cabeza y luego asiento. Le hago un gesto como para que siga, y él, tras ensanchar su sonrisa, vuelve a la carga. Al parecer, he perdido la facultad de hablar, solo puedo sentir. Y como antes, noto otra vez la tensión acumulándose en mi interior, esta vez mucho más rápido. Me invade, como siempre, el miedo a no poder liberar toda esa presión, pero él alarga un brazo y me pellizca un pezón, un pellizco fuerte y liberador que actúa como detonador de la segunda explosión de placer que sufro (bueno, sufrir, sufrir...) en apenas unos minutos.

Aunque he terminado, él sigue unos segundos más por ahí abajo, deleitándose con su trabajo. Como si realmente le gustara y no tuviera prisa por terminar. Después trepa por la cama, dándome algunos besitos sueltos a lo largo de todo el cuerpo, y se tumba a mi lado. Tiene la respiración agitada y está sudoroso. Me tapo la cara con la mano.

—Tío, te he hecho sudar —le digo, muerta de

vergüenza—, y tú no sudas ni en los partidos. Además, estás completamente vestido, y yo completamente desnuda y con dos orgasmos en el cuerpo. Diría que uno está empleándose más a fondo que otro.

Se ríe. Ah, su risa. Pero vamos a lo que vamos.

—Bueno, venga, ¿qué te gustaría que hiciésemos para ti, Brandon? —Y ahora es mi turno de poner tono seductor.

—Mmm, déjame disfrutar de la pregunta..., aunque la respuesta está clara —dice mientras se levanta y se pone a rebuscar algo en su maleta; coge una camiseta del Malac y viene hacia mí—. Quiero follarte, claro.

—Hala, qué fino... Pero, bueno, creo que con el segundo orgasmo he perdido mi derecho a parecer recatada.

Se sienta a mi lado y me besa fuerte otra vez, mordiéndome.

—No te quiero recatada, te quiero desatada. Y también me gustaría... —duda, y eso es raro, porque desde que hemos empezado esta maratón sexual ha parecido muy seguro de sí mismo—. A ver, espero que no pienses que es algo raro, pero me gustaría, me encantaría, que llevaras puesto esto mientras te hago mía.

Me ofrece la prenda y enseguida me doy cuenta de que es su camiseta de juego, con el número 3. Se la ha puesto esta mañana para la sesión de fotos. Levanto la vista hacia él, sorprendida.

—Si no quieres, no, claro —se excusa enseguida, porque yo me he quedado parada—, porque es un poco...

—¿Troglodita? —le digo sin poder ocultar la risa; se ha puesto colorado y todo, uf, es que es tan mono...—. Claro que me la pondré, Brandon. Para mí es un privilegio llevar tu camiseta, en cualquier situación; también mientras me... follas.

Me da tanta vergüenza lo que acabo de decir que me pongo la camiseta para no tener que ver su reacción. Cuando termino, él me está mirando fijamente, con un destello de orgullo en los ojos que hace que se me contraiga el estómago. Parece que ha saldado una antigua deuda pendiente. Pero yo sí tengo que pagar otra deuda y pretendo tomarme mi tiempo para hacerlo, como él ha hecho conmigo.

Me acerco a él y comienzo a desvestirlo, despacio, disfrutando de la maravillosa experiencia que es contemplar su cuerpo desnudo. Contengo la respiración cuando veo la gran cicatriz que le cruza la espalda (probablemente una secuela del accidente) y se la beso despacio. Por lo demás, el cuerpo de Brandon es perfecto, con la musculatura marcada, sobre todo en los brazos, los hombros y el abdomen. Y sus piernas... Tiene unos muslos enormes y duros. Ahora lo tengo en calzoncillos y tengo que obligarme a cerrar la boca. Es como estar con un modelo de anuncio, pero real. Podría intimidarme su perfección, pero tras haberme entregado a él como lo he hecho esta noche, mi cuerpo y mis instintos toman el control: lo tumbo en la cama y me siento a horcajadas sobre él. Comienzo a balancearme, de forma distraída. Sin quitarme ojo, traga saliva pesadamente; al final sí que voy a creerme que me desea, porque con este movimiento simple, lo noto endurecerse aún más y se le vuelve a acelerar la respiración. Desde esta perspectiva, me siento poderosa. Debo de estar algo tocada, porque le digo:

—Te tengo a mi merced, Brandon Salow.

—Desde hace tiempo, Lily. —Sonríe—. Me alegra que por fin te hayas dado cuenta. Y ahora, ¿follamos, por favor?

Me río. La verdad es que estoy segura de que yo ya no puedo irme más. Pero quiero darle lo que desea, quiero disfrutar dándole placer. Y si él piensa que *eso* cabe ahí dentro, pues allá vamos. Lo beso en la boca despacio, como no lo hemos hecho en toda la noche. Pero es que me gustan tanto sus labios que comienzo a chuparlos, y también a jugar con su lengua. Él se adapta a mi ritmo lento mientras no para de frotarse conmigo; para mi sorpresa, mi cuerpo, insaciable, va a su encuentro. Y de repente quiero sentirlo y me sobra la tela que nos separa, así que le quito los calzoncillos. Guau. Sí, es tan grande como parecía. Más grande, aún.

—Yo... no tomo la píldora —le digo con cierto temor, porque no había caído en eso—. ¿Tienes...?

—Tengo. —Se incorpora y yo trato de no fijarme en el mástil que tiene entre las piernas mientras saca un condón de su neceser—. A ver, cuando los metí esta mañana establecí que había un porcentaje de un 1 % de que pudiera usarlo contigo esta noche. Pero de ilusiones también se vive.

Se lo pone y ahora él se coloca encima de mí. Vuelve a besarme mientras me acaricia de nuevo por abajo.

—No hace falta... —le aclaro—. En fin, que esto es para ti, que quiero hacerlo por ti.

—Entiendo. —Me está dando la razón como a los tontos, ya lo voy conociendo—. De todas formas, necesito que estés excitada por motivos puramente egoístas. Si no, no cabe.

—Ah, sí.

Claro, tiene sentido. Me abro de piernas con una facilidad alarmante, pero ahora no me voy a poner con miramientos. Él me acaricia la entrada con los nudillos, mientras vuelve a besarme el cuello, de forma tan lenta que me descubro de nuevo diciendo cosas inconexas. Cuando coloca la punta de su miembro en posición, yo ni siquiera me doy cuenta, pero mis caderas se alzan, anhelándolo. Y él empuja y entra con facilidad pasmosa; pero es cierto que solo lo consigue hasta la mitad. Yo, por primera vez en toda la noche, me empiezo a agobiar.

—Es que..., ¿y si no podemos? Es decir, ¿y si físicamente somos incompatibles y...?

—Shhh, Lily —me dice él, con la voz contenida—, cálmate, porque así ya es perfecto. Tú eres perfecta, ¿de acuerdo? Tú solo mírame a los ojos.

Yo asiento; él asiente. Comienza a acariciarme el clítoris, y cuando hago un amago de desengancharme de sus ojos, gruñe, así que lo miro de nuevo: veo tal deseo en sus ojos que mientras las caricias van subiendo de nivel y la presión aumenta, compruebo que poco a poco mis paredes van cediendo y que al final es capaz de introducirse hasta el final. Si no estuviera tan cachonda, lo celebraría, pero ahora mi prioridad es que se mueva, porque si no voy a explotar.

—Brandon, haz... lo que sea, yo qué sé —gimo, con una voz tan lastimera que estoy haciendo llorar a los de la habitación de al lado, seguro.

—Voy, nena, es que me gustaría durar más, pero...

La primera vez que la saca y la vuelve a meter, tengo sensaciones encontradas. Es molesto y maravilloso a partes iguales. Pero hay una realidad, y es que quiero que lo repita. Así sucede varias veces más, hasta que lo único que quiero es que me embista, lo más rápido y lo más fuerte posible. Con el tiempo, el galope de Brandon se vuelve más irregular, como también son mis movimientos para recibirlo, porque ha tomado el control algo más primario que nosotros mismos. Cuando, por increíble que parezca, vuelvo a notar un remolino de placer en las entrañas, él dice mi nombre gritando, y tras dos empellones más, yo vuelvo a tocar el cielo, por tercera vez en la noche.

Se desploma sobre mí y, a pesar de que debe de pesar en torno a ochenta kilitos, pone su cuerpo en una posición en la que no me hace daño. Todo lo contrario, tengo pensamientos extraños sobre que me gustaría morir aplastada por él. Creo que ha ido genial, porque su corazón parece un tambor retumbando en mi pecho, pero de todos modos...

—¿Bien? ¿Te ha gustado? ¿Soy una amante maravillosa?

Se ríe y nos hace temblar a los dos. Entonces se incorpora con trabajo y, después de darme un beso en la punta de la nariz, se va al cuarto de baño, probablemente para deshacerse del condón y limpiarse un poco. Yo debería hacer lo mismo, pero se me cierran los párpados. De repente, hay saltos temporales y, entre un parpadeo y otro, siento que Brandon me abraza por detrás y que huele a limpio. Dios mío, su olor, qué forma tan genial de quedarme dormida. Y entonces pierdo la consciencia, no sin antes escuchar su respuesta a mi pregunta:

—La amante más maravillosa que he tenido nunca, Lily.

# Capítulo 22

—¡No llegamos, no llegamos! —grito en mitad de la estación de trenes de Atocha.

Por mi culpa, porque Brandon podría correr mucho más rápido si no me llevara agarrada de la mano, además de mi bolsa y su maleta. Pero no me suelta y eso está bien, porque como pasó en la ida, la gente se aparta cuando lo ve. Tengo el café y la tostada en la garganta, y me arden las piernas, así que le suelto, enfadada:

—¡Es tu culpa, te dije que no nos daba tiempo al último!

La gente no tiene por qué saber que «el último» hace referencia a nuestro tercer kiki de la mañana. Pero Brandon sí que lo sabe, así que se vuelve un segundo hacia mí con mi sonrisa favorita y su par de hoyuelos ahora a la vista (cuando he abierto los ojos esta mañana, la barba era cosa del pasado), mientras sigue corriendo. Llegamos justo a tiempo de subir al tren.

Pero aunque es ya la hora de salir y el azafato nos mira mal, me detengo un segundo antes de entrar. Solo puedo pensar en que en el momento en el que entremos en este tren tendremos que dejar de mostrar nuestros sentimientos en público. Solo así evitaremos cualquier problema. Así que...

—¿Me das un beso? —le digo, ignorando que el azafato ha gesticulado un «no» rotundo.

—Siempre —me responde.

Y me besa como besa Brandon, de forma que el universo se difumina alrededor y hace que los dos nos sintamos metidos en una burbuja, separados del resto. Una burbuja donde su olor y su sabor hacen que el tiempo y el espacio se detengan y donde podría vivir eternamente. Me obligo a explotarla, aunque él intenta retenerme un poco más, lo que lo vuelve más difícil todavía. Al separarnos, el jaleo de la gente, la megafonía y los sonidos de los trenes nos envuelven de nuevo. Trato de ignorar la boca abierta del azafato. Ya lo sé, chico, es que él no besa; él te destruye con un beso. Mira y aprende, guapo.

Según entro, me doy cuenta de que este vagón no es como el de la ida. Hay compartimentos grandes para el equipaje, una musiquita agradable de fondo y muchísimo más espacio entre los asientos mulliditos. Acabo de entrar en el Reino Desconocido de la Clase Preferente. Me vuelvo hacia Brandon, sorprendida.

—Espero que no te importe, he comprado otros billetes —me dice con las mejillas sonrosadas, aunque no tiene la respiración alterada—. Ven, vamos al fondo.

Y sigue caminando hacia una zona con cristales esmerilados en los que pone «Sala Executive». Brandon le enseña el billete a una azafata monísima, y ella le abre no solo la puerta, sino su sonrisa, su corazón, su vida. Me indignaría si no fuera porque él solo me está mirando a mí, y porque siento la calidez de su mano en mi espalda, empujándome con suavidad para que entre.

Se trata de un espacio para al menos nueve personas, con asientos de lujo, totalmente aislado del resto del tren. Estoy tan sorprendida que solo me fijo de refilón en que Brandon le dice a la azafata algo al oído, y aunque le haya pedido un bote de alcaparras, supongo que haber escuchado su voz tan cerca será para ella el momento más erótico de toda su vida. Se cierra la puerta y yo me quedo plantada en mitad de esta sala imposible en el interior de un tren, mirándolo, sin saber qué hacer con las manos.

Él se da cuenta de mi indecisión y en dos zancadas se planta junto a mí, me coge de las muñecas y hace que pase los brazos alrededor de su cintura. Yo lo aprieto, mientras él me devuelve el abrazo.

—¿Estás incómoda aquí? Todavía podemos volver a los asientos que tú compraste. Es que... —duda. Levanto la cabeza para ver si está tan avergonzado como suena—. Yo solo pretendía prolongar un poquito más nuestra libertad para comportarnos como queramos. No estoy pensando en..., aunque se me están ocurriendo un par de cosas interesantes que podríamos hacer en este asiento. —Intento empujarlo, pero me tiene cogida demasiado fuerte—. En serio, Lily, me dijiste que en el momento en el que entrásemos en el tren tendríamos que guardar las apariencias, y quería disfrutar de ti un poco más. Solo es eso.

—Es una excentricidad de rico —protesto, pero débilmente, porque en el fondo me encanta poder estar así con él—, te habrá costado un fortunón y solo son dos horas y media.

—Pagaría mucho más por solo cinco minutos —afirma con rotundidad, pero luego vuelve a dudar—. ¿Estás enfadada?

No, para nada. Pero se me está subiendo a la cabeza lo de tener a Brandon comiendo en la palma de mi mano.

—Eso depende. —Lo empujo y él me deja ir, porque quiere mirarme para ver si hablo en serio—. Depende de lo que le hayas dicho a la pobre azafata.

Se le ilumina la cara al ver que estoy de broma. Un hoyuelo. Dos hoyuelos. Uf.

—Le he dicho que no queríamos ni almorzar ni revistas ni nada. Que nos dejara tranquilos, vamos.

Me río. Pero me acuerdo de otra cosa...

—¿Y qué me dijo ayer Giovanni en italiano durante la despedida?

—Ah, eso —me coge de la mano, escoge uno de los butacones que hay, se sienta él y ¡me pone a mí en su regazo! ¡Solo vamos a usar uno de los ochocientos asientos que hay!—, es una tontería. Se disculpaba ante ti porque decía que no tenía en la carta lo que tú querías comer.

Enrojezco a lo bestia. Vaya con Giovanni, qué simpático. Aunque tengo que reconocer que yo ayer estaba fuera de control; me faltó ponerme a contonearme y a frotarme contra las esquinas como hacen los gatos. Y hoy, aunque más satisfecha, cuando miro a Brandon se me sigue cortando la respiración. Le acaricio la mejilla, que ya la tiene rasposa, aunque se ha afeitado hace poco. Qué guapo es.

—Brandon...

—Dime, Lily —me responde riéndose, y sé que anticipa alguna barbaridad que estoy a punto de soltar, tal vez por la forma en la que me he quedado mirándolo, embobada.

—¿Puedo poner en mi currículum que me he acostado contigo? Creo que es mi mayor logro hasta la fecha y esas cosas hay que explotarlas bien.

—Estás loca. Lo tendría que poner yo —afirma, y hago un mohín, porque no es lo mismo—. Además, no te vendría muy bien para tu plan de ocultar nuestra relación.

Nuestra relación suena bien. Tener que ocultarla, no tanto. Ha debido de percibir la tristeza que me ha invadido de forma súbita, porque, sin moverse del sitio, alarga la mano hacia su maleta, la abre y rebusca algo en su interior.

—Llevo tiempo queriendo darte esto, pero como creía que me odiabas, no me atrevía. Mi madre tuvo que dedicar quince minutos de su atareada vida a buscarlo entre mis cosas de la juventud y me lo mandó desde los Estados Unidos. —Al final, lo encuentra y me enseña un teléfono móvil antiguo.

—¡Un Alcatel One Touch! ¡Es el que me falta en la colección, el que me quitó Héctor! ¡Pero el suyo era azul, y este es morado, como el mío! —Muy contenta, se lo arrebato de las manos, y cuando lo observo mejor, me doy cuenta de que está... destrozado—. ¿Qué le ha pasado? ¿Lo ha atropellado un tanque?

—Bueno..., un camión, para ser exactos.

—El accidente... —digo en voz alta, sin poder refrenarme—. Lo siento, yo..., como acosadora tuya que soy desde hace tiempo, te busqué en internet y vi que habías sufrido un accidente brutal cuando eras joven. Si no quieres hablar de ello...

—No pasa nada. De hecho, creo que es algo que mi novia en la sombra debería saber. —Y aunque trata de ponerle humor al asunto, noto como se tensa—. Resulta que hay días en la vida, Lily, en los que verdaderamente es mejor no levantarse. A mí se me acumularon las tragedias en un día de esos, cuando tenía dieciocho años.

—¿Qué pasó? —Y hago un amago de levantarme

por si le molesta mi peso, pero él me retiene, como si me necesitara cerca.

—Pasó... de todo. Por aquel entonces yo jugaba en los Oseznos de la Universidad de California en Los Ángeles. Era el jugador más prometedor del equipo; en cuanto mi puntería mejoró, destaqué, porque era el más rápido, el que más asistía, el que más anotaba... Todos pensaban que daría el salto a la NBA en cuanto cumpliera los diecinueve. Y la verdad es que era bueno, era buenísimo. Pero... también era un desastre. —Hace una pausa, como para ordenar las ideas, y luego sigue—: Mi abuela, la persona que me había criado, había muerto hacía unos años y mis padres seguían pasando de mí, así que los mandé a la mierda antes incluso de cumplir la mayoría de edad. —Reprimo mis ganas de abrazarlo, me imagino a ese Brandon desvalido y fuera de control, y solo puedo compadecerme de él—. Estaba desatado: empalmaba una fiesta con otra, me metía de todo... Lo único que me importaba era el equipo y... la madre de Kimberly, Jennifer.

Trago saliva. Allá vamos.

—Jenny y yo éramos vecinos; nos conocíamos desde siempre. Yo creo que se enamoró de mí en la guardería. —Sonríe con tristeza—. De niños lo compartíamos todo, porque sus padres eran diplomáticos y tampoco tenían mucho tiempo para ella. Jugábamos juntos a todas horas. Y luego fuimos creciendo y ella siempre estuvo ahí, como si yo fuera su sol, pero yo..., yo quería el universo entero. Tú hablas de Travis, pero él es un santurrón comparado conmigo en aquel tiempo. Con la popularidad llegaron las chicas, y yo... las trataba fatal, tenía la sensación de que mientras menos atención les prestaba, más locas se volvían por mí. Y aunque Jenny me importaba, en ese sentido no fue una excepción. Me enrollaba con ella cuando quería, y luego me iba con otras. Y claro, nos estábamos distanciando porque yo tenía muchas otras opciones que eran menos complicadas. La última vez que me acosté con ella, la dejé diciendo que seguiríamos como amigos, pero que nunca volveríamos a repetirlo. Ella se enfadó y me dijo que perfecto, que también buscaría otros tíos. Me reí un montón. Estaría ciego, de drogas o de éxito, yo qué sé.

Se encoge de hombros y niega con la cabeza, como si no pudiera comprenderse a sí mismo.

—Recuerdo que al poco tiempo me llamó —continúa Brandon—, y yo estaba en casa de un amigo, después de un partido en el que había jugado especialmente mal. Estaba de un humor de perros y muy borracho, pero me dijo que era urgente y fui a su casa. Me la encontré hecha un mar de lágrimas. Me dijo que estaba embarazada, que sus padres se habían enterado y que la obligaban a tener el bebé. Y me confesó, porque aquella Jenny era terriblemente inocente a pesar de todo, que la última vez que habíamos estado juntos había dejado de tomarse la píldora para provocar esa situación.

Joder. Ojalá Brandon no le hubiera dicho a la azafata que no nos interrumpiera, porque sería un momento excelente para un traguito de agua o... un *whisky* doble. Le cojo la mano y, por primera vez, noto que la tiene helada.

—No..., no te voy a decir lo que salió por mi boca en aquel momento. Se me fue la cabeza y fui cruel, Lily, y ella había sido mi amiga, pero yo solo podía gritarle. Le dije que pretendía arruinarme la vida y que ni de coña me iba a hacer cargo de ese bebé, que se las apañara como pudiera.

Ahora es Brandon el que hace un amago para

retirarme de su regazo, pero se lo impido y le busco los ojos.

—Me quedo aquí, Brandon —le digo con contundencia y trato de que siga contándome la historia—. Oye, es una pregunta asquerosa, pero... te había dicho que iba a buscarse otros hombres, ¿estás seguro...?

Él sonríe, y tiene el detalle de no dejarme hacer la pregunta.

—Soy el padre de Kimberly, Lily. Lo demostró una prueba de paternidad posterior. Pero aunque no hubiera ningún papel que lo acredite, tiene mis ojos, ¿no te fijaste? —Sí, me fijé, le dije que me encantaban, por cierto—. Y tú no la has visto jugar, pero... se parece mucho a mí.

Lo dice con orgullo. Está orgulloso de su hija. Pero entonces..., ¿qué pieza me falta?

—Aquella noche estaba lejos de acabar —sigue contando Brandon—. Dejé a Jenny en su casa y me puse a conducir sin un rumbo fijo. Normalmente cogía la autovía, pero supongo que aquel día estaba tan furioso que no sabía ni a dónde iba. Y de esta parte no te puedo dar más detalles porque solo sé lo que ponía en el informe de la policía, ya que mi memoria está en blanco. Al parecer estaba parado en el arcén de una carretera secundaria. Hay que ser imbécil, pero allí estaba yo, con las luces apagadas. Pasó un camión y simplemente no me vio. —Se me están empañando los ojos, pero hago un esfuerzo sobrehumano por no llorar—. Me arrolló. Por fortuna, el camionero salió indemne, pero yo caí por el terraplén y di varias vueltas de campana en el coche. Se me clavó parte de la luna delantera en la espalda, y aparte de otras lesiones, sufrí un traumatismo craneoencefálico que me provocó un coma que, entre unas cosas y otras, duró... casi un año.

Vale, mis lágrimas salen descontroladas todas a la vez, y cuando él lo ve, comienza a limpiármelas una a una, pero las muy diligentes no paran de salir.

—¿Y estas lágrimas? —me pregunta, tratando de reponerse—. ¿Son de decepción? ¿Creías que estabas sentada encima de un héroe y te has dado cuenta de que solo soy alguien despreciable? ¿A que ya no tienes ganas de poner nada en el currículum?

—Sigues siendo lo mejor que me ha pasado, Brandon —lo corto, porque se está viniendo arriba con tanta autocompasión—. Son lágrimas de dolor, porque sí, fuiste un capullo, pero, joder, qué mala suerte. Tampoco sabremos nunca si hubieras cambiado de opinión al poco tiempo, porque te arrolló un camión que casi acaba con tu vida. ¿Qué pasó cuando te recuperaste?

—Pues que me enteré de que Kimberly tenía casi tres meses y Jennifer había rehecho su vida con otro. Era alguien mayor y con dinero, amigo de sus padres, que no podía tener hijos. Sigue con él. No te voy a decir que me desperté del coma hecho un santo de repente, pero sí es verdad que fue por Jenny por la primera que pregunté —dice como avergonzándose de contarme, al fin, algo positivo—. Por supuesto ellos no querían saber nada de mí y me eliminaron de la ecuación, pero lo entiendo. Solo me han dejado acercarme ahora que ella ha decidido jugar al baloncesto, porque aún tengo por allí algún contacto que les resulta útil.

—¿Y tú, cómo te despertaste del coma? —digo con un inoportuno hipido; he llorado más de lo que creía.

—Pues fatal. No podía levantar un brazo, imagínate tirar a canasta. Había perdido toda la masa muscular, la coordinación, los reflejos... Y a nivel psicológico estaba hundido. No tenía nada a lo que aferrarme. Mi mundo era el baloncesto, pero me había despertado con menos movilidad que la de un niño de cinco años. Tuve que empezar de cero. Y aunque trabajé muy duro, más que en toda mi vida, nunca volví a ser como antes, para bien y para mal. Con veintipocos años pillé una depresión al comprender que la NBA se había vuelto un sueño inalcanzable para mí. Probé suerte en Europa, donde me surgió una oportunidad. Fui mejorando cada temporada, en los distintos equipos que me fichaban. Perseverancia no me falta, desde luego. Pero en lo demás tengo la sensación de que he estado dando tumbos de aquí para allá hasta... ahora.

En el momento en el que termina su historia, me levanta en peso y me coloca en otro asiento, justo a su lado.

—¿Qué haces? —le digo de malas formas, porque no me gusta que me aparte de él.

—Mira, he escogido estos billetes por la intimidad y tal, pero también porque sabía que, al darte el móvil, a lo mejor me atrevía a contarte esta parte de mi vida. Aquí hay espacio suficiente para que, si así lo prefieres, te puedas alejar un poco. A ninguna mujer le gustaría escuchar la historia que te acabo de contar, pero encima tú tienes un padre que te abandonó, así que me imagino que debes procesarlo todo. Si quieres, me voy a los asientos que tú compraste.

Se me parte el corazón al ver la mirada expectante que me dedica, como preparándose para lo peor. No quiero hacerle sufrir, bastante lleva ya. Me levanto con diligencia y me siento a horcajadas encima de él. Atrapo su boca y lo beso. No tengo su maestría, pero a través de este gesto espero poder transmitirle todo lo que siento por él: amor y agradecimiento por que haya compartido su historia conmigo. Pero por si acaso, para que no le quepa ninguna duda de cuáles son mis sentimientos hacia él, decido aclarárselo con las palabras adecuadas:

—Te quiero, Brandon, con tu pasado y todo. Creo que has tenido bastante sufrimiento ya, y que te mereces ser feliz.

Él abre mucho los ojos y noto una humedad sospechosa en ellos. Su mano ha recuperado su calidez habitual y agarra la mía.

—No puedo explicarte lo liberador que es haberte podido contar esto. Y que me aceptes, a pesar de todo. —Y añade, como si no tuviera importancia—: Yo también te quiero, por cierto.

Meto la cabeza en la curva de su cuello, con nuestros cuerpos perfectamente acoplados. Hacemos el resto del viaje así, acurrucados, en el salón para ejecutivos del AVE.

Al parecer, decidimos tácitamente que el taxi también es terreno neutral y que podemos prolongar allí nuestras exhibiciones públicas de afecto. Solo hemos parado para avisar a mi madre de que ya había llegado, pero luego hemos seguido besándonos como si no hubiera un mañana. Tengo los labios irritados y las mejillas encendidas porque la barba de Brandon ya raspa otra vez, pero es que no podemos separarnos. Al bajarme del taxi, la conductora me ha sonreído y ha levantado los dos pulgares, como diciendo: «Buen trabajo, hermana». No tengo tiempo de abochornarme. Tanto Brandon como yo ascendemos por las escaleras (no sé por qué no hemos cogido el ascensor), para llegar al apartamento cuanto antes.

Le estoy subiendo la camiseta por detrás mientras él abre la puerta, cuando escuchamos una voz que no esperábamos, porque se suponía que estaba entrenando.

—Tío, cuánto has tardado, creía que me moría de aburrimiento, han suspendido el entrenamiento porque ha habido un problema con el parqué... —Travis está sentado en el sofá y se vuelve hacia nosotros un segundo después de que yo suelte la camiseta de Brandon—. ¡Lily!, qué guay. Hacía tiempo que no venías por aquí. ¿Qué te ha pasado en la cara? ¿Es un sarpullido? ¿Se pega?

Siento una decepción tan grande al verlo que me quedo quieta como una estatua. Y no es que tenga nada en contra de Travis, que sí lo tengo, es porque representa lo que va a pasar a partir de ahora. Que Brandon y yo tendremos que fingir que solo somos amigos. En el Palacio, ni eso. Uf, es demoledor. Entonces noto que Brandon me pellizca el brazo. Estoy tan cabreada que lo retiro con brusquedad. Me doy cuenta de que quiere aprovechar para decirme algo, mientras Travis se ha vuelto para ver en la tele cómo un hombre se come una hamburguesa más grande que su cabeza.

—¿Se lo decimos a él? —susurra.

—¡¿Qué?! —le respondo yo, gritando en voz baja, que es algo muy difícil de hacer—. ¡No! ¡A él menos que a nadie!

—Es que... estaría bien que lo supiera, para que nos dejara en paz. Se pasa todo el día en mi casa.

—¡Ya, pero es un bocazas! —Me duele la garganta, y quiero zanjar este asunto—. No es buena idea, Brandon.

Él asiente, resignado, justo antes de que Travis se gire hacia nosotros.

—¿Qué hacéis? ¿Queréis cerrar la puerta y pasar

de una vez? Qué raritos, macho. —Hace un amago de girarse de nuevo hacia el hombre devorador de comida gigante, pero algo le llama la atención y, de repente, salta del sofá y lo tengo justo al lado—. Eeeh, Lily, pero ¿qué ven mis ojos? —Me señala el cuello y yo tardo en entender a qué se refiere—. ¡Tienes un chupetón!

Demasiado tarde, me tapo la marca del cuello. Mientras Travis comienza a entonar el *We Are the Champions*, no sé por qué, y a dar saltos en el sofá (un espectáculo; a ver si hay suerte, pega uno fuerte, se choca contra el techo y cae inconsciente), veo que Brandon intenta disimular actuando con cierta normalidad. En realidad está arrastrando la maleta de un lado a otro, pero es mucho mejor que lo que estoy haciendo yo, que es quedarme petrificada, rezando para que no ate cabos.

—¿Y quién ha sido, Lily? —me pregunta, inexplicablemente contento; como ve que no contesto, se vuelve hacia Brandon y yo me quedo sin respiración—. ¡Brandon! —No, no, no—. ¿Tú sabes quién ha sido?

Fiuuu.

—Ni idea, tío —dice Brandon, observando con un interés desmesurado un cuadro con un círculo rojo y otro azul que tiene colgado en su propia pared—. Deja de dar saltos en el sofá, Travis.

—¿Cómo será el tipo de Lily? —continúa Travis, bajándose del sofá—. ¡Un capullo, seguro, como tu ex!

—Tú no conoces a mi ex —espeto, arisca, y de repente noto que Brandon me está mirando, con una ceja levantada—, pero, vamos, que sí que era un capullo. Pero lo de ayer fue... increíble. Él es increíble.

Brandon vuelve a contemplar el cuadro más feo de la historia, pero esta vez sonriendo. Mientras,

Travis, que estoy segura de que padece de hiperactividad, se me acerca, me coge la mano y me hace dar una vuelta.

—Oooh, el amor te sienta bien, Lily, estás muy guapa. Es una pena que tu rollete sea de Madrid. Pero, oye, entiendo que si te has liado ya con alguien, es que has abierto la veda después de lo de tu divorcio. Y quiero que sepas que puedes llamarme siempre que quieras disfrutar de esto. —Se señala a sí mismo; después se acerca y baja la voz, aunque, por desgracia, no demasiado—. Al fin y al cabo en Navidad faltó nada para que nos liáramos.

Suena una puerta cerrarse de golpe, tan fuerte que Travis y yo damos un salto. Ha sido Brandon, que se ha metido en su habitación, nada contento, al parecer.

—¿Qué le pasa? —me pregunta Travis—. Últimamente está de un humor de perros; desde Navidad, precisamente, parece un alma en pena.

—Oye…, déjame hablar con él, ¿vale? Las mujeres tenemos más psicología con estas cosas.

—Vale, pero… ¿en el viaje ha estado bien? —Travis está preocupado, y eso hace que me remuerda mucho la conciencia, porque él no está programado para preocuparse más que por sí mismo.

—Sí, muy bien. A lo mejor está cansado.

—¿Él también tuvo lío? —Pero se responde a sí mismo—: No creo, ahora parece un monje. A menos que allí estuviera la Florisa esa. ¿Sabes que en realidad estaba loca por mí? Un día, me pilló en la cocina…

—Está bien, Travis —me dirijo a la habitación de Brandon—, voy a ver qué le pasa a Brandon y a terminar de hacerle una entrevista sobre el premio, que es para lo que estoy aquí, ¿vale?

—Vale, vale —dice prestando de nuevo atención

a la tele—. La verdad es que no sé por qué no me lo han dado a mí.

Toco un par de veces a la puerta, pero la abro antes de que me inviten a pasar. Cierro y veo que Brandon está sentado en la cama, sujetándose la cabeza con las manos. Cuando me oye, levanta la mirada hacia mí.

—Lo siento, es que tengo un problema con esa noche —admite—. Y este gilipollas no para de recordármela.

—No pasa nada. La próxima vez que lo hagamos te prometo que me pondré la equipación completa con el número 3; si te hace sentir mejor, también llevaré los pantalones. —Me siento a su lado y apoyo la cabeza en su hombro.

Resopla.

—¿Y para qué voy a querer yo que lleves los pantalones puestos? —me dice con tono lastimero, pero me alegro de que se lo tome con humor—. Lily, esto es una mierda.

—Sí, lo es —confieso—. Oye, Brandon, si ves que es demasiado, que es insoportable para ti, pues...

—Pues... ¿qué, Lily? No voy a dejarte, si es lo que estás pensando, y creo que tú no quieres dejarme a mí. Pero ¿hasta cuándo tenemos que seguir fingiendo? ¿Cuál es nuestro objetivo?

—Nuestro objetivo es el final de la temporada —le digo aparentando una seguridad que no tengo en absoluto—. Buscaré otro trabajo y...

—¿Y por qué tienes que cambiar tú de trabajo? Yo puedo buscar otro equipo.

Mi hincha interior se retuerce ante esas palabras.

—¡Ni hablar! Tienes contrato por dos temporadas. Y eres el mejor jugador de la ACB, así que debes permanecer en el mejor equipo —afirmo. Él

arquea una ceja, al parecer cree que el Real Madrid
o el Barça son mejores, pobrecillo—. ¿Sabes qué? A
lo mejor tenemos suerte, y el que se va es Durán.
Puede que no le renueven, ¿no? Ya verás como todo
se soluciona, al final.

Él asiente, no muy convencido. Pero he conseguido que tenga un color más saludable en la cara,
y no el morado berenjena ese que se le había puesto antes. Me acerco a darle un besito en la mejilla,
pero él es muy rápido y enseguida me encuentro
tumbada, con él encima. Nos miramos a los ojos
con impotencia. Si Travis abre la puerta ahora mismo, sería muy difícil justificarnos, por muy poco
suspicaz que sea.

—Brandon —le digo acariciándole la barbilla.

—Dime, Lily —me dice aspirando mi olor en el
cuello.

—¿Sabes qué es mucho más barato que alquilar
una sala para ejecutivos en el AVE y, en mi opinión,
mucho más necesario?

—No, ¿qué?

—Comprar unos puñeteros pestillos.

# Capítulo 23

Querido Teo:

¿Cómo estás? Espero que bien. ¿Te das cuenta ahora de lo absurdo que es escribirte una carta tradicional? Hablamos o nos mensajeamos cada día, así que todo lo que te cuente aquí ya lo sabrás desde hace tiempo. Pero, bueno, como dices que al buzón de tu flamante apartamento nuevo de Los Ángeles solo te llegan facturas y publicidad, y que te haría muchisisísima ilusión que «alguien» te enviara una carta como Dios manda, pues aquí está tu amiga del alma para hacerte feliz.

¿Qué te cuento? Pues que el Malac va genial, que somos subcampeones de la Copa del Rey y hemos quedado cuartos en la competición europea. Son buenos resultados, pero no son un título. A ver qué pasa con la ACB. Como sabes, los *play-off* son una locura, pero todo apunta a una posible final entre el Malac y el Barça. Madre mía, ¿te imaginas que ganamos la liga? Si lo hacemos, te vienes a celebrarlo, ¿eh? ¿O es que ahora eres guay y te has vuelto de los Lakers? Uuuh, fuera, chaquetero.

Te echo de menos, Teo, ojalá estuvieras aquí. Te reirías mucho con mi actual vida. Es caótica y frustrante, pero también divertida, hay que reconocerlo.

Por ejemplo, hace unos días, entré en el vestuario con la planificación semanal de entrevistas para los jugadores y enseguida Durán me despachó su mirada habitual de «Eres la *number* 1 en mi lista negra y siempre lo serás». Intenté ignorarlo mientras me percataba de que el único que faltaba en el vestuario era Brandon; el resto de los chicos formaban un círculo alrededor de Travis. Les estaba contando que por fin su compañero de piso se había echado novia. Yo me quedé muy quieta, muerta de angustia, pero cuando los demás le preguntaron cómo era, Travis admitió que no la había visto. Suspiré, aliviada, pero me duró poco, porque enseguida añadió que *sí* la había oído. Les dijo que la chica en cuestión era insaciable, una diosa del sexo (para que veas), porque el cabecero de Brandon no paraba de sonar, y que había escuchado crujir el resto de muebles de la habitación (se inventó lo de la silla giratoria, pero nos ha dado una idea).

Comentó también, en plan cotilla total (le faltaban los rulos, de verdad), que no le extrañaba que Brandon hubiera colocado pestillos en la puerta de su dormitorio y en la que conecta ambos pisos. Y que estaba seguro de que su amigo aún no le había presentado a la *viciosilla* (cito literalmente) para que no se enamorara también de él, como ocurrió con Florisa (Marisa, en realidad). Al poco entró Brandon y todos los compañeros comenzaron a silbarle y a chocarle la mano. Yo me tuve que salir del vestuario, me quedé sin repartir la agenda y esta semana todo el mundo ha llegado tarde a las entrevistas. ¿Qué te parece?

La verdad es que estoy colgadísima por Brandon. A veces tengo problemas para creer que el jugador que hace un triple doble en la cancha es el hombre que me hace el amor por las noches. Como lo llevamos en secreto, y no nos saludamos ni nos hablamos durante el día, a veces me planteo si es un sueño (ahora te aguantas, porque ha sido tuya la idea de que te escriba una carta y no tengo que soportar tus falsas arcadas mientras te cuento esto). Es atento, inteligente y dulce. Y aunque es temperamental, trabaja para mejorar.

Ya sé que es un poco pronto, pero me imagino mi vida junto a él. No hemos vuelto a sacar el tema de los niños, pero cuando vemos una peli y aparece algún bebé siempre me dice «Qué tierno» o «Qué cosa más bonita». A Héctor le daban escalofríos y taquicardias. Y tendrías que verlo con los chavales de la cantera. Mientras yo termino mis tareas, él se queda con ellos, enseñándoles. Tiene una paciencia increíble, se sabe el nombre de todos y, claro, es su ídolo. No sé, yo creo que sería un padre estupendo. Espero que no lo comprobemos demasiado pronto, porque el otro día tuvimos un desliz. Y él no entró en pánico, se rio y todo. Dijo que a ver si todos nuestros esfuerzos por ocultar nuestra relación se iban al traste porque aparecía yo con un bombo, y luego con un bebé clavadito a él. En fin.

Yo, por mi parte, me encuentro mucho más feliz que antes. Antes de divorciarme, digo. Me recuerdo a mí misma en la época de la facultad; tengo más energía, me río más... Se me ha ocurrido una idea para un libro, pero aún es solo eso, una idea. En cuanto

Tío, qué fuerte. Es lo que tienen las cartas, Teo, que me he enterado de una cosa increíble mientras te la escribía y ahora tengo que contártela por aquí. Es indignante. ¡Será capullo! Resulta que Brandon se ha leído por encimilla el libro de Héctor (dice que lo vio en la librería y que le entró curiosidad),

¿y sabes qué? (Sí lo sabes porque esta carta te llegará el mes que viene y pienso contártelo ahora mismo por teléfono, pero bueno). Pues que en *Memorias de Blas Infante* Héctor ha incluido una relación romántica que es igual que la de mi novela. Vamos, que tiene hasta frases copiadas. ¡Qué poca vergüenza! Se quejaba de mis diálogos y resulta que los ha reproducido tal cual en su libro. Brandon dice que lo denuncie, pero..., no sé, tengo que digerirlo.

Vale, Teo, te voy a dejar; esta noticia me ha dejado con el cuerpo cortado. Te echo muchísimo de menos. Tengo ganas de que conozcas a Brandon, ¡por fin te caería bien mi novio! En serio, me encantaría que quedásemos los tres, sería superdivertido. Quizá en Los Ángeles, este verano... Bueno, ya iremos hablando.

Te quiero mucho.

Lily

# Capítulo 24

Brandon está de mal humor. Lo he notado en cuanto lo he visto salir a calentar. Precisamente hoy, en Barcelona, en el partido que decidirá si el Malac gana la liga ACB por primera vez en su historia, mi novio secreto está de un humor de perros. Y yo no tengo mucho tiempo para averiguar qué le pasa, porque mañana se repartirá un dosier especial del equipo junto con los periódicos de nuestra ciudad, y Sole, que se ha quedado allí, está teniendo problemas con el índice. Deberíamos mandar ya a imprenta las dos versiones («¡Enhorabuena, campeones!» o «¡Enhorabuena, subcampeones!») para que lo tengan preparado justo cuando termine el partido, pero antes tenemos que resolver lo del índice. Y aquí estoy yo, con un ojo puesto en el ordenador y otro en Brandon, como si fuera un camaleón.

Puede que simplemente esté cansado, como todos. Hace varios días que yo he empezado a encontrarme físicamente mal. Pero es que los *play-off* son terribles. En apenas tres semanas hemos apeado de la competición al Tenerife en cuartos, y al gigante Real Madrid en semifinales. Después han llegado los cinco partidos de la final. Perdimos los dos primeros contra el Barça en el Palau, ganamos los dos de casa y ahora hemos regresado a Barcelona para disputar el partido definitivo. Pase lo que pase, hemos hecho historia. Es un orgullo para mí formar parte de esto, aunque sea desde mi humilde posición. Pero mi euforia disminuye cuando veo a Brandon lanzar la bola, solo, una y otra vez. En esta parte del precalentamiento normalmente no para de alentar a los compañeros. Hoy, no. Ni tampoco mira a la grada de reojo, como suele hacer, para buscarme entre el público. ¿Qué te pasa, Brandon?

Por fin. Ya he conseguido terminar el índice. Llamo a Sole para decirle que se lo he enviado al correo mientras bajo por las escaleras. Gracias a mi acreditación de prensa puedo pasar a la pista. Varios jugadores me saludan, también los utilleros y Fernando, el segundo entrenador. Pero el corazón casi se me para cuando veo que Durán se levanta y viene hacia mí, sonriendo. Pero no sonriendo en plan «Lily, he descubierto tu lío con Brandon y a partir de ahora no vas a trabajar ni en el folleto del Lidl», no. Sonríe como si fuera una persona normal y sonriente.

—Lily, creo que te voy a dar más trabajo en los próximos días. Vas a tener que organizar una rueda de prensa extra. —Me da una palmada amistosa en el hombro y yo parpadeo; ¿será el mareo que tengo, que me provoca alucinaciones?—. Aún no es oficial, pero me van a renovar para la próxima temporada.

Joder. Sin poder evitarlo, miro a Brandon de inmediato. Él sigue a lo suyo, disparando triples como si fuera una metralleta, pero sé que está pendiente de esta conversación. Así que esto es lo que le pasa. Se acaban de evaporar nuestras esperanzas de normalizar nuestra situación para la próxima temporada, si ambos seguimos en el Club. Porque la amenaza de Durán es nuestro único obstáculo, ya que he investigado y no hay ninguna cláusula legal en mi contrato, ni en el de Brandon, que nos impida mantener una relación sentimental. Pero tal vez Marcos haya cambiado, está tan sonriente...

—Así que ya sabes, Lily —baja la voz y me dice al oído—: otro añito más sin meterte en los pantalones de mis chicos, ¿vale?

Pues no, no ha cambiado. Qué desagradable es este hombre. Y ahora soy yo la que se viene abajo. Necesito un poco de soledad para digerir la noticia. Supongo que eso es lo que le pasa a Brandon también. Para alejarme del jaleo, me dirijo al interior del pabellón por una de las esquinas. Pero no voy a poder regocijarme con mi decepción, porque enseguida me encuentro a Travis.

—Eh, Lily, asegúrate de que en las crónicas pongan que hoy anotaré cuatrocientos puntos en la liga ACB, ¿vale?; y que soy el jugador más joven... Oye, ¿estás bien? Se te ve paliducha.

—Sí, todo bien, no te preocupes. —Hago un gesto con la mano para quitarle importancia—. ¿Que eres qué?

—Bah, da igual. En serio, ¿necesitas agua o algo?

Levanto la cara para mirarlo a los ojos. Ahora la que se preocupa soy yo.

—¿Qué te pasa, Travis? ¿Por qué estás siendo tan amable? ¿Los médicos del Club han detectado que voy a morirme y no me lo han dicho a mí pero sí a ti?

—Pues no —se acerca a mí y me pasa un brazo enorme por encima de los hombros—, es que me preocupo por ti. Somos amigos, ¿no?

Asiento y al instante me invade un sentimiento de culpabilidad tan enorme como el jugador que tengo junto a mí. La verdad es que sí lo considero mi amigo. Un amigo metepatas y egoísta, pero amigo al fin y al cabo. Y serán los nervios, el agotamiento o el chasco por lo de Durán, pero siento que se me saltan las lágrimas.

—Jo, Travis, qué bonito. Venga, un abrazo.

Para Travis abrazarme tiene que ser lo más parecido a no abrazar a nadie, porque de inmediato me pierdo en la mole de su cuerpo. Enseguida mi imaginación se llena de osos de peluche gigantes. Hasta que me doy cuenta de que me está hablando:

—Lily, qué pequeña eres, si alguna vez nos acostáramos, y es algo que a lo mejor deberíamos plantearnos de nuevo, parecería como cuando estás en una terraza y un perro enorme se acerca a una perrita minúscula, que todo el mundo aguanta la respiración y...

—Vale... —me separo de él—, suficiente.

—Bueno, me voy. Tengo unos rivales que aplastar. Hasta luego, Lily.

—Adiós, Travis. No tengas piedad con ellos, ¿vale?

Me guiña el ojo y se marcha, mientras yo sigo andando por el pasillo; me detengo cuando llego a una sala pequeña a mi izquierda. Decido que este va a ser mi refugio durante cinco minutos, antes de centrarme en la final, que es lo realmente importante hoy. Abro la puerta, enciendo la luz y veo que es un pequeño almacén, con conos, vallas, cintas y otras cosas que usan en los entrenamientos. Estoy a punto de sentarme en una silla de plástico cuando alguien entra en mi refugio. Menos mal, es Brandon.

—Qué susto me has dado, ¿cómo puedes ser tan grande y tan siniestro? —le pregunto con la sonrisa bobalicona que él me provoca siempre.

—Más bien es que tú eres un poco despistada —me contesta mientras se acerca a mí—. Te he seguido desde la cancha y ni siquiera te has dado cuenta.

—¿Has visto el abrazo que me ha dado Travis? —Asiente—. ¿Y te has puesto taquicárdico? —Asiente otra vez—. ¿Querías estrangularlo, descuartizarlo, quemar los cachitos de su cuerpo mutilado? Es muy grande, te daría mucho trabajo.

—Da igual, después de decirte lo del perrito grande y la perrita pequeña, creo que me tomaría todo el tiempo del mundo y que lo disfrutaría. —Me agarra y me da un abrazo de los suyos, de los que huelen a gloria—. Pero tiene razón en algo, y es que no tienes buena cara. ¿Te encuentras bien?

Ahora asiento yo y aprovecho para refugiarme en su pecho.

—Estoy cansada; como tú, como todos. Y triste, por la renovación de Durán.

—¿Te ha vuelto a amenazar?

Dudo. Pero me he propuesto ser sincera con él siempre, así que...

—Sí.

—Menudo cabronazo. —Veo que está haciendo un esfuerzo por serenarse antes de hablar—. Lily, tenemos que...

—Oye, Brandon, hoy deberíamos centrarnos en la final —le digo a su pecho—. Ya veremos. La verdad es que a mí... no me importaría cambiar de trabajo, te lo digo en serio. Esto es agotador, y si al menos me pagaran bien, pero...

—Quizá me retire, Lily; yo también estoy cansado ya.

Sigo abrazada a él, pero levanto la cabeza para mirarlo a los ojos.

—Ni se te ocurra. —Trato de parecer una tía

dura—. Tienes que darnos al menos dos títulos de liga. Hoy, el primero.

Él suspira mientras me acaricia la mejilla.

—Mi pequeña *hooligan*.

Y me besa. Esto no deberíamos hacerlo, pero es lo primero bueno que me pasa hoy. Encima, desde que nos vinimos a Barcelona, no hemos pasado ni un segundo a solas. Le devuelvo el beso con ganas..., hasta que escucho cómo se abre la puerta de golpe. Brandon y yo nos separamos y vemos a Travis con la boca abierta, mirándonos con perplejidad.

Puedo deducir el momento exacto en el que concluye que yo soy la diosa del sexo (y la *viciosilla*) que escucha a través de la pared de su casa; es el momento en el que pasa de la conmoción a la decepción. A mí se me revuelve el estómago cuando lo veo y doy un paso hacia él.

—Travis, yo... Teníamos que habértelo contado, pero...

—Qué fuerte —me interrumpe él, mirándonos a los dos—. Mi mejor amigo y mi mejor amiga, liados; y no habéis sido capaces de decírmelo ninguno.

—Brandon quería decírtelo —explico; mejor que me odie a mí solo, antes que a los dos—, pero yo se lo impedí.

—Me lo impidió porque Durán la amenazó con amargarle la vida si se liaba contigo o conmigo —me defiende Brandon—. Nos hubiera gustado contártelo, pero...

—Pero pensasteis que era imbécil y que no podría guardar vuestro secreto. —Aprieta los puños—. Hubiera sido capaz de mantener la boca cerrada, que lo sepáis.

—Travis... —comienzo a disculparme de nuevo, pero él ni me mira, solo se dirige a Brandon.

—El míster pregunta por ti, Brandon. Por cierto, como no me habíais dicho nada, le he dicho que te he visto ir detrás de ella y que parecía que tenías que decirle algo urgente. No le ha sentado nada bien.

Y se marcha dando un portazo.

—Mierda —decimos los dos al mismo tiempo.

Jamás pensé que si el Malac llegaba a forzar el quinto partido en la final de los *play-off* de la ACB, yo tendría la mente puesta en otro sitio. Pero así es. Estoy viéndolo como si fuera una película. No logro conectar con el partido, solo estoy pendiente de Travis y Brandon, y de cómo se relacionan en el campo. Por ahora están como siempre, el escolta dándole asistencias al pívot y este machacando el aro rival; Travis haciendo bloqueos para facilitarle el tiro a Brandon y que este pueda meter de dos y de tres. Pero no celebran las canastas del otro. Ni siquiera se miran. Eso es evidente, y se me forma un nudo en la garganta cada vez que lo veo.

El partido está siendo muy duro, con muchas faltas. En mi opinión bastante poco objetiva, alguien debería decirle al entrenador del equipo catalán que esto no es fútbol americano, sino baloncesto. Pero están en casa, hay un ambiente ensordecedor en el Palau y lo que para nosotros sería una gesta, para ellos es casi una obligación, porque a pesar de los fichajes de Brandon y Travis, nos triplican en presupuesto. Todo el mundo está sobreexcitado; ya se han pitado dos antideportivas, una para cada equipo. A Brandon le han hecho una brecha en la ceja y no he podido contener un grito. Travis ha luchado por un rebote levantando los codos y ha noqueado a dos rivales al mismo

tiempo. Madre mía, niños, no veáis esto. Los entrenadores han agotado los tiempos muertos pidién-
doles calma a los jugadores. El primer cuarto ha
sido nuestro, pero ahora, en el segundo, perdemos
de tres.

Miro el reloj: quedan cinco segundos y ellos tienen la posesión. En este último tiempo muerto
antes del descanso, Durán no para de gritar ins-
trucciones. Va a ser difícil empatar, habría que ro-
barles la pelota y tirar desde medio campo. Quizá,
si le llega la pelota a Brandon, pero... difícil.

El árbitro principal silba y los jugadores ocupan
sus posiciones. En la zona está pasando casi de
todo, creo que se están dando hasta pellizcos, qué
barbaridad. Saca el base del equipo blaugrana y...
¡No me lo creo, Endinga intercepta el balón! Quedan tres segundos y lanza, a la desesperada, la pelota al campo rival, donde esperan tanto Brandon
como Travis. Pero están demasiado juntos y reciben el balón... los dos a la vez. Dos segundos. Se
produce un forcejeo entre ambos. ¿Qué haces, Travis? Esa pelota es de Brandon, porque estáis más
allá de la línea de 6,75 y los triples no son tu espe-
cialidad. Pero ya solo queda un segundo y no suelta el balón, lo hace Brandon. Cuando el pívot lanza,
el tablero se ilumina y la pelota no toca ni aro.

A mi alrededor se ha producido un silencio raro.
En un primer momento, la gente no entiende lo
que ha pasado, pero la explicación que se va extendiendo en la grada es que ambos jugadores se han
confundido y creían que forcejeaban con un rival,
en vez de con un compañero de equipo. Eso provoca las risas de los aficionados locales, que empie-
zan a corear: «¡Tontos, tontos!». Si la realidad no
fuera aún peor, me gustaría coger el micrófono del
*speaker* y decir: «¡No son tontos, es que se estaban

peleando por mi culpa! ¡Y no se insulta, está feo!».
Pero, claro, no lo hago. Además, estoy preocupada,
porque Brandon y Travis se han ido corriendo al
vestuario en cuanto el árbitro ha pitado. Solo espero que...

—Lily, Lily. —Fernando, el segundo entrenador,
viene corriendo hacia mí, con un color muy poco
saludable en la cara—. Ven al vestuario, Marcos
quiere verte inmediatamente.

Oh, oh. Me levanto y lo sigo, aunque tengo que
correr para alcanzarlo. Quién diría que Fernando,
con sus cincuenta años y su barriguita cervecera,
pudiera alcanzar tal velocidad.

—¿Qué ha pasado? —le pregunto, intentando
adaptarme a su ritmo.

—Pues que... Brandon y Travis estaban peleán-
dose en nuestro vestuario y... ha salido tu nombre.
Entonces Durán me ha mandado a llamarte.

Por Dios. Es como si alguien me hubiera dicho:
«Cuéntame tu peor pesadilla» y ese alguien la hubiera puesto en práctica con todo lujo de detalles. ¿En
serio? Y de Travis me lo espero todo, pero... ¿Brandon? Aunque, por otra parte, si el otro le estaba
pegando... Da igual, porque cuando llego al vestuario, más que un partido de baloncesto, parece que
estamos en un funeral. Por deformación profesional, lo primero que hago es fijarme en si hay alguna cámara grabando. No, menos mal. Después
busco a Brandon y lo veo sentado, con la ceja de
nuevo abierta y sangrando; reprimo el impulso
de ir a ver cómo está, porque creo que lo enredaría
todo aún más. Travis, sentado a su lado, tiene un
ojo morado y respira con la misma suavidad que la
de un toro a punto de embestir. Pero lo peor de
todo es que cuando Durán me ve, se le hinchan las
aletas de la nariz y se me acerca gritando:

—¡Todo esto es culpa tuya, maldita periodista de los...!

—Cuidado —lo advierte Brandon, que se ha levantado a una velocidad imposible para ponerle una mano en el pecho y frenar su avance.

—Exacto, cuidado —repite Travis, levantándose también y poniéndose a su otro lado—, o te caen esta misma noche varias denuncias por agresión y acoso, y hoy duermes en el calabozo.

Eh..., qué surrealista es esto. ¿Ahora se van a poner de acuerdo los dos? Podíais haberlo pensado antes, guapos. Miro a izquierda y derecha y se me cae el alma a los pies al ver los rostros de los jugadores. Han hecho una temporada increíble, se han esforzado muchísimo. No se merecen esta final. Se merecen ganar, o perder, pero no este espectáculo bochornoso. Me acuerdo de todas las veces que he ido al Palacio del Sol a ver a mi equipo. Me imagino a todos los aficionados en sus casas, con el corazón en un puño, recogiendo las cosas de la cena con rapidez para ver la segunda parte. Ellos tampoco se lo merecen, no. Y el entrenador está tan focalizado en su cabreo contra mí que no hace nada por remediarlo. Antes de pensármelo mucho, comienzo a hablar:

—Voy a... Me gustaría decir algo, con tu permiso —le digo a Durán.

—Pero ¿quién te has creído que eres, zorra...?

Brandon lo empuja contra la pared y lo mantiene ahí sin retirar la mano de su pecho, de manera que no le queda otra que callarse. No me gusta nada lo que está ocurriendo, pero estamos hasta el cuello y el entrenador no está desatascando la situación. Quiero ganar este partido, lo quiero con todas mis fuerzas, así que me dirijo a los jugadores:

—Lo que os voy a decir a continuación no os lo digo como jefa de prensa del Malac, sino como la seguidora más veterana del equipo que hay ahora mismo en el vestuario, a excepción de mis queridos utilleros. —Los miro y ellos, a pesar de los nervios, me sonríen; vuelvo a centrarme en los chicos—. Entiendo vuestro desconcierto, porque lo que acaba de pasar en la cancha es inaceptable. —Trato de no mirar a nadie en particular, porque ahora mismo no hay que buscar culpables, sino encontrar soluciones—. Habéis hecho una temporada increíble, sois el mejor equipo que ha tenido nunca el Malac y os habéis ganado el derecho a jugar esta final; es algo que nadie os debería arrebatar: ni las estrellas del equipo, ni el entrenador, ni por supuesto la responsable de prensa.

»Porque, además, lo que ha sucedido en el último segundo antes del descanso no nos representa. El Malac es un equipo solidario, un equipo generoso, el equipo líder indiscutible en asistencias. Dicen que el Barcelona es una máquina prácticamente perfecta, y tienen razón. Sin embargo, cuando yo os veo jugar a vosotros, no veo una máquina, veo algo mucho mejor: un grupo de jóvenes que nos recuerda por qué nos entusiasma este deporte y por qué seguimos viéndolo a pesar de que debería ser obligatorio, por prescripción médica, tener siempre un Trankimazin a mano mientras dura el partido. El baloncesto es adrenalina pura y vosotros lo habéis llevado este año a otro nivel. Os pasáis la pelota a una velocidad imposible hasta que encontráis al tirador perfecto, que no es un compañero de equipo, sino un amigo. Eso es lo que tenemos que recuperar en esta segunda parte, porque es lo que nos hace fuertes. Superar nuestros egoísmos, y darlo todo por el equipo y por la afición. Y para que veáis que no son solo palabras vacías, yo misma pienso predicar con el ejemplo.

Me dirijo a Marcos Durán, que ya no forcejea con Brandon, pero que me mira con los dientes apretadísimos.

—Míster, te pido perdón. Sé que crees que soy la responsable de todos los males del equipo, y aunque no sea así, es verdad que hoy, sin querer, he influido en el devenir de este partido.

—Ah, pues si me pides perdón, todo arreglado —ironiza Durán, pero se calla cuando el agarre de Brandon se hace más fuerte.

—No, no está todo arreglado. Lo que acaba de pasar es vergonzoso, y yo asumo mi parte de culpa: renuncio a mi puesto de trabajo en cuanto acabe la temporada.

—Lily... —comienza a decir Brandon, pero yo lo interrumpo.

—No me importa, Brandon. Bueno, sí me importa, porque me quedo sin finiquito, pero ahora mismo el Malac es más importante. Me quito de en medio para que esta noche, en este partido trascendental, el entrenador pueda dirigir al grupo, cosa que sabe hacer muy bien. —Marcos Durán no se inmuta, pero el resto de jugadores ya no tienen cara de jurel e incluso asienten—. Y tú, Brandon —lo señalo con el dedo—, lo que tienes que hacer es perdonar a tu mejor amigo por haber sido un egoísta y comportarse como un niñato durante el partido. —El niñato en cuestión, con el ojo completamente a la virulé, hace un amago de responderme, pero yo me anticipo—: En cuanto a ti, Travis, quiero pedirte perdón, en mi nombre y en el de Brandon, por haberte ocultado que estábamos juntos, pero es que temíamos que no lo gestionaras bien, qué cosas. —Espero que capte la ironía, pero sigue mirando mal a Brandon, incluso cuando este da el primer paso para acercarse a él—. Travis, me

acabo de quedar sin trabajo por vuestra culpa, dale
un puñetero abrazo a tu amigo. Ya.

Aunque con cierta reticencia, Travis termina
abriendo los brazos. Y después se dan un señor abrazo. Cuando los dos comienzan a darse palmadas en
la espalda, todo el mundo empieza a aplaudir y a
jalearlos, pero yo, que estoy en plan Nelson Man-
dela, me subo al banquillo y sigo gritando:

—¡Y ahora todos dejamos nuestras miserias,
nuestros problemas, nuestras rencillas, y hacemos
lo que mejor se nos da, que es funcionar como un
equipo! ¡Pensad en las mil personas que han atravesado España para veros y se están quedando afó-
nicas de tanto animaros esta noche! ¡Pensad en la
gente que está en sus casas, soñando con tener por
primera vez un título de liga, y que esta noche se
olvidarán de atascos, de citas con médicos y de tra-
bajos mileuristas! ¡Ofrecedle un triunfo, lo merecen! ¡Vamos a mirar a los ojos a esa bestia que es el
Barcelona y a enseñarles que, aunque ellos sean
estrellas, nosotros somos el firmamento! ¡Por el
Malac!

—¡¡¡POR EL MALAC!!!

El grito de guerra resuena por todas partes. Por
Dios, qué bonita ha sido mi última frase, si alguna
vez escribo un libro, prometo utilizarla. De repente
vienen a avisarnos de que lo de la arenga y tal está
muy bien, pero que si el equipo no se presenta en
el próximo minuto, lo darán por finalizado y la victoria será del Barça. Salen todos en tropel, gritando
y dándose ánimos los unos a los otros. Durán ni
siquiera me mira al pasar por mi lado (qué renco-
roso, el tío), pero Travis sí se detiene.

—Lo siento, Lily, yo...

—No quiero que lo sientas, quiero que juegues
como siempre. Eres el mejor pívot que ha tenido el

Malac, Travis, demuéstralo una vez más. —Y antes de que se marche, añado—: Y cuídate ese ojo.

Asiente con determinación y abandona los vestuarios. Ya solo queda Brandon.

—¿Y tu ceja? —le pregunto, porque le han puesto una grapa y no tiene buena pinta.

—Da igual. —Niega con la cabeza—. Te prometo que le he pegado solo cuando ya corría mi vida peligro, pero es que...

—No importa, Brandon —le digo mientras sigo mirando la herida; pobre, ojalá no tuviera que jugar con una brecha así.

—Sí que importa, ¿qué vas a hacer ahora?

—Pues tengo una idea que se me acaba de ocurrir, y que, como no te va a gustar, te la comento después del partido.

He querido sonar misteriosa, pero él ha abierto los ojos un montón, preocupado.

—¿No me vas a dejar, no?

—Solo por un tiempo. —Era una broma, pero se ha puesto tan pálido que voy a tener que matizar mis palabras—: No podría dejarte nunca, Brandon. Es que necesito hacer algo importante, y lo tengo que hacer sola. Pero volveré a por ti. Te lo prometo.

Asiente, con muchísimas dudas. Y aunque se tiene que ir ya, lo llamo por última vez:

—Brandon —se vuelve—, yo no te pido la luna, pero sí te pido la liga, ¿me la darás?

Levanta el mentón y se lleva la mano al pecho.

—Haré todo lo que esté en mi mano.

Quedan diez segundos y perdemos de dos, aunque la posesión es nuestra. Saca de la línea de fondo Endinga y se la pasa a Gabi Sánchez, que atraviesa el medio campo botando la pelota. Por ahora han decidido no hacernos falta, bien. Hay un silencio sepulcral en el pabellón. Quedan cinco segundos. Los nuestros meten la pelota en la zona y allí esta Travis, que mira a canasta, pero tiene a dos pívots rivales encima; intentan hacerle falta, pero él se zafa. Tres segundos. Gira la cabeza y allí está Brandon, bien posicionado en su esquinita favorita. El gigante rubio se inventa un pase imposible que llega a las manos de su compañero. Un segundo. Brandon tira y... encesta de tres.

Mientras nuestros aficionados estallan de alegría, los puntos suben al marcador. Barcelona 87–Malac 88. Pero lo mejor es que justo después de encestar Brandon me señala en la grada, porque es desde aquí donde he querido vivir el final del partido, y me lanza un beso. Yo se lo devuelvo. Es liberador poder celebrarlo juntos.

Hemos ganado la final. Hemos ganado la liga ACB.

# Capítulo 25

## DOS MESES MÁS TARDE

Qué calor hace en Los Ángeles en agosto, por Dios. Llevo un vestido amarillo, corto y de tirantes, el mínimo de tela posible alrededor de mi cuerpo, pero, aun así, me sobra. Me pego un tirón de la cadera, porque al estar sentada en este banco se me ajusta demasiado. Tengo que comprarme ropa nueva, es una realidad. Pero hoy no. Hoy he venido a empaparme del ambiente que hay en las famosísimas pistas de Venice Beach, uno de los templos sagrados del baloncesto callejero de los Estados Unidos. Ahora mismo están disputando un 3x3 y es divertidísimo. Pero no solo estoy disfrutando, estoy trabajando. Tomo notas en mi libreta para el final de mi novela, que tiene una escena que se desarrolla justo aquí. Debo incluir la imponente presencia del océano Pacífico justo enfrente, el chirrido que hacen las zapatillas de los jugadores y el flujo constante de patinadores y surferos alrededor de la pista. Es algo mágico.

He estado en Los Ángeles estos dos últimos meses, en la casa nueva de Teo, en plan okupa. Pero lo cierto es que solo he visitado con cuentagotas esta ciudad caótica y abrumadora. Mis jornadas de escritura eran de diez y once horas diarias. Me duele la espalda, el culo, y tengo rozaduras en las yemas de los dedos. Pero nunca antes me había sentido tan realizada, tan profesionalmente llena. He disfrutado tanto con la historia del jugador y la periodista que se me han pasado los días volando. Comía cuando tenía hambre (no mucha, casi siempre tengo el estómago revuelto) y dormía cuando el agotamiento me vencía. ¡Ah!, y pienso en Brandon. A todas horas. Lo echo de menos tanto que duele. Pero está presente en mi novela, al fin y al cabo se parece mucho a mi protagonista masculino.

Él quería acompañarme durante mi estancia aquí; sus padres viven relativamente cerca. Pero le dije que no, que necesitaba concentrarme plenamente en la escritura. Mis ahorros son limitados (limitadísimos, porque Héctor todavía no me ha pagado la parte de la hipoteca que me corresponde), y solo me queda dinero para unos cuantos meses más. Pero eso ahora mismo no me preocupa. Necesito terminar la novela. Desarrollaré un blog, haré cursos sobre *marketing* para escritores y me pondré al día con las redes sociales para promocionar mi libro. Voy a invertir en mi sueño... hasta que sea posible. Y si no sale bien, al menos lo habré intentado.

Suena el móvil y sonrío. Brandon. Pero ¿qué hora es en España? Da igual, no es la primera vez que lo hace. Al principio le dije que me perdonara, pero que no quería ni siquiera hablar con él por teléfono. Me imaginaba encerrada en una torre, escribiendo sin parar. El propósito me duró un día, cuando lo llamé por la noche, llorando y diciéndole que lo echaba muchísimo de menos. Estuvo a punto de coger un avión inmediatamente. Menos mal que reaccioné y mantuve mi propósito de continuar lo más aislada posible, porque necesitaba centrarme.

Y cuando lo vea, va a ser increíble. O... no. Porque voy con sorpresa. Ya veremos.

—Hey ¿no pensabas cogerme? —me dice nada más descolgar.

Ah, su voz, la más bonita de todas.

—Es que he visto tu foto en el móvil y me he quedado embobada mirándote. Eres tan guapo...

—Bueno, tú tampoco estás nada mal; te he dicho que me mandes fotos recientes, pero no ha habido suerte. —Me lo imagino haciendo un puchero, pero sintiéndolo mucho, no va a haber fotos.

—¿Y qué tal, cómo llevas tu nuevo doble puesto, como jugador y responsable de la cantera del Malac?

—Cansado, pero feliz. Los chicos son increíbles, tienen tanto potencial... —dice con orgullo—. Y ahora que Durán se ha ido, tienen muchas más posibilidades de disputar minutos en el primer equipo.

Es verdad, al final no hubo renovación para Durán. Desconozco si llegaron a ofrecérsela de forma oficial, pero ahora está en Italia, cargando con las culpas de todo a otra responsable de prensa, seguramente. Y Brandon ha querido seguir jugando, pero menos minutos. Quiere centrarse en formar a las jóvenes promesas, lo que también es una labor importante para el equipo.

—Me han vuelto a preguntar en el Club que si querías reincorporarte. Dicen que no les gustan mucho los nuevos candidatos y que Sole funciona muy bien contigo —continúa hablando Brandon—. Yo les he dicho que ahora eras escritora, pero que te lo comentaría de todos modos.

Qué lindo es. Tiene razón: soy escritora porque escribo libros. Aunque a lo mejor técnicamente debería venderlos para considerarme una. Pero en ello estoy.

—¿Dónde estás? —le pregunto, extrañada—.

Escucho mucho jaleo, y allí deben de ser las tres de la mañana.

—Sí... Oye, tengo que contarte algo. Es sobre Travis.

—¿Qué ocurre? ¿Está bien?

—Sí, es que... el otro día le hizo una visita a Héctor. —Me quedo muy quieta; ¿qué?—. Se enteró de lo del dinero que te debe, de lo del plagio... Bueno, sabes que Travis se siente todavía muy culpable por lo que pasó en la final, y en su mundo ha considerado una buena idea amenazar a tu ex para que te pague lo que, por otra parte, es tuyo.

—Madre mía. —Me agarro el puente de la nariz—. ¿Y tú cómo ves eso?

—Yo... A ti te voy a decir que es una barbaridad y que no sé en qué estaba pensando, pero puede que a él le diera una palmada en el hombro y lo invitara a un par de cervezas.

—¿Y te parece bonito?

Hay una pausa demasiado grande en la conversación, tanto que hasta me quedo mirando el teléfono por si la llamada se ha cortado; pero no, la comunicación está bien. Entonces..., ¿qué?

—A mí solo me pareces bonita tú. —Otra pausa extraña—. Ese vestido amarillo te queda fenomenal; aunque, claro, estarás mejor cuando te lo quite. Te tengo tantas ganas que a lo mejor te lo hago aquí, en medio de Venice Beach.

Me estiro de golpe. ¿Está aquí? Eso es maravilloso..., pero también es un desastre. No estoy preparada psicológicamente para... Ay, Dios mío.

—¿Dónde..., dónde estás? —digo levantándome, con cuidado.

La llamada se corta, pero escucho:

—Detrás de ti. —Y añade—: Como de costumbre.

Vale, Lily. Sabías que este momento llegaría,

tarde o temprano. Así que haz el favor de girarte. Gírate. Ya. Lo hago y entonces lo veo. Me olvido de respirar. Nunca nunca me acostumbraré a su belleza, al brillo de sus ojos, a su sonrisa inmensa. Quiero abalanzarme sobre él y refugiarme en su pecho, pero me obligo a ser valiente y a permanecer quieta. Este momento es importante. Vital, diría yo.

—Vaya, estás preciosa, más preciosa que nunca. —Me está mirando a la cara; Dios, está tan enamorado... ¿Y si esta es la última vez que me dedica esa mirada? ¿Y si ahora que sus ojos están bajando por mi cuerpo cambia todo entre nosotros? No es que tenga mucha barriga, pero... algo hay—. Y estás...

—Embarazada.

—¿Emb...?

Pobre. Abre la boca y se fija en mi barriguita. Se ha quedado paralizado, pero eso entra dentro de una reacción normal. Si él se presentara aquí y me diera una noticia similar yo también me bloquearía. Pero, claro, él es un hombre, así que sería supersorprendente. Su silencio se prolonga y yo comienzo a retorcerme las manos.

—Perdona, Brandon; sabes que me he propuesto ser sincera contigo en todo momento, pero es que necesitaba verte la cara cuando te lo dijera. Era muy importante para mí fijarme en tu reacción.

—Y... ¿cómo lo estoy haciendo? —me pregunta, sin apartar la vista de mi barriga.

—No... sabría decirte. Creo que llevas dos minutos sin respirar, y como diría Travis, he visto muertos con mejor cara que tú.

—Pues estoy... —Por fin levanta la cara y puedo verle sus maravillosos ojos, hoy verdes y brillantes como un bosque al amanecer—. Estoy contentísimo, Lily, lo que pasa es que no puedo moverme y tampoco sé qué decir. Para mí, ser el padre de tu hijo, de nuestro hijo, es... un privilegio. Y me siento preparado para darle... cosas buenas. Aunque tengo que dominar mi genio, no vaya a asustarlo con mis gritos, y tendré que tener cuidado para no irritarle la cara con la barba, y luego tengo que estar preparado para que no le guste el baloncesto, ni presionarlo para que solicite la beca de los Oseznos de la UCLA cuando cumpla diecisiete, lo mismo le gusta el waterpolo, o el tiro con arco, y...

—Brandon —lo interrumpo; creo que está hiperventilando.

—¿Qué?

Me mira tan confundido que no puedo reprimir ni un segundo más las ganas de abrazarlo, así que vuelo hacia él; me atrapa con sus brazos fuertes en el acto.

—Vas a ser un padre genial. Yo creo que siempre lo has sido, lo que pasa es que ahora vas a poder demostrarlo.

Lo beso. Uf, tenía tantas ganas de saborearlo... Sus labios son mi perdición y... Un momento, ¿qué pasa?

—¿Qué te pasa? —le digo, muy enfadada—. ¿A qué viene ese churro de beso?

—Es que..., ¿y si te aprieto mucho? —Me pone la mano en la barriga.

—¿Es que eres tonto? —Se me acumulan las lágrimas en los ojos, porque últimamente estoy extrasensible—. ¿Es que ya no te gusto? ¿Es eso?

El Brandon de siempre vuelve en este instante. Entrecierra los ojos y me obsequia con su sonrisa ganadora. Lo adereza con un hoyuelo. Con dos.

—Ven aquí, lista, que te vas a enterar.

Me agarra por la nuca y por la cintura y me da un beso de campeón de liga.

Así, sí.

# EPÍLOGO

*Siete meses más tarde*

Brandon

Entro tambaleándome a nuestra nueva casa. No quiero ni mirar el sofá, porque resulta demasiado tentador, y yo empiezo a ver borroso. No sé si se debe a la felicidad indescriptible de haber cogido en brazos a mi hija Emma por primera vez o al agotamiento por no haber dormido en las últimas cuarenta y ocho horas. Pero si Lily está aguantando como una campeona, y ella ha dado a luz a una criatura de más de tres kilos, yo también.

Es el bebé más bonito del mundo, una chiquitina preciosa, muy delgadita pero larguísima. Nos han dicho que va a ser muy alta por no sé qué rollo del fémur. Pero a mí me gustaría que fuese una réplica exacta de su madre. No hace falta que sea tan guapa, para que no la ronden los moscones. Dios, ¿cómo puedo odiar a gente que ahora mismo serán bebés también?

Bordeo la mesa llena de libretas, rotuladores, bolígrafos, y con el portátil de Lily. Admiro su constancia y su fuerza de voluntad. Y su talento.

No me sorprendió nada que ganara el primer premio del concurso al que presentó la novela que escribió en Los Ángeles. No soy ningún experto, pero me la leí del tirón. Y era ella en estado puro. Y ella es una ganadora. Tengo que ayudarla todo lo que pueda ahora, con el bebé, para que siga persiguiendo sus sueños. Es lo justo, porque yo ya estoy de vuelta.

Y hablando de volver... ¿Por qué estoy aquí? Sé que Lily me ha pedido que viniera a casa, pero... ¿me ha dicho para qué? Joder, estoy fatal. La llamo por teléfono, esperando no despertarla. Me coge al instante.

—¿Ya estás allí? —me dice con su voz alegre, capaz de resucitar a un muerto, aunque la noto cansada—. Bien, pues necesito que vayas a nuestro dormitorio.

—De acuerdo, ¿qué necesitas? ¿Braguitas desechables? ¿Crema antiestrías? ¿Parches de hidrogel para los pezones?

Se ríe, no sé por qué, la verdad. Pero da igual, porque cada vez que la hago reír es como meter un triple en el último segundo.

—No, Brandon, todo eso está en la mochila que tengo aquí. ¿Ya?

—Sí, acabo de llegar. —Su mesita de noche tiene una pila de libros y en la mía solo hay uno, porque para eso ella es la lista de la familia; la cama está hecha, pero hay...—. ¿Por qué está mi móvil viejo sobre la colcha?

—Exacto, Brandon, quiero que lo cojas y lo enciendas. Necesitarás el cargador, que está también por ahí encima... Ay, cariño, qué dolor, chupa pero no muerdas, preciosa. ¿Cómo puedes morder si no tienes dientes?

—¿Estás bien? —Me quedo quieto, tiene pinta

de ser doloroso... Aparte de que es inquietante ese nuevo uso que tienen los pezones de Lily—. ¿Voy?

Se ríe otra vez. Otro triple.

—No, ahora mismo no me haces falta. ¿Lo has encendido ya?

—¿Qué? Ah, no, me había quedado pensando cosas inapropiadas. —La escucho resoplar y yo me pongo a manejar el móvil con cuidado, porque está hecho una mierda—. Ya se ha encendido. Oye, Lily, creía que me habías mandado a por Dodotis o a por esos doce gorritos monísimos que al parecer no piensas ponerle, pero esto...

—Tú hazme caso. Cuanto antes termines, antes te vienes a disfrutar de nuestra..., ¡ay!, pirañita. Vale, pues métete en SMS.

Me armo de paciencia. Estoy superperdido, la verdad, y lo que me apetece es estar allí, con ellas, pero aquí estoy con el móvil prehistórico este, a punto de ver un montón de mensajes de «¡Fiesta en casa de John!», seguido de «John se ha repuesto ya del coma etílico». En fin; cuando Lily se pone en plan mandona, es mejor obedecer. Ella continúa hablando:

—Ahora, métete en el apartado de «Enviados». Y antes de que te enfades por haber estado trasteando en tu móvil antiguo, ten en cuenta que la última semana me prescribieron reposo absoluto y estaba aburridísima, por no hablar de que ahora llevo dos días enteros sin dormir y que por mi vagina acaba de salir un ser humano.

—Me da igual que hayas trasteado. —Es verdad, ya sabe la parte más chunga de mi vida; el resto no me importa—. Vale, ya estoy.

—Bien, Brandon, quiero que leas el primero que sale, que es el último que enviaste desde ese móvil, ¿de acuerdo? Y aunque debería ser una buena persona y dejarte un poco de intimidad, quiero que no cuelgues mientras lo haces, ¿vale? A mí me provocó una sorpresa tan fuerte que hasta rompí aguas, así que imagínate.

Esto último lo he escuchado a duras penas. Mi corazón empieza a bombear a toda velocidad cuando veo la fecha y la hora de este mensaje: 19 de marzo de 2002, 21:03. Es la fecha fatídica del día de mi accidente, y la hora es justo dos minutos antes de que se produjera, según el informe de la policía. Aguantando la respiración, comienzo a darle a la flechita de abajo.

«De: Brandon

Para: Jenny

Tía, antes me he pasado tres pueblos. No me lo esperaba. Mañana voy a tu casa y lo hablamos. Tranquila. Hasta mañana».

Se me cae el Alcatel de la mano. Transcurridos unos segundos, escucho a Lily decir:

—¿Lo ves, Brandon? No eras tan cabrón ni tan irresponsable. Solo lo fuiste... un par de horas. No ibas a abandonarla sin más. Y luego tuviste una mala suerte de campeonato.

—Pero entonces —no reconozco mi voz—, ¿Jenny recibió este mensaje? Desde aquel día nunca ha querido que me acerque a ella y me apartó de forma tan radical...

—Los embarazos son duros, Brandon, y era muy joven. No tenemos ni idea de por lo que tuvo que pasar. Creo que... deberíamos centrarnos en ti, en lo que esto supone para ti —me dice con delicadeza—. ¿Cómo te sientes?

Y entonces, para mi propia sorpresa, creo que por primera vez en mi vida me echo a llorar. Y lo peor es que estoy así un buen rato, mientras la mujer que amo escucha mis vergonzosos sollozos a través del teléfono.

—Shh, ya está, ya está —la escucho decir de vez en cuando—. ¿Qué? No, no, el bebé está bien, no se preocupe, doctora, si lleva un rato dormida; es el padre, que está... emocionado. Ya, ya sé que las mujeres somos más fuertes y ellos, unos blandengues.

Me entra la risa. Estoy llorando y riendo a la vez. Pero lo cierto es que me siento vivo, como nunca antes. Es como si, en el mismo día, me sintiera padre por partida doble. Y por extraños giros del destino, no pude estar allí para Kimberly, pero no me pienso despegar de Emma. Y con Lily, siempre con Lily. Eso me recuerda que aún sigue al teléfono.

—Lily..., cásate conmigo —le digo, de pronto.

Hay un silencio. ¿Seguirá ahí? Qué patético, ¿no? O que me responda la madre. Que es muy simpática, pero que, en fin... No, al final contesta ella:

—Brandon, puede ser la pedida de mano más horrorosa de la historia: por teléfono, tú hecho un mar de lágrimas, yo llena de fluidos por todas partes...

—Sabes que te lo he pedido cincuenta veces antes en lugares más románticos, pero siempre has dicho que después del parto. Pues bien, ya has expulsado a nuestra pirañita. Cásate conmigo.

Pasan unos segundos en los que por mi mente desfilan cometas, estrellas y el universo entero.

—Sí. —Se ríe, está feliz y probablemente llorando, menos mal, hace que me sienta mejor; tras una pausa, añade—: Te tengo a mi merced, Brandon Salow.

Suspiro.

—Desde hace tiempo, Lily. Y para siempre.

# AGRADECIMIENTOS

¿Le pasará a todo el mundo como a mí, que me encanta leer las páginas de agradecimientos de las novelas? Es que terminar una historia, sobre todo si es una que te ha gustado un montón, puede resultar un poco traumático; los agradecimientos suavizan un poco la vuelta a la realidad. Así que me voy a esmerar en estas páginas, por si os sucede como a mí. Aviso que tengo un montón de cosas que agradecer; por eso, querido lector, si tienes sueño, déjalo para mañana; y si vas en el metro, ten cuidado que no se te vaya a pasar la parada.

Voy a comenzar dando las gracias a la persona o al conjunto de personas que en su día decidió poner en marcha el premio internacional HQÑ de novela romántica, de la editorial HarperCollins Ibérica. En la época actual es tan difícil encontrar un trampolín auténtico que te ayude a escapar del anonimato y que apueste de verdad por los nuevos talentos, que aún no me creo que haya resultado ganadora del certamen. Así que gracias al premio, por existir, y al jurado, por apostar por mí. Yo no tengo nombre, ni contactos, solo una pasión inmensa por la escritura, unas ganas tremendas de dedicarme a esto profesionalmente y la certeza de que esa es mi meta, mi final feliz. Así que gracias a toda la organización, porque debido a esta iniciativa ahora estoy más cerca de conseguirlo.

Gracias a mi editora, Elisa, por la paciencia que tiene al guiarme en este camino apasionante y desconocido para mí. Yo solo sé escribir, y poder contar con una profesional que me ayude a tomar las mejores decisiones tiene un valor incalculable. Quiero agradecer el trabajo realizado por Cintia al corregir mi novela, no solo por su profesionalidad, sino por sus comentarios tan alentadores y cariñosos. Y gracias a todo el equipo que se ha involucrado en pulir y sacar la mejor versión de mi historia. Es un lujo poder contar con todos vosotros.

Vamos con la familia. Abuela, no conozco a nadie que lea más que tú (y eso que yo leo un montón), así que cuando me dices que mis novelas son buenas, sé que lo dices desde el amor, pero también desde el conocimiento; gracias por ser una abuela tan maravillosa y tan extraordinaria. Papá, eres el primer artista de la familia; gracias por enseñarme que los libros no solo se leen, sino que también se escriben. Gracias por prestarme tu apellido artístico, para mí es un orgullo llevarlo. Mamá, te quiero tanto... Da la casualidad de que la persona más buena del mundo es mi madre, fíjate tú. Tengo mucha suerte; gracias por estar siempre ahí. Esperanza, tuve que esperarte diez años, pero mereció la pena. Gracias por tu apoyo inquebrantable en mi faceta como escritora y por creer en mí desde el principio. Y gracias por hacerme reír siempre. Ah, y Sandro, muchas gracias a ti, por hacerla feliz. Y por el champán.

A mi marido, David, le debo un agradecimiento especial, porque sin él no podría haber escrito esta novela. Gracias por llevarte a los niños a paseos interminables para que me diera tiempo a cumplir los plazos que me había propuesto. También gracias por seguir siendo mi mejor amigo, después de tantos años. Eres el mejor compañero de viaje que podría haber elegido. Te quiero.

Gracias, también, a mis niños. Recuerdo que les conté esta historia como si fuera un cuento y fue un subidón de autoestima descubrir que les encantó. «¿Y qué pasa después, mami?», me preguntaban con las caritas emocionadas. Ahí pensé que la historia se sostenía, que tenía gancho, porque los niños no se andan por las ramas. David y Ana, siempre seréis mi mejor creación. Os quiero mucho.

Les doy también las gracias a Paqui y a Jesús, por su apoyo. Todo el mundo anda enfurruñado con sus suegros y yo tengo la suerte de teneros a vosotros. Extiendo el agradecimiento a mis cuñados Carmen y Sergio, y a la amplia familia de este último. Allí encontré un inesperado club de fans que me subía la autoestima cada vez que nos veíamos. Gracias a todos, es especial a su madre, Alicia, que es un cielo.

En el apartado de amistades, quiero darle las gracias a mi Mari Sol, claro. Aunque no nos podamos ver tanto como nos gustaría, ambas sabemos que estamos siempre ahí, porque ya nos lo hemos demostrado en multitud de ocasiones. Te quiero. También quiero darle las gracias a toda la gente del 21, en especial a mi Jesusito y también a Luis, Carmelilla, Carlos, José Luis, Lidia, Alejandro, Pablo, Roger, Sara, Bosco... Y gracias a Juan de Dios Jerónimo, por ser tan bueno. Espero no olvidarme a ningún granadino, pero si lo hago, ¡perdóname!

Por último, quiero darte las gracias a ti, lector. Espero que hayas disfrutado con Lily y con Brandon tanto como yo lo hice escribiendo su historia.

Ojalá haya podido transmitirte la química que se despertó entre los personajes desde el principio, el dinamismo de unos diálogos que parecían escribirse solos y la lógica de un argumento que se desarrolló de forma natural, sin ningún contratiempo. Querido lector, estoy tan agradecida de que tengas este libro entre tus manos... Si quieres enviarme cualquier comentario no dudes en ponerte en contacto conmigo, que estaré encantada de responderte.

Termino con un mensaje, que está muy presente en la novela: no dejéis de luchar por vuestros sueños. Si sabéis qué es lo que os hace felices, perseverad, que al final seguro que lo conseguiréis. Si no me creéis a mí, hacedle caso a Brandon, que es más guapo que yo. Al final a ellos les salió bien la jugada; seguro que a nosotros también.

Ana Mencey

## ÚLTIMOS TÍTULOS PUBLICADOS EN HQN

*Tierra de secretos* de Diana Palmer

*El caballero escocés* de Miranda Bouzo

*Estrellas al amanecer* de Susan Mallery

*El lugar donde todo empezó* de Andrea López

*Amanecer en la bahía* de Robyn Carr

*7 citas* de Sylvia Marx

*La casa del río* de Hannah Richell

*El beso de Thor* de Cristina Vatra

*Una biblioteca junto al mar* de Brenda Novak

*Piérdete conmigo* de Anna Garcia

*Un pretendiente para una reina* de Julia London

*Un buen motivo para mentir* de Maia Clark

*Secretos bajo el sol* de Sarah Morgan

*¿Todavía? ¡Siempre!* de Anabel García

*Hijas de la guerra* de Dinah Jefferies

*Corazón escocés* de Miranda Bouzo

*Hermanas por elección* de Susan Mallery

*Lamer las heridas* de Leticia Castro

*Orgullo y perdón* de Diana Palmer